HANS W. CRAMER

Westfalengau

DRAMA IN WESTFALEN Der 90. Geburtstag von Sabines Großmutter steht an. In der ländlichen Idylle am äußersten Rand des Dortmunder Nordens sind alle eingeladen. Ein fröhliches Fest beginnt. Doch die friedliche Atmosphäre trügt. Am nächsten Morgen ist das Geburtstagskind spurlos verschwunden. Die entsetzte Sabine recherchiert mit Hilfe ihrer Freunde Raster, Philo und Susanne. Es scheint, als drehe sich alles um ein verschwundenes Gemälde, das Sabines Urgroßvater gehört hat. Aber keiner weiß, um welches Bild es sich handelt. Furchtbare Dinge passieren. Die vier kommen mit ihren Ermittlungen keinen Schritt weiter. Fast ein Jahr später tauchen neue Hinweise auf. Aber wer ist der fremde Engländer, der ihnen seine Hilfe anbietet? Spielt das Deutsche Fußballmuseum in Dortmund eine wichtige Rolle? Und dann wird auch noch Sabine entführt. Schnell wird ihr klar, dass sie nicht lebend aus der Sache herauskommen wird …

© privat

Hans W. Cramer wurde im Bergischen Land geboren. Bereits mit 14 Jahren schrieb er erste Gedichte, Kurzgeschichten und Märchen. Trotz seiner Ausbildung zum Frauenarzt und der Arbeit in eigener Praxis, ließ ihn das Schreiben nie los. Seit 2013 werden seine Kriminalromane erfolgreich veröffentlicht. Mit seiner Familie lebt der Autor am südlichen Rand des Ruhrgebiets.

HANS W. CRAMER

Westfalengau

Kriminalroman

GMEINER

Personen und Handlung sind frei erfunden.
Ähnlichkeiten mit lebenden oder toten Personen
sind rein zufällig und nicht beabsichtigt.

Immer informiert

Spannung pur – mit unserem Newsletter informieren wir Sie regelmäßig über Wissenswertes aus unserer Bücherwelt.

Gefällt mir!

Facebook: @Gmeiner.Verlag
Instagram: @gmeinerverlag
Twitter: @GmeinerVerlag

MIX
Papier aus verantwortungsvollen Quellen
FSC® C083411

Besuchen Sie uns im Internet:
www.gmeiner-verlag.de

Im Ehnried 5, 88605 Meßkirch
Telefon 07575/2095-0
info@gmeiner-verlag.de

1. Auflage 2021

Lektorat: Claudia Senghaas, Kirchardt
Herstellung: Julia Franze
Umschlaggestaltung: U.O.R.G. Lutz Eberle, Stuttgart
unter Verwendung eines Fotos von: © Johnny / stock.adobe.com
Druck: CPI books GmbH, Leck
Printed in Germany
ISBN 978-3-8392-2866-1

Für Frank Fischer

Schwager
Freund
Lehrer

PROLOG

Dortmund-Hörde, September 1996

Er schrak zusammen, als das Telefon auf seinem Schreibtisch klingelte. So wie jedes Mal in den letzten drei Wochen. Innerhalb von Sekunden zeigten sich feine Schweißperlen auf der Stirn, und sein Herz begann zu rasen.

Es war ein herrlicher Spätsommersamstag. Die Temperaturen hatten am Nachmittag nochmals 23 Grad erreicht, und er hatte es tatsächlich geschafft, mit seiner Frau den Garten soweit in Schuss zu bringen, dass mit einem weiteren Beschnitt Ende Oktober alles winterfest sein würde. Redlich müde von der anstrengenden Arbeit lag sie jetzt sicherlich vor dem Fernseher im Wohnzimmer und war friedlich eingeschlafen.

Bei ihm war an Schlaf nicht zu denken. Seit dem ersten Anruf vor drei Wochen und diesen seltsamen Forderungen eines ihm fremden Mannes wuchs seine Unruhe von Tag zu Tag. Wenn er doch nur wüsste, was der überhaupt wollte. Mit feuchten Händen nahm er das Telefon von der Ladestation und drückte auf die grüne Taste. »Hallo?«

»Sie wissen genau, warum ich anrufe. Und dieser Anruf ist der vorletzte. Ich gebe Ihnen noch eine Chance, mir zu verraten, wo sich das Objekt befindet. Sollten Sie es wirklich nicht wissen – was ich mir beim besten Willen nicht vorstellen kann – kriegen Sie es, verdammt noch mal, raus. Ansonsten wird es Ihrer Frau an den Kragen gehen. Als Nächstes ist Ihre kleine süße Tochter dran und so weiter. Also: keine Spielchen mehr. Ich rufe Sie morgen um dieselbe Zeit erneut an und dann erwarte ich Antworten.«

»Warten Sie! Ich habe von solchen Dingen überhaupt keine Ahnung. Ich bin Arzt, das wissen Sie. Lassen Sie mich und meine Familie bitte in Ruhe. Sie fragen den Falschen! So glauben Sie mir doch endlich!«

Die Leitung war tot.

Zum wiederholten Mal überlegte er, ob er seine Familie oder die Polizei einweihen sollte. Es ging hier ja schließlich um eine massive Bedrohung. Aber seine Frau und seine Tochter würden sich nur ängstigen. Und die Polizei? Was könnte die schon ausrichten? Nein, er musste konsequent bleiben und noch mehr auf seine Familie achten. Es würde schon nichts passieren.

Am Montagmorgen saßen er und seine Frau am Frühstückstisch. Das Telefonat am Vorabend war wie angekündigt verlaufen: Keine Erpressungsversuche mehr, sondern die eiskalte Aussage, er müsse sich auf Konsequenzen einstellen.

Die Tochter war unterwegs zu einer Erstsemesterveranstaltung für Mediziner an der Uni Bochum. Er war stolz, dass seine »Kleine«, wie er sie immer noch nannte, wenn sie nicht anwesend war, in die Fußstapfen des Vaters treten wollte. Wer weiß? Vielleicht würde sie ja eines Tages die Praxis übernehmen? Im Moment war sie dabei, mit zwei Freunden aus Jugendtagen eine WG zu beziehen. Tja, die Kleinen wurden eben flügge. Sie würde ihm fehlen. Es war ihm schon schwergefallen, die anderen Kinder ziehen zu lassen. Aber gerade bei ihr tat es richtig weh. Ihr Verhältnis war mehr als einfach Vater und Tochter. Sie waren gleichzeitig beste Freunde und Kumpels. Er glaubte zu spüren, dass er für seine Tochter außerdem ein großes Vorbild darstellte. Was ihn natürlich auf der einen Seite mächtig stolz machte, auf der anderen Seite verspürte er ein wenig Angst, ob sie nicht zu viel in ihren Vater hineininterpretierte. Unwillkürlich stieß er einen leisen Seufzer aus.

»Was hast du?«, riss ihn seine Frau aus den Gedanken und biss beherzt in ihr Marmeladenbrötchen.

»Ach nichts, ist schon gut«, murmelte er.

»Ich fahr übrigens gleich zu IKEA nach Kamen. Brauchst du irgendetwas?«

Erschrocken wandte er sich seiner Frau zu. »Fährst du allein dahin?«

Überrascht sah sie ihn an. »Natürlich. Wer sollte denn mitkommen. Unsere Kleine ist nicht da, und du wirst ja wohl gleich in die Praxis müssen.« Sie lachte. »Machst du dir etwa Gedanken darüber, wie ich die Sachen ins Auto bekomme? Keine Sorge! Ich will nur ein paar Kleinigkeiten besorgen.«

»Ach, weißt du, ich glaube, ich habe heute Morgen gar nicht so viele Termine. Lass mich schnell anrufen, dann komme ich einfach mit. Was hältst du davon?«

»An einem Montagmorgen? Ich bitte dich! Was sollen denn die Patienten sagen? Sag mal, warum guckst du denn so besorgt? Ist irgendwas, was ich wissen sollte?«

»Nein, nein. Lass mich nur machen!« Damit stand er abrupt auf und verschwand im Arbeitszimmer. Nur wenige Augenblicke später erschien er mit einem strahlenden Grinsen auf dem Gesicht wieder in der Küche. »Alles klar! Ich komme mit«, verkündete er fröhlich. »Ich ziehe mich eben um.«

Nur wer ihn sehr gut kannte, hätte gemerkt, dass dieses Grinsen reichlich gekünstelt wirkte und etwas ganz anderes dahinter steckte. So wie seine Frau, die sich aber nur wunderte und keine Ahnung hatte, was das sein könnte.

Wenige Minuten später saßen sie in ihrem Suzuki Jimny, den sie für solche Einkäufe immer am liebsten nahm. Sie fuhren Richtung Schwerte, wo sie auf die A1 wechseln wollten. Der schnellste Weg nach Kamen, wie sie behauptete, obwohl er fand, dass man so einen Umweg in Kauf nähme. Er wäre über die B1 durch die Stadt gefahren. Vielleicht etwas längere Fahrtzeit, aber der kürzere Weg. Doch sie saß am Steuer und hatte damit das Sagen.

Gerade hatten sie das berühmte Waldlokal *Freischütz* passiert. Die Hörderstraße führte hier steil hinunter nach Schwerte.

»Schatz, entschuldige! Aber willst du nicht ein wenig langsamer fahren?« Besorgt sah er seiner Frau ins Gesicht, und was er dort zu sehen bekam, war die reine Panik.

»Die Bremsen, die Kupplung! Nichts geht mehr …«

Der blaue Jimny krachte in dem alltäglichen Stau vor der Kreuzung Heidestraße schräg auf einen Lieferwagen, sprang nach links auf die falsche Spur und stieß frontal mit einem Lkw zusammen, der sich den Berg hinaufquälte. Feuer züngelte aus dem Motorblock des kleinen Jeeps, und Sekunden später stand der ganze Wagen in Flammen.

Der Mann und seine Frau hinterließen fünf Kinder. Die Zweitjüngste wurde am frühen Nachmittag von der Polizei informiert und musste anschließend mit einem Schock in die Städtischen Kliniken eingeliefert werden.

1. TEIL

Alles, was entsteht,
ist wert, dass es zugrunde geht.

Johann Wolfgang von Goethe

1. KAPITEL

Dortmund, Juli, 2019

Ein Stück lauwarmer Apfelkuchen mit einem dicken Schlag Sahne und dem unvergleichlichen Duft nach Zimt, warmen Äpfeln und süßen Rosinen. Das war für sie ihre Großmutter. Dazu kamen 1.000 Erinnerungen an endlose verregnete Spielenachmittage, Reitausflüge auf viel zu breiten Pferderücken, Spaziergänge mit spannenden Erzählungen aus einer Zeit, als es in Deutschland noch Krieg gab, köstliche Rinderrouladen mit Kartoffeln, Erbsen und Möhren, sowie der besten Bratensoße, die jemals gekocht worden war.

Ein breites Lächeln stahl sich auf ihr Gesicht. Viel zu lange hatte sie ihre Großmutter nicht mehr besucht, das letzte Mal zu Weihnachten vor über sieben Monaten, und heute wurde sie 90 Jahre alt.

»Sabine! Hast du meine guten Schuhe gesehen?«, schallte es aus Rasters Zimmer.

»Wie wäre es, wenn du mal im Schuhschrank nachschaust?«

»Wir haben einen Schuhschrank?«

Sabine musste lachen. »Ja, du Schlaumeier«, rief sie. »Das ist das vermackelte Ding im Flur, wo du immer deinen Schlüssel draufknallst.«

Wenige Minuten später kam ein unglücklich dreinschauender schlaksiger Mann in Sabines Zimmer. Raster hieß eigentlich Hans Schulz, wurde aber wegen seiner Rastalocken, die er sich als Jugendlicher in der Karibik hatte machen lassen, nur Raster genannt. »Muss ich denn wirklich mit? Ich kenne da doch keinen«, maulte er wie ein kleiner Junge.

»Bist du 40 oder gerade erst 14 geworden?«, fragte Sabine prompt. »Oma freut sich so sehr darauf, endlich meinen Freund kennenzulernen, und außerdem kennst du sehr wohl meine Schwester Hanna und ihre Tochter Klarissa. Was hast du dir da eigentlich angezogen?« Sabine wies mit einer fragenden Geste auf die Erscheinung, die vor ihr stand.

Raster hatte sich in einen viel zu kleinen Anzug gezwängt, der ihm wahrscheinlich zur Konfirmation gepasst hatte. Darunter trug er ein schief geknöpftes, zerknittertes weißes Hemd und eine Krawatte, deren Knoten höchstens einem Seemann alle Ehre gemacht hätte.

»Du brauchst dich für meine Oma nicht so, äh, *schick* zu machen«, prustete sie. »Mist! Jetzt muss ich meine Wimperntusche neu auftragen«, lachte sie und wischte sich die Tränen aus den Augen. »Nein. Mal im Ernst. Es reicht, wenn du saubere Jeans und ein vernünftiges T-Shirt anziehst. Meine Großmutter steht nicht so auf Konventionen.«

In diesem Augenblick wurde die Wohnungstür geöffnet, und herein kam der dritte Bewohner der Wohngemeinschaft im Dortmunder Kreuzviertel.

»Ach, ihr seid noch da?«, wunderte sich Philo, der in Wirklichkeit Friedrich Sachse hieß, wegen seiner Tätigkeit als Philosophiegeschichtsdozent von den meisten aber nur Philo genannt wurde. »Wie siehst du denn aus?«, fragte er seinen Freund. »Willst du etwa so auf den Geburtstag von Sabines Großmutter gehen?«

»Ist ja schon gut«, maulte Raster. Er hatte als IT-Spezialist und EDV-Nerd in all den Jahren einfach kein Gefühl für Äußerlichkeiten aufbauen können.

Sabine verabschiedete sich ins Badezimmer, um die verwischte Wimperntusche zu erneuern, während sich die beiden Männer in Rasters Zimmer um dessen Garderobe kümmerten.

Mitten in der typischen Aufwärtsbewegung mit der kleinen Bürste hielt Sabine inne und betrachtete ihr Spiegelbild. Was sie sah, gefiel ihr, zumindest äußerlich. Die kleinen Fältchen um Augen und Mund waren für eine 43-Jährige altersentsprechend und eher durch häufiges Lachen denn durch Sorgen entstanden. Und doch war ihr bewusst, dass sie die letzten Jahre gezeichnet hatten. Nicht nur, dass ihre dunkelblonden Haare zunehmend an den Ansätzen grau wurden, was sie noch mit stoischer Gelassenheit zu ignorieren versuchte. Nein, es waren die inneren Risse, die Narben hinterlassen hatten: Eine unglückliche Beziehung einige Jahre zuvor, die sie zutiefst verletzt hatte. Dann die späte Erkenntnis, dass ihre Sehnsucht nach Liebe und Geborgenheit einer überhöhten Verehrung ihres verstorbenen Vaters entsprang, den sie in ihrem Leben zu ersetzen versuchte. Diese Einsicht hatte tiefe Spuren hinterlassen. Denn nach und nach hatte sie begriffen, dass nicht nur ihre Beziehungsprobleme darauf zurückzuführen waren, sondern auch ihre Rastlosigkeit und Unbeständigkeit in ihrem Beruf. Nicht, dass sie als Ärztin unzuverlässig oder gar fahrlässig gewesen wäre. Im Gegenteil: Sabine arbeitete immer höchst professionell und akribisch. Doch die Tatsache, dass sie sich seit ihrer Facharztausbildung zur Internistin und Notfallmedizinerin nicht auf eine Festanstellung in einem Krankenhaus oder den Erwerb einer eigenen Praxis eingelassen hatte, sprach für sie mittlerweile Bände. Freie Jobs auf Rettungswagen der verschiedenen Anbieter in Dortmund, unregelmäßige Arbeitszeiten, immer die Möglichkeit, auch einmal nein sagen zu können, das war über Jahre hinweg ihr Credo gewesen. An sich nicht schlimm, aber mittlerweile war ihr bewusst, dass die Ursache dafür in einer inneren Unzufriedenheit und Fluchttendenzen zu suchen war, und das machte sie traurig.

Der erste feste Job als überqualifizierte ärztliche Krankenpflegerin im letzten Jahr war in einer Katastrophe geendet und hatte sie fast das Leben gekostet.

Sabine seufzte einmal tief, während sie das Bürstchen erneut über ihre Wimpern streichen ließ. Sie sollte sich nicht in Selbstmitleid verlieren. Immerhin war sie seit letztem Jahr mit Raster zusammen, den sie Jahrzehnte kannte und mochte, der für sie aber bis zu den einschneidenden Erlebnissen nur ein guter Freund gewesen war. Sie war glücklich, konstatierte sie für sich selbst. Und auch beruflich bahnte sich eine neue Herausforderung an: Ein niedergelassener Internist aus der Innenstadt hatte sie zu einem Gespräch eingeladen. Er wolle seine Praxis aus Altersgründen verkaufen und hatte von Doktor Sabine Funda als fachlich kompetente Kollegin gehört. Man würde sich in der nächsten Woche einmal zusammensetzen.

Sie beendete ihre gedankenreiche Aufhübschung und trat zeitgleich mit Raster und Philo in den Flur.

»Wollte Susanne nicht auch heute zurückkommen?«, fragte Sabine Philo, der seinem Freund imaginäre Schuppen von der Schulter klopfte.

»Ja, eigentlich schon. Aber die Ärzte in der Reha haben gemeint, dass sie dieses Wochenende noch zur Erholung in Bad Sassendorf bleiben sollte. Am Montag hole ich sie ab.«

Susanne, Philos deutlich jüngere Freundin, war bei den Ereignissen des letzten Jahres schwer verletzt worden und absolvierte gerade ihre zweite Reha-Maßnahme. Ein geistig verwirrter Mehrfachmörder hatte ihr, als er sich in die Enge getrieben fühlte, in den Rücken geschossen. Auch für sie wird sich vieles ändern, dachte Sabine traurig. Als Polizistin schon mit 25 Jahren berufsunfähig zu werden, war ein harter Schlag. Wie es mit ihr weitergehen sollte, stand noch in den Sternen, aber Philo kümmerte sich so rührend um sie, dass Sabine sich keine allzu großen Sorgen machte.

»Können wir?«, fragte sie ihren Freund, der sich offensichtlich in seinem neuen Outfit bestehend aus Jeans, T-Shirt und einfachem Sakko deutlich wohler fühlte.

Eine halbe Stunde später quälten sich Sabine und Raster durch den erwarteten Freitagnachmittagstau am Autobahnkreuz Dortmund-Nordwest.

»Wir hätten vielleicht doch durch die Stadt fahren sollen«, meinte Sabine mehr zu sich selbst als zu Raster.

»Macht doch nichts. So haben wir Zeit für uns.« Er stemmte die Füße auf die vordere Ablage und erntete dafür einen ärgerlichen Blick seiner Freundin, den er geflissentlich ignorierte. »Erzähl mir ein bisschen mehr von deiner Großmutter. Wie ist sie so, was hatte sie für ein Leben, wo wohnt sie überhaupt genau? Wir hatten noch gar keine Gelegenheit dazu«, bat er.

»Ach, ich weiß gar nicht, wo ich da anfangen soll«, meinte Sabine zögerlich. »Für mich war sie halt unglaublich wichtig, nachdem meine Eltern damals bei dem Verkehrsunfall ums Leben gekommen sind. Ich war oft bei ihr, wir haben uns unterhalten, vor allem natürlich über meine Eltern, aber auch Kindheitserinnerungen aufgefrischt. Die Ferien bei meiner Großmutter waren immer das Größte. Sie hat einen großen Gutshof in der Nähe von Holthausen, nördlich von Dortmund-Eving. Ein kleines Dorf mit zwei Kneipen, ein paar Handwerkern und sogar einer Tankstelle. Knapp drei Kilometer außerhalb liegt der Gutshof. Früher, ich glaube seit 1820 oder so, wurde dort intensiv Landwirtschaft betrieben. Durch die beiden Weltkriege ging dann alles den Bach runter, bis mein Urgroßvater den Hof wieder aufgebaut hat. Mittlerweile sind die Stallungen an einen Pferdebesitzer verpachtet, der wiederum zwei Ferienwohnungen vermietet. Der Reitbetrieb geht nach wie vor ganz gut, soweit ich weiß. Früher bin ich auch oft geritten.«

»Gut, das waren alles richtig wichtige Infos«, grinste Raster, »was ich aber eigentlich wissen wollte, war, wie sie so ist. Was ist sie für ein Typ?«

Sabine schwieg eine ganze Weile, während sie sich auf den mittlerweile etwas flüssigeren Verkehr konzentrierte. »Oma ist der beste, klügste und warmherzigste Mensch, den ich kenne«, brach es schließlich aus ihr heraus.

Raster wartete einen Moment, bis er sie fragend anschaute. »Aber?«

»Hast du das Aber tatsächlich gehört? Du bist doch sonst nicht so sensibel. Nein, im Ernst. Da ist nichts. Sowohl als Kind als auch später während des Studiums waren die Zeiten bei Oma immer die Highlights. Das Tolle war, dass ich schon früh mit fünf Jahren ein Nachbarmädchen kennengelernt habe, mit dem ich die wildesten Abenteuer erlebt habe.«

»Was denn für Abenteuer?«, fragte Raster neugierig.

»Na ja. Kleine Katzenbabys versorgen, Ponyreiten, auf Bäume klettern, Äpfel von den Bäumen stibitzen und solche Sachen halt.«

»Ach, diese Abenteuer. Ich verstehe«, meinte Raster und verdrehte die Augen.

Und natürlich gab es ein Aber, dachte Sabine. Doch wie sollte sie ihm davon erzählen, wenn sie es sich selbst nicht erklären konnte.

2. KAPITEL

Brighton, Südengland, April 2017

Paul Fisher stand am Fenster der kleinen Wohnung im ersten Stock eines heruntergekommenen Hauses in der Portland Road. Er starrte durch das beschlagene Fenster auf die regennasse Straße, wo nur wenige Passanten, den Pfützen ausweichend, ihrem Ziel entgegen eilten. Wiederholt strich er sich mit beiden Händen über die Arme, um sich etwas Wärme zu verschaffen. Er trug einen dunkelgrauen, kratzigen Wollpullover und feste Bluejeans. Seine Füße steckten in ledernen knöchelhohen Boots. Trotzdem griff ihn die klamme Kälte der Wohnung mehr an, als ihm lieb war. Die meiste Wärme wurde durch den ständig röhrenden alten Kühlschrank produziert, der an einer Wand des nur karg eingerichteten Raumes stand. Außerdem juckte seine Narbe unterhalb des rechten Auges, was immer schon ein schlechtes Zeichen war. Die Narbe hatte er sich bei einer Kneipenschlägerei vor Urzeiten zugezogen. Sie war zwar klein, zog aber das rechte Unterlid ein paar Millimeter Richtung Nase, wodurch diese Gesichtshälfte immer traurig aussah, auch wenn die andere Seite lachte.

Der *Coop*-Laden gegenüber war mal wieder aus unerfindlichen Gründen geschlossen, stellte Paul in einem weit peripher liegenden Teils seines Gehirns fest, während seine Gedanken woanders ihre Bahnen zogen.

Was konnte er schon dafür, dass er hier gelandet war? An ihm lag es nun wirklich nicht. Es war ihm bewusst, dass er klug genug war, um etwas anderes als das hier, auf die Beine zu stellen. Aber welche Chancen hatte das Leben ihm denn gegeben? Ach was, das Leben; seine Eltern hatten ihm letztendlich das alles eingebrockt. Allen voran sein Vater, der alte Hurenbock. Eines Tages hatte es seiner Mutter gereicht, ständig Beweise für eine neue Schlampe zu finden, die er unbedingt hatte abschleppen müssen. Die Trennung war unvermeidlich. Aber damit hatte das Drama erst so richtig an Fahrt aufgenommen. Er selbst war damals gerade einmal zehn Jahre alt, sein neun Jahre älterer Bruder diente seit Kurzem in der Marine, und so war er dem, was kam, hilflos ausgeliefert. Sein Vater weigerte sich, Unterhalt zu zahlen, sodass die Mutter mit drei Putzjobs die kleine Familie erhalten musste. Die bisherige Wohnung konnte sie trotzdem nicht finanzieren, und so fanden sie sich schon bald in einem Drecksloch von Sozialwohnung in Preston wieder. Hier, im Preston Park, lernte Paul mit 13 seine erste Gang kennen, mit der er kleinere Unternehmungen startete, die am Rande der Legalität lagen. Aber was hätte er denn anderes machen können? Die Mutter wiederholte mantramäßig, dass sie alles tun würde, damit das Geld reiche, und sein Job wäre es, verdammt noch mal, alles dafür zu tun, dass er eine vernünftige Schulausbildung bekäme. Die Schule, ha! Es war einfach alles nur langweilig. Paul hatte schon früh gemerkt, dass der angebotene Stoff für ihn ein Klacks war. Das Wissen, dass er die schulischen Inhalte beherrschen könnte, reichte ihm völlig. Folglich wurden die Noten trotz Ermahnungen der Lehrer und der Mutter immer schlechter, bis er nach der elften Klasse mit einem miserablen Zeugnis die Comprehensive School beendete. Andere Dinge waren eben interessanter und spannender.

Er begann unter massivem Druck seiner Mutter eine Ausbildung in einer Autowerkstatt, wo er seine erste große Liebe traf: Sarah, Tochter seines Chefs und mit einer unersättlichen Lebensfreude ausgestattet. Sie schmiss das Büro der kleinen Werkstatt, pflegte die Kundschaft auf ihre unnachahmliche, charmante Weise, schäkerte und flirtete, wo es nur ging und verdrehte schlichtweg der gesamten Männerwelt die Köpfe. Eines Tages, Paul erinnerte sich noch gut daran, es war der Abend nach seinem 18. Geburtstag, ergab es sich dann, dass Sarah, *die* Sarah Dickinson, Tochter von Peter Dickinson und Schwarm aller normalfühlenden Männer, ihn, den schmächtigen Paul, zu einem Drink einlud. Danach ging es sehr schnell. Es waren die wunderbarsten Tage in Pauls bisherigem Leben. Vergessen waren die Kumpel im Preston Park, vergessen die kleinen und größeren Gaunereien. Es gab nur noch Sarah. Aber es waren eben auch nur Tage. Wenige. Denn nach genau zwei Wochen war alles vorbei. Ohne Angabe von Gründen wurde Paul von Sarah versetzt, und nur drei Tage später steckte ihm ein Kollege in der Werkstatt, dass sie mit so einem Typen aus der Innenstadt rumhängen würde.

Das war zu viel. Er schmiss die Ausbildung, zog von zu Hause aus und kroch bei seinem Freund Keith unter. Ab diesem Zeitpunkt begann die eigentliche kriminelle Karriere des Paul Fisher. Aber mal ehrlich: Was konnte er denn dafür?

»Werden die Reds es dieses Jahr schaffen? Was meinst du, Paul? Seitdem dieser Klopp Trainer ist, geht es echt spürbar bergauf!«

Jäh aus seinen Gedanken gerissen, drehte sich der Angesprochene seufzend um und betrachtete kopfschüttelnd seine drei Kumpel, die auf den Sofas der zerschlissenen Sitzecke herumlümmelten.

Rechts saß sein alter Freund Keith, ein Bein lässig über die Lehne des Sessels geschwungen. Wie immer cool und abgeklärt, eine halb abgebrannte Kippe im Mund, dünn wie ein Spargel und fast immer grinsend. Er war der Einzige, der aus der Zeit des Preston Parks übriggeblieben war. Genauso alt wie er, waren sie über all die Jahre – Paul dachte kurz nach, es waren tatsächlich schon 21 – unzertrennlich geblieben. Sogar das eine Mal, als Paul für zwei Jahre hatte einfahren müssen, hatten sie zusammen im Gefängnis verbracht.

Mit dem Rücken zu ihm, fragend das Gesicht Paul zugewandt, saß Simon. Ein dunkelhäutiger Typ, gerade einmal 23 Jahre alt, der erst seit wenigen Monaten bei ihnen war. Eigentlich ein ganz cleverer Bursche, wenn er nur nicht so viel reden würde, dachte Paul. Und vor allem fast ausschließlich über Fußball, es war zum Haareraufen.

»Lass Paul in Ruhe, Simon«, antwortete der Vierte im Bunde. »Er hat bestimmt noch wichtige Dinge durchzuspielen, bevor es morgen ernst wird, stimmt's, Paul?« Ethan war klein, so schmal wie Keith, hatte aber eine ganz andere Körpersprache. Den Rücken immer krumm, machte er sich noch kleiner, als er sowieso schon war. Dazu kamen die fettigen Haare, deren größter Teil schräg auf seiner linken Stirn klebte. Auch die stets abgerissene

Kleidung zeigte sein fehlendes Selbstbewusstsein. Wie er vor etwa einem Jahr zu ihrer Gruppe gestoßen war, konnte Paul kaum noch erinnern. Bei einem kleineren Coup war er zufällig da gewesen und hatte ihnen geholfen. Na, hoffen wir das Beste, dachte Paul besorgt. Morgen wird es sich zeigen. »Ist schon gut, Ethan. Lass Simon ruhig quatschen. Mir ist das vollkommen schnuppe, wer dieses Jahr Meister wird. Ich möchte nur, dass alles glatt läuft. Sollen wir noch einmal die einzelnen Schritte durchgehen? Keith?«

»Von mir aus. Dann komm aber her, sonst bekommt Simon eine Genickstarre. Schnapp dir ein Bier und setz dich zu uns.«

Paul tat, wie ihm geheißen. Nach dem ersten Schluck Lagerbier aus der Flasche begann er zum vielleicht 100. Mal, seinen Plan für den kommenden Tag zu erläutern. Eine gute halbe Stunde, einige Nachfragen und entsprechende Antworten später kam Paul zum Schluss. »Also, Leute. Nochmal das Wichtigste zum Mitschreiben. Völlig egal, was ihr in den Kassen vermutet, haltet euch nicht damit auf. Es geht ausschließlich um die Schließfächer. Ist das klar? Ich weiß zwar nicht, was wir dort finden, aber die Wahrscheinlichkeit, dass das wesentlich mehr ist als alles Bargeld, das die da vorrätig haben könnten, ist enorm. Mein Kumpel war da ganz sicher. Und wehe, einer von euch vergisst sein Spezialwerkzeug!«

»Ja, Papa. Wie oft denn noch? Alles klar. Jetzt lasst uns ein paar Bier zischen, und dann geht's bald in die Falle, okay?«

Widerstrebend nickte Paul. Es musste einfach klappen. Die Chance war einmalig. Es hatte damit begonnen, dass er einige Monate zuvor in einem Pub in Worthing am Tresen auf sein Bier wartete. Warum er an diesem Abend in Worthing war, wusste er nicht mehr. Neben ihm standen zwei Anzugträger, die sich lautstark über ihre Arbeit unterhielten. Offensichtlich Banker, wie Paul dem Inhalt des Gesprächs entnehmen konnte. Er bekam sein Bier und wollte gerade an seinen Tisch zurückgehen, da schnappte er einen Satz auf, der ihn stutzig machte und ihn bewegte, am Tresen stehen zu bleiben.

»Es wird auch höchste Zeit, dass diese alten Fächer ausgetauscht werden. Wann soll das gemacht werden?«, fragte gerade der eine, dessen rotgeränderte Augen von mehr als einem konsumierten Pint Zeugnis gaben.

»Im nächsten Mai. Also ehrlich. Wenn ich etwas Wertvolles einlagern wollte, dann sicherlich nicht bei uns. Der Vertreter der Firma, die die neuen Schließfächer einbauen wird, hat mir gestern erst gezeigt, wie leicht man diese alten Dinger aus den 60er-Jahren aufbekommt.« Es folgte eine detaillierte Beschreibung der notwendigen Werkzeuge und des Verfahrens. Paul wollte seinen Ohren nicht trauen. Was waren das denn für Knalltüten? Wenn ihr Chef wüsste, was die hier in aller Öffentlichkeit breittraten, würden die beiden keinen Job mehr bei irgendeiner Bank in England bekommen. Er folgte dem einen der beiden nach der Sperrstunde zu seinem Haus, notierte den zugehörigen Namen und zwei Tage später wusste er, bei welcher Filiale in Worthing die beiden arbeiteten.

Paul hatte all seine finanziellen Reserven aufgebraucht und sich zwei Reihen der alten Schließfächer sowie vier der Spezialwerkzeuge bauen lassen.

Man musste, so hatte er es verstanden, einen flachen,

vorne zu einer Art Haken gebogenen Stahlstab unterhalb eines Faches in den Schlitz einführen, um dann mit einer ruckartigen Bewegung nach rechts und zu sich hin eine Arretierung zu lösen. Wochenlang hatten er und seine drei Kumpel gefummelt, geübt, verbessert und weiter geübt, bis sie schließlich alle das Öffnen im Schlaf beherrschten. Die Probefächer waren mittlerweile fachgerecht entsorgt worden, und auch die Haken würden morgen auf Nimmerwiedersehen verschwinden.

Natürlich konnte Paul sich nicht sicher sein, dass sich der ganze Aufwand lohnen würde, aber Worthing war ein altes, nicht unvermögendes Städtchen. Viele wohlhabende Damen in fortgeschrittenem Alter waren hier nach mehrfachen Kuraufenthalten hängengeblieben, und deren Schmuck und Wertgegenstände mussten ja nun einmal sicher aufbewahrt werden. Also standen die Chancen nicht schlecht. Dazu kam, dass Paul im Laufe seiner Karriere diverse Hehler, Antikhändler und Schmuckspezialisten kennengelernt hatte, sodass er davon ausging, nicht allzu lange auf der erhofften Beute sitzen zu bleiben. Denn das war, wie er aus leidiger Erfahrung wusste, die gefährlichste Zeit.

Müde rieb er sich mit den Händen übers Gesicht und strich seine langen braunen Locken nach hinten. »Leute. Ich pack's dann mal, und ihr haut euch jetzt auch aufs Ohr. Kein Bier mehr, verstanden? Ich will nichts riskieren, nur weil einer von euch morgen verkatert ist.«

3. KAPITEL

Im Norden Dortmunds, Juli 2019

Nachdem sie Holthausen in nordöstlicher Richtung verlassen hatten, tauchten sie in eine ganz eigene Welt ein: weitläufige Wiesen mit Hecken und kleinen Baumgruppen. Hier und da eine Kuhherde mit Kälbern, die träge wiederkäuten und dem Auto hinterherschauten. Nach fünf Minuten Fahrt durch diese Idylle machte Raster ein Wäldchen aus, durch das das rote Dach eines stattlichen Gebäudes zu erkennen war. »Ist es das?«, fragte er.

»Das ist es«, antwortete Sabine, ohne etwas Stolz in ihrer Stimme verbergen zu können.

Sie bogen nach links in eine schnurgerade Allee ein, die beiderseits von alten Eichen gesäumt war. Nach 500 Metern öffnete sich der Blick auf ein hufeisenförmiges flaches Gebäude. In der Mitte befand sich eine überdachte Durchfahrt, hinter der man einen kiesbedeckten Innenhof erreichte. An der gegenüberliegenden Seite erhob sich der eigentliche Gutshof. Ein klassischer Herrensitz, eigentlich eher typisch für das Münsterland, das allerdings auch in Steinwurfnähe begann: breit mit mittiger Eingangstreppe, rotem Giebeldach und drei Etagen. »Die übrigen Gebäude beherbergen die Stallungen, die zwei Ferienwohnungen und Wirtschaftsräume«, erklärte Sabine ihrem Freund, während sie am rechten Rand des Vorplatzes den Wagen parkte. »Der Verwalter lebt auch im Haupthaus, da ganz links. Ist ein total netter Typ. Friedrich Ehlert heißt er, wird aber von allen nur Fritz genannt. Du wirst ihn mögen.«

Sabine und Raster schnappten ihre Taschen aus dem Kofferraum und steuerten auf die breite Freitreppe zu.

»Es scheinen ja schon einige Leute da zu sein«, meinte Raster und wies auf mehrere Fahrzeuge, die weiter links geparkt waren. In diesem Augenblick öffnete sich die reich verzierte Haustür, und heraus trat eine freundlich lächelnde alte Dame. Schlank und mit geradem Rücken hätte man sie auch als 70-Jährige durchgehen lassen können, wenn da nicht die unendlich vielen Falten und Fältchen in ihrem Gesicht gewesen wären. Sie trug ein nachtblaues elegantes Kostüm, das nicht so recht zu ihrem freundlichen und natürlichen Lächeln passen wollte. Das noch volle weiße Haar hatte sie zu einem akkuraten Dutt aufgesteckt.

»Ist das deine Großmutter?«, flüsterte Raster.

»Oma! Ist das schön, dich endlich wiederzusehen! Und alles, alles Gute zum Geburtstag!«, rief Sabine, ohne auf seine Frage direkt einzugehen, und sprang die Stufen hinauf, um ihrer Großmutter in die Arme zu fallen.

»Das ist sie ja wohl«, murmelte Raster und folgte seiner Freundin.

»Raster, darf ich dir meine liebe Oma vorstellen? Frau Lina Funda. Oma, das ist mein Freund Raster, ich meine Hans Schulz«, verbesserte sie sich.

Erneut öffneten sich die Arme der alten Dame, und ein warmes Lachen verschönerte aufs Neue das faltenreiche Gesicht. »Sie glauben gar nicht, wie froh ich bin, dass meine Sabine endlich jemanden gefunden hat. Und wen sie liebt, den mag ich schon mal erst recht. Ich bin Lina, darf ich auch einfach Raster sagen?«

»Selbstverständlich, gerne. Und auch von mir meinen herzlichsten Glückwunsch!«, antwortete Raster etwas unsicher.

»Jetzt kommt mal erst rein«, half ihm Lina über seine Verlegenheit hinweg. »Es sind schon fast alle da.« Sie dirigierte die beiden durch einen breiten Flur zu einer geschwungenen Treppe, die in die oberen Etagen führte, und neben der einige antike Stühle standen. »Lasst eure Taschen hier. Wir sitzen im Garten.«

Raster folgte Sabine und ihrer Großmutter durch eine hohe Tür hinter der Treppe in den rechten Flügel des Hauses. Sie betraten ein helles Wohnzimmer mit großen Fenstern und einer Terrassentür, die in den Garten führte. Der etwa drei Meter hohe Raum war geschmackvoll mit alten Möbeln eingerichtet, wobei Raster keine Ahnung hatte, aus welcher Epoche sie stammten. An den Wänden hingen, wie schon in der Diele, wertvoll aussehende Gemälde, die er aber nicht weiter einordnen konnte. Draußen, auf dem Rasen, war eine lange Kaffeetafel aufgebaut. Vergnügtes Geplapper von mehreren Menschen drang bis ins Wohnzimmer. Raster holte einmal tief Luft und trat dann hinter Sabine nach auf die Terrasse.

»Alles gut«, flüsterte sie. »Ist doch nur meine bucklige Verwandtschaft.«

Als ob mir das helfen würde, dachte Raster und bereute in diesem Moment, überhaupt mitgekommen zu sein. Wie gerne säße er jetzt zu Hause an seinem PC und tüftelte an kniffligen Fragen zur Entwicklung eines neuen Computerspiels.

Die Gespräche waren mit einem Schlag verstummt, als die Gesellschaft die beiden Neuankömmlinge bemerkte. Nur Hanna, Sabines jüngere Schwester, war aufgesprungen und eilte den beiden entgegen.

Na, wenigstens eine, die ich kenne, dachte Raster erfreut.

»Keine Sorge«, flüsterte Hanna ihm während der Begrüßungsumarmung ins Ohr, »die sind alle nur schrecklich neugierig, wen Sabine da mitgebracht hat. Alles ganz harmlos.«

»Ihr Lieben!«, hob in diesem Moment das Geburtstagskind an. »Sabine kennt ihr ja alle. Und das ist ihr Freund, Hans Schulz, aufgrund dieser unübersehbaren Haarpracht von allen nur Raster genannt. Nehmt ihn herzlich in eurer Mitte auf, denn wer meine Sabine glücklich macht, der gehört wahrlich zu uns.«

Applaus brandete auf, und spätestens in diesem Moment sehnte sich Raster nach irgendeiner Art Zeitmaschine, die ihn von hier wegbrächte.

»Komm, wir setzen uns. Dann erzähl ich dir, wer wer ist. Oma ist manchmal ein wenig pathetisch. Nimm es ihr nicht übel. Und die Leute da sind fast alle richtig nett.«

Nachdem sie die obligatorische Begrüßungsrunde vollzogen hatten, setzten sie sich auf zwei leere Stühle, die Gott sei Dank nebeneinanderstanden, wie Raster immer noch leicht nervös bemerkte. Sofort steuerte eine junge Frau mit weißer Schürze auf sie zu, die er vorher gar nicht wahrgenommen hatte. »Darf ich Ihnen Kaffee einschenken?«, fragte sie, eine Porzellankanne in der Hand haltend.

Beide ließen sich gerne bedienen und genossen schon

bald den selbstgemachten Apfelkuchen, der Sabine ein ums andere Mal zum Schwärmen brachte. Nach den ersten Bissen hielt sie inne und legte ihre Gabel auf den Teller. »Also fangen wir mal an. Rechts von dir, die beiden Mädchen, müsstest du ja eigentlich kennen.«

Raster nickte. Klarissa, Hannas Tochter, und Lydia, ein Pflegekind von Hanna, das von seiner Mutter verstoßen wurde und dessen Vater im Gefängnis saß. Woran Raster, Philo und Sabine nicht gerade unbeteiligt waren. Beide standen am Anfang der Pubertät. Lydia hatte das Downsyndrom, machte aber in der Schule gute Fortschritte und war mit Klarissa ein Herz und eine Seele. Sie freuten sich riesig auf die Pferde, und die Urgroßmutter hatte ihnen für den Spätnachmittag einen kleinen Reitausflug versprochen, wie Klarissa Raster stolz berichtete.

»Dahinter kommen Hanna und ihr Freund Klaus. Den kennst du, glaube ich, noch nicht?«

Raster schüttelte den Kopf.

»Ist ein richtig Netter. Kommt super gut mit den Mädchen klar und wohnt wie Hanna auch in Herne. Ich wette, die ziehen bald zusammen. So, weiter im Text: Links von mir sitzen zwei befreundete Paare aus dem Dorf. Ich habe die früher zwar öfter hier gesehen, aber frag mich nicht nach den Namen. Uns gegenüber fangen wir mal ganz rechts an. Da ist zunächst Tante Frieda, Omas älteste Tochter. Sie ist schon lange verwitwet. Links neben ihr sitzt ihre Tochter Barbara, also meine Cousine.«

»Moment mal. Nicht so schnell«, fuhr Raster dazwischen. »Wie viele Kinder hat denn deine Oma?«

»Drei«, antwortete Sabine, »Frieda, mein Vater und Günter Funda. Der sitzt neben Barbara, mit seiner Frau

Helga und dem Sohn Gernot. Die Fundas wohnen in Münster und Gernot in der Nähe von Dülmen.«

»Was macht der denn beruflich? Er sieht ein wenig ungepflegt aus, so ein bisschen wie ich früher.«

Sabine lachte. »Das kann schon hinkommen. Er ist arbeitslos und schlägt sich, soweit ich das mitbekommen habe, mit Gelegenheitsjobs durch. Ehrlich gesagt mag ich ihn nicht besonders. Aber wir hatten nie engeren Kontakt. Wenn ich mir das recht überlege, eigentlich keiner von uns. Weder meine vier Geschwister noch Barbara. Aber egal. Die Nächsten sind mein Bruder Ralf – den kennst du von meinem 40. Geburtstag – mit seiner Frau Sarah und dem Sohn Max. Und dann sind da noch mein Bruder Christoph mit Freundin Claudia. Ah, und da kommen die Ehrengäste.«

Oma Lina war aufgestanden und eilte einem Paar entgegen, das von einer weiteren Angestellten in den Garten geführt wurde. Dahinter folgte in gebührendem Abstand, dem Talar zufolge, der Pfarrer des Dorfes.

»Das ist der Bürgermeister von Brechten Hans Fleischhauer nebst Gattin Petra und Pfarrer Hilgenstock«, erklärte Sabine.

»Was hat denn der Bürgermeister um den Hals hängen?«, fragte Raster erstaunt, der eine solch breite und opulente Kette, geschweige denn bei einem Mann, noch nie gesehen hatte.

»Das ist die Amtskette, du Ignorant«, meinte Sabine. »Wird bei allen hohen Anlässen vom Bürgermeister getragen. Also auch beim 90. Geburtstag einer hochgestellten Persönlichkeit.«

»Wieso ist deine Großmutter eine hochgestellte Persönlichkeit? Okay, sie hat offensichtlich Vermögen, aber das heißt ja nicht automatisch, dass sie etwas Besonderes im politischen Sinne darstellt.«

Ein Schatten huschte über Sabines Gesicht, und kurzzeitig war ihr Lachen verschwunden. »Ich erkläre dir das später«, meinte sie nur und nahm einen Schluck aus ihrer Kaffeetasse.

Raster war in Gedanken schon wieder ganz woanders und hatte die Veränderung im Gesicht seiner Freundin gar nicht mitbekommen. Er beobachtete interessiert die Küsschen links und rechts, die die Bürgermeistersgattin der Jubilarin auf die Wangen drückte. Gut, dass endlich jemand anderes im Mittelpunkt steht, dachte er erleichtert.

4. KAPITEL

Brighton, Südengland, April 2017

Paul beobachtete verstohlen seine drei Kumpel. Dies war eine äußerst gefährliche Zeit. Er wusste, dass von diversen Brüchen vorher. Wenn alles, wie in diesem Fall, so glatt lief, verbreitete sich schnell eine Art Euphorie in der Truppe, die zu Fehlern führen konnte. Mit verheerenden Folgen für alle.

Keith und Simon wirkten noch einigermaßen überlegen, während sie angefangen hatten, das Diebesgut aus den großen Sporttaschen zu sortieren. Aber auch sie kamen aus dem breiten Grinsen nicht mehr heraus. Ethan allerdings wirkte übermütig und fahrig. Entgegen seiner sonst so stillen Art juchzte er jedes Mal wie ein kleiner Junge auf, wenn er ein Stück aus seiner Tasche klaubte. Außerdem ging er nicht gerade sorgsam mit den Dingen um. Paul musste ihn im Auge behalten.

Im Wohnzimmer der Wohnung hatte sich ein saurer Schweißgeruch in die klamme Kälte gemischt. Ein solcher Überfall war immer mit Stress verbunden, und das merkte man deutlich. Aber es war perfekt gelaufen. Vonseiten der Bankangestellten hatte es kaum Widerstand gegeben. Die drei Notfallknöpfe hatten sie innerhalb weniger Sekunden entdeckt und dafür gesorgt, dass sich keiner in ihrer Nähe aufhielt. Der Filialleiter hatte ohne Zögern die schwere Tür zu dem Raum mit den Schließfächern geöffnet, woraufhin alles sehr schnell gegangen war. Die Spezialwerkzeuge taten, was sie sollten, und innerhalb von wenigen Minuten waren sämtliche Fächer geleert, in denen sie vermeintlich Wertvolles gefunden hatten. Auch der Rückzug war schon fast zu glatt gegangen. Eine Warnung an die Angestellten hatte ausgereicht, ihnen einen ausreichenden Vorsprung zu verschaffen. Keine Sirene ertönte, und so waren sie ohne Hast in ihrer Wohnung in Brighton angekommen. Der kleine Umweg über einen befreundeten Schrotthändler, wo sie den Zweitwagen geparkt hatten, hatte sie gerade einmal 15 Minuten gekostet. Das Tatfahrzeug war sicherlich längst zusammen mit den Spezialwerkzeugen zu einem koffergroßen Metallblock zusammengepresst worden.

Auf den ersten Blick sah die Beute vielversprechend aus. Pauls Einschätzung über den Inhalt der Schließfächer schien ein Volltreffer zu sein. Er konnte Dutzende Colliers, Armreifen, Ketten und andere Schmuckgegenstände ausmachen. Dazu kamen antik aussehende Kästchen, Reiseaccessoires und diverse Papiere wie Schuldverschreibungen, Wertpapiere und Dokumente, die er zu einem späteren Zeitpunkt sichten wollte. Dies konnte sich zu seinem bisher größten Coup entwickeln, dachte Paul. Wenn seine Truppe sich in den nächsten Wochen zusammenriss, und wenn der Verkauf über diverse Hehler wie geplant über die Bühne ging.

»Also, Leute. Erst mal: super Arbeit. Ich denke, wir können stolz auf uns sein. Mit ein bisschen Glück könnten wir für einige Zeit ausgesorgt haben. Aber«, Paul verschärfte seinen Tonfall, »das funktioniert nur, wenn wir uns exakt daran halten, was wir vorher besprochen haben. Ist das allen klar?«

Allgemeines Kopfnicken unterbrach kurz das Grinsen und Händereiben.

»Das heißt: Jeder begibt sich an seinen vereinbarten Ort. Wir verteilen uns und halten die Füße still. Ihr bleibt während der ganzen Zeit getrennt. Achtet darauf, dass ihr nicht zu viel trinkt. Ihr wisst, was dann passieren kann!«

»Paul. Jetzt lass doch nicht dermaßen den Schulmeister raushängen! Wir wissen Bescheid. Aber ein bisschen Feiern ist ja wohl erlaubt, oder?«, maulte Simon.

»Ihr wisst selbst ganz genau, was ich meine, Leute. Wenn einem von euch was rausrutscht, sind wir alle dran, und die ganze Arbeit war für die Katz. Und noch etwas: Es wird die Zeit kommen, dass ihr ungeduldig werdet. Ich weiß das. In zwei oder drei Wochen werdet ihr denken: Wo bleibt denn nur der alte Paul mit dem Schotter? Hat der sich etwa aus dem Staub gemacht? Und dann passieren Fehler. Glaubt mir, ich hab es selbst schon erlebt. Ihr müsst mir vertrauen. Anders funktioniert das nicht. Und es kann dauern. Einen solchen Haufen vernünftig zu verkaufen, geht nicht innerhalb von ein bis zwei Wochen.«

Ethan rutschte auf der Sessellehne herum, auf der er Platz genommen hatte. Seine Augen glitten unstet hin und her. »Aber du meldest dich ganz bestimmt bei uns, Paul?«

»Ich verspreche es.«

Die Vier beglückwünschten sich noch einmal zu ihrem gelungenen Coup, zogen ihre Jacken an, schnappten sich ihre privaten Taschen und verließen nach sehr unterschiedlichen Verabschiedungen jeweils im Abstand von einer halben Stunde die Wohnung. Die Euphorie war verflogen. Eine gewisse Ängstlichkeit und auch etwas Misstrauen ihm gegenüber hatte sich stattdessen breitgemacht. Paul spürte das deutlich. Aber anders ging es nun mal nicht.

Allein in der Wohnung machte er sich daran, eine erste grobe Kalkulation vorzunehmen. Er hatte genug Erfahrung, um bei den meisten Gegenständen den Wert in etwa einzuschätzen und den Hehleranteil abzuziehen. Nach gut zwei Stunden erhob er sich, strich sich über die Haare und pfiff lächelnd durch die Zähne. Grob kam er auf einen Reingewinn von 1.200.000 Pfund. Das wären dann

600.000 für ihn. Nicht schlecht. Aber zunächst einmal standen ihm anstrengende Wochen bevor.

Sein Blick fiel auf einen Briefumschlag, den er bisher übersehen hatte. Er sah alt und vergilbt aus. Das Format war ungewöhnlich und heutzutage sicher nicht mehr üblich. Der Umschlag war geöffnet, die Lasche nur wieder eingesteckt. Paul öffnete ihn vorsichtig und zog ein ebenfalls gelbes und fleckiges Stück Papier heraus. Der untere Rand schien abgerissen zu sein. Eine Seite war handschriftlich beschrieben, die Tinte gut erhalten. Aber entziffern konnte Paul zunächst nichts. Diese Schrift hatte er noch nie gesehen. Wort für Wort versuchte er, irgendetwas zu entschlüsseln, bis er schließlich drei Buchstaben fand, die mit ein wenig Fantasie das deutsche Wort »das« bedeuten konnten. Zumindest das »a« war ziemlich eindeutig, das »s« sah allerdings wie eine »I« aus. Paul war neugierig geworden. Ein alter deutscher Brief in einem englischen Schließfach? Er nahm sich vor, Nathan, dessen Familie aus Deutschland stammte, danach zu fragen.

5. KAPITEL

Münster, Februar 1944

Alfred von Strelitz war auf dem Weg nach Hause. Er hätte, wie üblich, seinen Chauffeur bitten können, ihn zu fahren, aber er musste nachdenken. Außerdem war das Wetter an diesem späten Februartag so schön, dass er Lust auf einen Spaziergang verspürte. Er hatte seine Dienststelle in der Bismarckallee 5 verlassen und war in östlicher Richtung aufgebrochen. Eine knappe Stunde würde er schon brauchen, bis er seine Wohnung in der Diepenbrockstraße erreichen würde. Zumal er einen kleinen Umweg über den Bahnhof eingeplant hatte, um mit seinem Mitarbeiter, Untersturmbannführer Keller, den morgigen Tag durchzusprechen. Sie erwarteten nach langer Zeit mal wieder eine Lieferung aus dem Osten.

Von Strelitz war seines Zeichens Sturmbannführer bei der Allgemeinen Schutzstaffel, kurz SS genannt. Mit seinen 51 Jahren stand er noch sehr weit unten auf einer möglichen Karriereleiter, aber das war ihm eigentlich auch recht so. Ihm fehlte es sowohl an Ehrgeiz als auch an der für höhere Posten erforderlichen politischen Einstellung. Die Partei war ihm egal. Natürlich hatte er damals eintreten müssen, als man ihm diesen Posten angeboten hatte, aber er beschäftigte sich kaum mit parteiinternen Inhalten, und der große Krieg interessierte ihn nur insofern, als dass er hoffte, ihn zu überleben, und dass Deutschland möglichst bald den verdienten Sieg einfuhr. Er genoss das Privileg, in seiner Heimatstadt Münster arbeiten zu können, und ließ sich gerne von seiner Frau Ruth bekochen, was seinem Leibesumfang deutlich anzusehen war. Außerdem verbrachte er viel Zeit mit seiner 14-jährigen Tochter Lina, die für ihn trotz der fortgeschrittenen Pubertät sein kleines Mädchen blieb.

Nachdenken musste er, weil ihm eine Sekretärin in der Gauverwaltung gerade einen Brief überreicht hatte, den er überhaupt nicht erwartet hatte.

»Herr Sturmbannführer, ich habe hier ein Schreiben aus England für Sie«, hatte sie ihm diskret zugeflüstert. »Sie wissen, dass das ein eher ungewöhnlicher Vorgang ist, den ich eigentlich melden müsste. Die Poststelle hat ihn natürlich sofort geöffnet und den Inhalt überprüft. Aber es scheint sich nur um familiäre Angelegenheiten zu handeln. Seien Sie trotzdem ein wenig vorsichtig!«

Er mochte diese Belinda. Sie war stets umsichtig und bemüht, Aufsehen zu vermeiden.

Alfred wusste genau, von wem der Brief kam, und dass die Poststelle ihn gelesen hatte, machte ihm keine Sorgen. Aber trotzdem hatte er gerade heute, nach sechs Jahren, nicht damit gerechnet. Was konnte das bedeuten? Gutes eigentlich nicht. Natürlich waren die Zeiten unsicherer geworden. Schon seit drei Jahren fielen immer wieder Bomben auf die Stadt, aber dem Endsieg in absehbarer Zeit stand doch wohl nichts entgegen? Seine Gedanken wanderten 29 Jahre zurück, nach …

*

Ypern, Belgien, April 1915

So wie zigtausend andere hatte sich Alfred mit seinen 21 Jahren im Sommer 1914 begeistert für den Kriegsdienst gemeldet. Schließlich musste man den befreundeten Österreichern helfen, und dass der Russe den Serben zur Seite sprang, sollte ihn teuer zu stehen kommen. Wenn dann auch noch die westlichen Nachbarn, Belgien, Frankreich und sogar England und Kanada, sich gegen das Kaiserreich formierten, musste eben aus allen Rohren geschossen werden. Es hatte ihn an die Westfront nach Flandern verschlagen.

Längst war die Anfangseuphorie verflogen, zu viele Kameraden hatten ihr Leben verloren. Den Tränengasangriff der Franzosen hatte er mithilfe feuchter Tücher vor dem Gesicht überstanden und war nicht, wie einige seiner Mitstreiter, panisch aus den Gräben gesprungen, um dann brutal abgeschossen zu werden. Der französische Giftgasangriff war für die Deutschen eine wunderbare Begründung dafür, ihrerseits einen deutlich gefährlicheren Stoff, nämlich Chlorgas, einzusetzen. Alfred war das recht. Er wollte einfach nur weg hier. Von seiner Position aus konnte er beobachten, wie einige höhergestellte Kameraden Stahlflaschen mit dem Gas vorbereiteten. Es war mucksmäuschenstill. Der Gegner ahnte wohl, dass etwas bevorstand, und die deutschen Soldaten warteten gespannt auf die Wirkung der tödlichen Substanz. Die üblichen Feuergefechte waren jedenfalls eingestellt worden. Plötzlich sah man eine riesige gelblichweiße Gaswolke in Richtung der gegnerischen Gräben ziehen. In dem Moment, als sie den Feind erreichte, erschollen grauenhafte Schreie aus tausenden Kehlen. Männer stürzten aus den zur Falle gewordenen Gräben, in denen sich das Gas sammelte, rissen die Arme hoch, griffen sich an die Kehle und brachen zusammen. Ein grausiges Sterben hatte begonnen. Für Alfred und viele andere war jedoch dieser Moment wie Balsam für die geschundene Seele. Aber unerfahren und dumm, wie er war, blieb er nicht im Schutz des eigenen Grabens, sondern sprang mit einem Siegesgeheul heraus und feuerte mit dem Gewehr in die Luft. Die Befehle seines Hauptmanns, sofort zurückzukehren, hörte er nicht oder wollte er nicht hören. Für Alfred war der Krieg in diesem Augenblick vorbei, und das galt es zu feiern. Plötzlich nahm er vor sich Bewegungen wahr: Männer, die sich ihm in der einsetzenden Dämmerung mit dem Gewehr im Anschlag näherten. In diesem Augenblick passierten zwei Dinge: Ein weiterer Mann sprang auf ihn zu, brüllte: »Get down, immediately!«, und riss ihn von den Füßen. Gleichzeitig fielen zwei Schüsse, und Alfred verspürte einen fürchterlichen Schmerz in der linken Schulter. Einen Moment blieb er benommen liegen, nur undeutlich war ihm klar, dass der Engländer noch immer auf ihm lag. In der schnell einsetzenden Dunkelheit wurden beide in den englischen Graben gezogen und notversorgt. Sein Retter hatte eine Kugel ins Bein bekommen. Sie konnten gerade noch ihre Namen austauschen, dann wurden sie auch schon getrennt. Alfred kam in Kriegsgefangenschaft, sein Lebensretter, ein junger Soldat namens William Danning aus York, wurde vor Gericht gestellt und wegen »Feindsbegünstigung« zu vier Jahren Zuchthaus verurteilt.

Von Strelitz hatte sich mittlerweile auf eine Bank vor dem Münsteraner Hauptbahnhof gesetzt. Er schwitzte leicht trotz der noch winterlichen Temperaturen und zog ein Taschentuch aus der Hosentasche, um sich das Gesicht trocken zu wischen. Außerdem spannte seine Uniform. Vielleicht war es doch nicht eine so gute Idee gewesen, zu Fuß nach Hause zu gehen. Er beobachtete ein paar Frauen, die über die Straße eilten. Die meisten waren einfach gekleidet, nur wenige hatten einen Hut auf. In der Hand trugen sie einen Korb mit den wichtigsten Dingen zum Überleben. Fast alle mussten den Gürtel zurzeit enger schnallen. Das ist so in Kriegszeiten, dachte Alfred. Die Frauen bewegten sich im Laufschritt. Man wusste von der Gefahr eines erneuten Bombenangriffs. Aber noch waren die Sirenen intakt. Die Warnung würde früh genug überall in der Stadt zu hören sein. Ein paar wenige Lkws brummten vorbei und hinterließen ihre stinkende Abgaswolke.

Inzwischen waren auch einige Dienstwagen der SS vorbeigefahren, und die ihm bekannten Offiziere hatten ungläubig geschaut, dass er da so alleine vor dem Bahnhof auf einer Bank saß. Er meinte, bei manchen ein spöttisches Lachen bemerkt zu haben. Ihn interessierte das nicht.

Bis heute war ihm schleierhaft, warum William ihm damals das Leben gerettet hatte. Oft hatten sie in den 20er-Jahren bei diversen Besuchen darüber diskutiert, aber verstanden hatte Alfred es trotzdem nicht. Diese Art der Selbstlosigkeit war ihm zutiefst fremd. Sie waren Freunde geworden. Einmal, weil sie dieses einschneidende Erlebnis in Belgien verband, aber auch, weil sie eine gemeinsame Leidenschaft pflegten: Beide hatten nach dem Krieg Kunstgeschichte studiert. Keiner von ihnen hatte ein besonderes Talent für eigene Gemälde, aber beide liebten die Bilder der Renaissance und der Impressionisten.

6. KAPITEL

Im Norden Dortmunds, Juli, 2019

Die Kuchenberge waren geschrumpft, der Kaffee war ausgetrunken. Wie in Westfalen üblich, war man zu einer Runde guten westfälischen Korns übergegangen, zumal eine der ältesten und größten Kornbrennereien hier ganz in der Nähe ansässig war. Entsprechend gab es einen *Krämer Doppelkorn*.

»Du musst jetzt sehr tapfer sein«, flüsterte Sabine Raster zu.

»Warum?«, fragte dieser zurück.

»Es beginnen die Festtagsreden. Das kann dauern.«

Raster schluckte und machte der jungen Kellnerin ein Zeichen, das Pinnchen noch einmal zu füllen. Eigentlich stand er überhaupt nicht auf Hochprozentiges, aber irgendwie musste das ja überlebt werden.

Als Erster kam Pfarrer Hilgenstock an die Reihe. Seine Ansprache war erstaunlich prägnant und kurz. Allerdings ließ er es sich nicht nehmen, mit einem spitzbübischen Lächeln darauf hinzuweisen, dass er Oma Lina, wie er sie nannte, gerne etwas öfter in der Messe sehen würde. Ansonsten hob er das hohe Alter und die herausragende Gesundheit der Jubilarin hervor und verband das selbstverständlich mit einem kurzen Dankgebet, das von den Anwesenden teilweise inbrünstig, teilweise peinlich berührt mitgetragen wurde.

Raster fiel auf, dass der Pfarrer in dieses Dankgebet auch die vielen Wohltätigkeiten einschloss, die die Familie des Geburtstagskindes für die Gemeinde geleistet habe. Er sagte jedoch zunächst nichts dazu.

Als Nächstes durfte Onkel Günter das Wort ergreifen. Seine Rede war deutlich länger, und Raster verspürte schon nach wenigen Minuten einen unsäglichen Drang, dem Korn erneut zuzusprechen. Wobei ihm ein Glas Bier viel lieber gewesen wäre. »Ich muss mal auf die Toilette«, raunte er Sabine zu. »Wo finde ich die denn?«

»Kannst du nicht noch ein bisschen warten? Jetzt kommt der Bürgermeister. Dann zeig ich dir alles.«

Raster rollte mit den Augen, ergab sich aber in sein Schicksal. Eigentlich musste er ja auch gar nicht. Letztlich war er jedoch froh, die Ansprache des Oberhaupts von Dortmund-Brechten nicht verpasst zu haben. Es wurde interessant: Fleischhauer lobte Lina Funda über den grünen Klee für ihr Engagement beim Bau des Kindergartens, der Grundschule, des Sportplatzes und so weiter. Und das sogar gegen den Widerstand ihres verstorbenen Gatten – Gott habe ihn selig. Diese Wohltätigkeiten hätten ja schon mit ihrem Vater, dem alten von Strelitz, begonnen, ohne den es Holthausen und Brechten in ihrer jetzigen Form wahrscheinlich gar nicht geben würde.

Raster kam aus dem Staunen gar nicht mehr heraus. »Dann bist du ja eine richtig gute Partie. Ich wusste gar nicht, dass deine Familie so reich ist«, flüsterte er ein wenig verwaschen.

»Sch. Sei still! Ich will weiter zuhören.«

Da sähe man mal wieder, dass auch aus der dunkelsten Vergangenheit Gutes entstehen kann, endete gerade Bürgermeister Fleischhauer seine wirklich schöne Rede und prostete Lina zu. Alle Gäste erhoben ihre Gläser, und ein vielstimmiges Hoch-soll-sie-leben schallte über die Wiese, und die angrenzenden Koppeln.

»So richtig freut sich deine Oma aber nicht über diese tolle Ansprache«, sagte Raster.

Lina war auf ihren Stuhl gesunken und wirkte plötzlich kleiner als vorher. Gedankenverloren schaute sie auf ihren leeren Teller und schien gar nicht zu bemerken, dass Onkel Günter begeistert auf sie einredete.

»Raster, bitte! Ich habe dir doch schon gesagt, dass ich dir das später erklären möchte. Nicht jetzt.« Sabine stand auf und verabschiedete sich von den Freunden aus dem Dorf, die aufbrechen wollten.

Die übrige Gesellschaft nutzte die freien Plätze, sich neu zu gruppieren, und Raster landete neben Cousine Barbara, mit der er ein angeregtes Gespräch über IT-Anwendungen führen konnte, da auch sie in der Branche tätig war. Die kleine Ungereimtheit hatte er schon bald wieder vergessen.

Sabine spielte mit Hanna, den beiden Mädchen und Max Krocket, und die übrige Familie hatte sich im kleineren Kreis zusammengesetzt und plauderte über dies und das. Die Mädchen wurden schließlich zu ihrer versprochenen Reitrunde abgeholt, und nach und nach wurden die ersten Jacken für die Damen herausgebracht. Es wurde kühler, und der Abend brach langsam an. Barbara entschuldigte sich bei Raster, sie hätte versprochen, bei den Vorbereitungen für das Abendessen zu helfen.

Einen Moment genoss es Raster, allein das mittlerweile ruhigere Treiben auf dem Rasen beobachten zu können. Verliebt schaute er Sabine zu, wie sie Max half, die Kugel durch ein schwieriges Doppeltor zu schlagen. Wie lange hatte er vergeblich darauf gewartet. Über 20 Jahre wohnten sie mit Philo zusammen in der WG in Dortmund. Alles hatte er versucht, Sabines Herz zu erobern. Mit Romantik, was ihm mehr schlecht als recht gelungen war, mit Coolness, was schon eher sein Ding war, aber so überhaupt nicht Sabines. Er hatte sein Leben für sie riskiert, als er damals nur für sie nach Afrika gereist war, um ihr die Augen zu öffnen. Er hatte sie mit seinem Körper vor einem drohenden Schuss geschützt. Aber all das hatte ihr Herz nicht für ihn geöffnet. Und was war es dann letztendlich gewesen? Raster musste unwillkürlich laut lachen, als er daran zurückdachte, und zog einige irritierte Blicke auf sich. Sein Geruch war es. Sein ihm ganz eigener Geruch. Plötzlich stimmte die Chemie. Alles war klar. Und was das Besondere war: Diese 20 Jahre, die sie miteinander verbracht hatten, waren ja nicht verloren. Nein, sie konnten darauf aufbauen. Sabine und er kannten sich so gut wie kaum ein anderes Paar, das frisch zusammen war.

Wie gut, dass Philo auch endlich seine Liebe gefunden hat, dachte er. Raster wusste, was für ein großes Paket sein Freund mit sich herumschleppte. Eine zutiefst traumatisierende Kindheit, bevor er mit seinen Eltern nach Dortmund gezogen war, hätte ihn ohne Weiteres in eine endgültige Einsamkeit werfen können. Zumindest was eine Partnerschaft anging. Aber in Susanne hatte er eine tolle junge Frau gefunden, die ihn genau da annahm, wo er war und wo er herkam.

Als Raster in seinen Gedanken bei diesem Punkt angekommen war, bemerkte er, dass sich Cousin Gernot aus dem Kreis der Verwandten erhoben hatte und sich suchend umblickte. Sein Blick fiel auf den allein Sitzenden, und schon machte er sich auf den Weg. Auf dem vom Kaffeegeschirr befreiten Tisch standen mittlerweile einige Gläser mit frisch gezapftem Bier. Gernot schnappte sich zwei und setzte sich mit einem schiefen Grinsen neben Raster. »Na, du siehst aus, als könntest du auch eins gebrauchen. Ich bin Gernot. Ein Vetter von Sabine. Und du bist also Raster. Hat Sabine doch noch einen abgekriegt.« Er lachte. »Nichts für ungut. Aber in unserer Familie war man eigentlich davon ausgegangen, dass Sabine für immer und ewig ein Mauerblümchen bleibt.« Gernot hielt Raster seine rechte Hand hin, die dieser etwas widerwillig schüttelte.

»Hallo, Gernot. Ja, da bin ich wohl für deine Familie zum Blumenpflücker avanciert.«

Gernot runzelte die Stirn. Man sah ihm deutlich an, dass er keinen Schimmer hatte, wovon Raster sprach. »Was machst du so beruflich?«, fragte er stattdessen.

»Ich bin in der IT-Branche tätig«, antwortete Raster kurz und musterte Gernot. Sein Kleidungsstil war tatsächlich dem seinen von früher nicht unähnlich. Nicht verdreckt, aber ungebügelt und lodelig, wie Sabine sagen würde. Er war unrasiert und, seinen Haaren zufolge, auch ungeduscht, was Raster an diesem speziellen Tag doch etwas merkwürdig fand. »Und du bist zurzeit in einer Art Selbstfindungsphase?«, fragte er sein Gegenüber.

Gernots Blick hellte sich auf, und seine Körperspannung nahm deutlich zu. »Ja, kann man so sagen. Ich stehe kurz vor der Selbstständigkeit.«

»Oh!«, heuchelte Raster Interesse. »Was hast du für Pläne? Erzähl!«

»Verschiedenes. Insbesondere aber will ich in Immobilien machen. Du musst wissen: Hier, im Norden Dortmunds bis rüber nach Dülmen, wo ich zurzeit wohne, gibt es einen unglaublichen Bedarf an hochwertigen Eigenheimen. Die Gegend ist ungemein beliebt. Du brauchst nur hier und da ein wenig Land von den Bauern abzwacken, und schon kannst du Millionen machen.«

»Aber braucht man dazu nicht ein gewisses Eigenkapital?«

»Na ja. Schon. Aber mal unter uns. Sieh dich doch um. Siehst du hier etwas anderes als brach herumliegendes Kapital? Wenn ich daran denke, was dieser Pfarrer und der Bürgermeister vorhin geschwafelt haben. All diese *Spenden und Wohltätigkeiten.*« Gernot zog das Wort zynisch in die Länge. »Alles Verschwendung, sag ich dir. Richtig investiert, kannst du mit dem Schotter meiner Familie ein Vermögen machen.«

»Und du meinst, dass du an dieses Vermögen deiner Großmutter einfach so rankommst?«, fragte Raster unschuldig.

»Vielleicht nicht sofort. Aber über kurz oder lang wird sich da schon was machen lassen.« Gernots Blick wurde misstrauisch. »Du glaubst mir nicht, oder?«

Raster lachte. »Doch. Wenn du das so sagst, wird es schon stimmen. Aber weißt du, mir ist Geld so dermaßen egal. Ich bin, glaube ich, der falsche Gesprächspartner für dieses Thema. Mach du mal dein Ding. Ach, übrigens, das Abendessen scheint fertig zu sein. Barbara winkt uns rein.«

Gernot wirkte ein wenig beleidigt, als ihn Raster allein zurückließ, sprang dann aber auf und folgte ihm ins Haus, wo sich die meisten Gäste im Wohnzimmer versammelt hatten und einen Cocktail oder einen Aperitif in der Hand hielten. Mittlerweile hatte sich der Gutsverwalter Fritz dazugesellt, der mit Oma Lina in ein angeregtes Gespräch vertieft war. Raster beobachtete den alten Mann mit seinem dunklen etwas altmodischen Anzug, den braunen, für den Anlass recht groben Halbschuhen und dem weißen Haarkranz. Auffallend war sein verschmitztes Lachen, das immer wieder aufblitzte, sowie seine schnellen Augenbewegungen. Trotz des intensiven Gesprächs, das er führte, schien er alles um sich herum aufmerksam zu beobachten.

7. KAPITEL

Münster, Februar 1944

Er hatte mehrere Möglichkeiten: Entweder er ging nach Hause zu seiner Familie und verschob den Brief auf später oder er verdrückte sich in die Nische einer einsamen Gastwirtschaft, wo er in Ruhe lesen konnte, riskierte damit aber Ärger mit Ruth. Er entschied sich für die zweite Lösung. Noch länger warten konnte er einfach nicht.

Ein paar Straßen weiter Richtung Südosten kannte er eine kleine Spelunke, die für seine Zwecke gerade richtig war. Sie wurde so gut wie nie von Angehörigen der SS oder der Gauleitung besucht. Außerdem wusste Alfred, dass es dort einen Ecktisch gab, der in genau so einer Nische stand, wie er sich das vorstellte, und die ihn vor neugierigen Blicken schützen würde.

Der Tisch war frei. Er bestellte ein Bier und während er wartete, wanderten seine Gedanken zurück zu jener Zeit, als William und er ihre Geheimsprache entwickelten.

Das Ganze hatte mit einem Planspiel angefangen. Sie saßen in York in Williams Lieblingspub, hatten schon so manches Pint geleert und philosophierten über die Weltgeschichte. Hierbei benutzten sie alle möglichen Gegenstände auf ihrem Tisch, um Länder, Armeen und Grenzen darzustellen. Es war ein wüstes Hin- und Hergeschiebe von Gläsern, Salzfässchen, Tellern und Besteck. Immer öfter brachen sie in schallendes Gelächter aus, wenn sich zum Beispiel ein zierlicher Kaffeelöffel namens Belgien gegen den schweren Bierkrug Deutschland auflehnte. Schließlich hielt Alfred inne und wurde ernst.

»Wie wäre es, wenn wir aus diesem Spiel einen Code entwickeln würden, den nur wir verstehen? Wir sind uns doch beide darüber einig, dass es schon bald wieder Krieg geben wird.«

William nickte zustimmend. Die wirtschaftliche und politische Situation Ende der 20er-Jahre in Europa, vor allem aber in Deutschland, legte nichts anderes nahe.

»Wenn das wirklich so sein sollte, wird nämlich ein Kontakt für uns schwierig. Reisen werden unterbunden, selbst Briefeschreiben kann gefährlich werden«, fuhr Alfred fort. William hörte aufmerksam zu. »Wir könnten – ähnlich wie hier unsere Sachen auf dem Tisch – alle wichtigen Länder Europas und der Welt mit unverfänglichen Namen belegen.«

»Ja. Das ist gut. Und zwar, wenn ich englische Namen schreibe, wenn du deutsche schreibst.« William war Feuer und Flamme. »Nur. Was machen wir mit dem Inhalt? Es darf ja keiner verstehen, was wir eigentlich sagen wollen.«

»Wir schreiben einfach das Umgekehrte von dem, was wir meinen. Ein Beispiel: Du willst mir schreiben, dass Deutschland Russland angreifen will. Dann könnte das in etwa lauten: August hat sich unsterblich in Lenchen verliebt.«

»Weil August für Deutschland und Lenchen für Russland steht. Tolle Idee!«, begeisterte sich Alfred.

Und so ging es noch Stunden weiter, bis sie eine Familie entwickelt hatten, deren Mitglieder für alle entscheidenden Länder standen und jeweils einen deutschen und einen englischen Namen trugen. Außerdem legten sie noch einige Verben und Attribute fest, mit deren Hilfe sie das Gemeinte besser verdeutlichen konnten. Nur das mit der Sinnumkehrung ließen sie wieder unter den Tisch fallen.

»Ist das aber nicht reichlich unkonkret?«, fragte schließlich William seinen Freund. »Wir können uns so überhaupt nichts Persönliches mitteilen.«

»Das ist doch gerade das Fantastische«, antwortete Albert. »Der Code ist so ungenau und auch immer wieder anders, dass er nie geknackt werden kann.«

Vor sechs Jahren hatte der letzte Briefwechsel auf diese Art stattgefunden. Damals hatten sie sich über mögliche Angriffsziele Nazideutschlands ausgetauscht. Es war aber beiden deutlich geworden, dass Alfreds Parteizugehörigkeit bei aller bestehenden Freundschaft doch zwischen ihnen stand. Und jetzt lag ein weiterer dieser Briefe vor ihm auf dem schmierigen Holztisch in der schummrigen Kneipe. Daneben ein Glas lauwarmes Bier. Alfred fischte sich einen Zigarettenstummel aus der Innentasche seiner Uniformjacke, den er sich eigentlich für nach dem Abendessen hatte aufsparen wollen, und zündete ihn an. Dann endlich zog er das Papier aus dem geöffneten Umschlag und begann zu lesen.

Lieber Alfred,

so lange haben wir nichts mehr voneinander gehört. Ich hoffe inbrünstig, dass es dir gut geht. Ich muss dir einiges, teilweise Erschütterndes aus meiner Familie erzählen, da du ja immer so viel Anteil nimmst. Dafür bin ich dir sehr dankbar. Du erinnerst dich daran, als wir uns das erste Mal gesehen haben. Damals ging es ja bald mit Onkel John zu Ende. Ich weiß noch, wie traurig du warst. Vielleicht kannst du dich auch an John junior erinnern? Stell dir vor, dem geht es genauso schlecht. Dieselbe Krankheit, und wahrscheinlich wartet derselbe Tod auf ihn. Manche in meiner Familie haben es ja kommen sehen. So sagte Tante Jane zu mir: Junge, warte ab. Dem kleinen John wird es wie dem alten gehen. Woher sie das nur wissen konnte?

So, wie es aussieht, wird wohl Lewis zu John über die Themse fahren, wo er zurzeit bei Agatha wohnt. Aber ich denke, dann wird bald alles vorbei sein.

Ach, was ich dir noch sagen wollte: Tante Jane ist ja wirklich gut im Weissagen von Dingen. Sie lässt dir ausrichten, dass du unbedingt warme Sachen für dich und deine Familie besorgen sollst. Es soll ein extrem kalter Winter auf uns zukommen.

So viel erst einmal von mir. Denk an uns!

In tiefer Freundschaft,
Dein William

Geschockt legte Alfred von Strelitz den Briefbogen auf den Tisch zurück. Die Aussage des Schreibens war so einfach wie prägnant, sodass er nicht lange über den Sinn rätseln musste:

Deutschland würde, wie schon den ersten, auch diesen Krieg verlieren. Und das in absehbarer Zeit durch eine Invasion der Amerikaner über den Ärmelkanal in Frankreich. Außerdem ermahnte ihn William, etwas für sich und seine Familie zurückzulegen, da schwere Zeiten anbrechen würden.

Na dann prost, dachte Alfred und bestellte sich ein weiteres Bier und gleich einen doppelten Korn dazu.

8. KAPITEL

England, Frühjahr 2017

Es war eine Sache, eine Bank auszurauben. Fünf große Sporttaschen mit Diebesgut quer durch Englands Süden zu transportieren, eine andere. Paul hatte das Problem mit seinem Lieblingshehler Nathan Weissman diskutiert. Schließlich waren sie übereingekommen, dass Paul zur Probe eine Tasche packen und den Rest fotografieren sollte. Die übrigen Sachen verstaute er in mehreren

Schließfächern in Brighton und machte sich eine Woche nach dem Überfall mit seinem Wagen auf den Weg Richtung Norden. Drei Stunden später stellte er erleichtert fest, dass Nathan vorsorglich das schmale Tor neben seinem Antiquariat in der Linton Road im Londoner Stadtteil Bermondsey offengelassen hatte. Paul steuerte sofort den Wagen hindurch, parkte in dem engen Hinterhof und schloss das Tor wieder. Er war froh, dass er auf diese Weise nicht von neugierigen Nachbarn auf der Straße gesehen werden konnte.

Früher gehörte diese Gegend zu den Schmuddelecken der Stadt. Heute waren die Häuser renoviert oder neu gebaut, und es hatte sich eine äußerst attraktive Wohn- und Arbeitsgegend für die Mittelschicht etabliert. Nathans altertümlicher Laden wirkte daher etwas deplatziert, wurde aber von vielen Kunden landesweit hoch geschätzt. Hier fand man Sachen, die sonst nur schwer zu beschaffen waren. Die Preise waren human, und um die Herkunft der diversen Schmuck- und Antikgegenstände machte sich seine Kundschaft keine Gedanken. Die Polizei war des Öfteren in Nathans Etablissement aufgetaucht, da es immer wieder Hinweise auf Diebesgut gegeben hatte, doch erstaunlicherweise konnte nie ein einziges Stück gefunden werden, das aus dubiosen Quellen stammte. Und das lag hauptsächlich an der hervorragenden Vernetzung Nathans mit der örtlichen und sogar der Metropolitan Police, der er hin und wieder Hinweise auf wirklich böse Jungs gegeben hatte.

Sein Alter war für Paul ein Rätsel. Seit Jahren unverändert: klein und dürr mit einem minimalen Rundrücken, der ihn immer etwas unterwürfig erscheinen ließ. Dazu ein permanentes wissendes Lächeln in den hellen, wachen Augen. Paul schätzte ihn auf 65 bis 80 Jahren, was so viel hieß wie, er wusste es einfach nicht.

»Na, dann komm mal rein, junger Mann«, begrüßte ihn Nathan freundlich. »Wir haben uns ja eine Ewigkeit nicht gesehen. Wie geht es dir? Hab von der Sache im Süden gehört. Nicht schlecht, nicht schlecht.« Auch das gehörte zu den angenehmen Seiten des alten Mannes. Er sprach nie Worte aus, die in irgendeiner Weise verfänglich werden konnten. Der Name »Worthing« zum Beispiel. Die Stadt, in der der Raub stattgefunden hatte, musste nicht erwähnt werden. Wozu auch? Beide wussten genau, wovon Nathan sprach. Nicht, dass er Angst vor Wanzen hatte. Aber unnötige Risiken sollten vermieden werden, war einer seiner oft wiederholten Leitsprüche.

Sie befanden sich in einer Art Werkstatt im hinteren Teil des Geschäftes. An den Wänden und in den Regalen hingen und lagen alle möglichen Werkzeuge, deren Funktionen sich Paul nicht erschlossen. In der Mitte stand ein großer alter Holztisch, der normalerweise voll mit zu reparierenden Gegenständen, jetzt aber leer geräumt war.

»Na, dann zeig mal, was du Schönes mitgebracht hast.« Erwartungsvoll rieb sich Nathan die Hände.

Paul packte die Sachen, von denen er hoffte, eine repräsentative Wahl ausgesucht zu haben, auf den Tisch. Daneben legte er die Fotos der restlichen Beute und die gestohlenen Dokumente.

Nathans Augen wurden immer größer und größer, und plötzlich sprang er wie Rumpelstilzchen auf einem Bein um den Tisch herum und jauchzte wie ein kleines Kind.

»Eieiei!«, rief er ein ums andere Mal. »A bisl un a bisl vert a fule shisl! Das hat sich ja wirklich gelohnt.«

»Was hast du da gerade gesagt?«, fragte Paul, der kein Wort verstanden hatte.

»Ach, das war nur so ein jiddisches Sprichwort. Heißt so viel wie: Ein Bisschen und ein Bisschen ergibt eine volle Schüssel.«

»Aha.«

Ohne den Blick vom Tisch abzuwenden, meinte er: »Nimm dir einen Kaffee, Paul. Steht in der Küche und ist noch einigermaßen frisch. Mach dir keine Gedanken wegen des Ladens. Der ist geschlossen. Wir sind ungestört. Hab Geduld. Das wird dauern.«

Paul lächelte. Er kannte Nathan gut genug, um zu wissen, dass nun eine Zeit kam, wo er, Paul, abgeschrieben war. Er holte sich einen Becher, setzte sich still auf einen Stuhl in der Ecke und beobachtete Nathan bei seiner Arbeit.

Dieser hatte sich einen großen Schreibblock, ein paar Instrumente und Fläschchen mit einer undefinierbaren Flüssigkeit sowie eine Waage und einen Laptop geholt. Methodisch ging er Stück für Stück durch, recherchierte im Internet, wog einzelne Teile und kritzelte immer wieder etwas auf seinen Block. Dann verglich er die Teile mit den Fotos, murmelte ein paar unverständliche Worte, schabte etwas von der Oberfläche eines Goldreifs ab und tröpfelte seine geheimnisvolle Flüssigkeit darüber. Dann wieder nahm er ein anderes Stück in die Hand und beäugte es durch eine Lupe, schrieb etwas.

Paul fielen langsam die Augen zu, und sein Kopf sank auf die Brust.

Plötzlich öffnete sich eine Tür in der Werkstatt, die Paul noch nie gesehen hatte, und herein kam: Sarah Dickinson. Seine alte Freundin und erste Liebe. Verführerisch lächelte sie Paul an und schritt mit schwingenden Hüften auf ihn zu. Viel an hatte sie nicht. Ein knappes Top und zu kurze Hotpants. Dafür war sie von oben bis unten mit Schmuck behangen. Glitzernde Ohrringe, ein dickes Diamantcollier, Goldarmreife, Fußkettchen und sogar eine Hüftkette, deren zentraler Saphir ihren schönen Bauchnabel zierte. »Ich bin ja damals so dumm gewesen, als ich dich verlassen habe, mein Liebster«, schnurrte sie, während sie immer näherkam. »Jetzt weiß ich, was für ein tolles Schnäppchen du bist. Nimmst du mich mit auf deine Jacht?«

Paul war bewusst, dass er einen reichlich dämlichen Gesichtsausdruck an den Tag legte. Sein Mund stand offen, und ein dünner Speichelfaden rann aus dem linken Mundwinkel. Aber er war nicht in Lage, etwas dagegen zu tun.

»Paul! Paul! Hallo, aufwachen! Ich bin fertig. Hast du gut geschlafen?«

Erschrocken fuhr Paul hoch und wischte sich den Speichel vom Mund. »Entschuldige, Nathan. Ich bin kurz eingenickt.«

»Von wegen. Du hast geschlafen wie ein Baby. Und deinem Gesichtsausdruck nach hast du außerdem schöne Träume gehabt.« Nathan lachte. »Also, pass auf! Du hast hier einen echten Schatz mitgebracht. Das ist, und ich übertreibe nicht, der größte Wurf in den letzten zehn Jahren. Natürlich lässt sich nicht alles so verkaufen, wie es hier liegt. Einige Dinge müssen umgearbeitet werden. Du verstehst schon. Aber insgesamt komme ich, abzüglich meines bescheidenen Honorars, auf gut 1,000.000 Pfund für dich. Was sagst du?«

Paul grinste. »Mach eins Komma zwei draus, und wir sind im Geschäft.«

Nathan überlegte nur kurz, nickte dann aber und hielt Paul seine Hand hin. Dieser schlug ein. Man war sich einig.

Für Paul war das in mehrfacher Hinsicht ein ganz entscheidender Vorteil. Einerseits freute er sich über die Summe, die er offensichtlich richtig geschätzt hatte, andererseits gewann er viel Zeit, da er sich nicht um weitere Hehler, nervenaufreibende Verhandlungen und gefährliche Transporte des Diebesgutes von A nach B kümmern musste. Das würde alles Nathan übernehmen.

»Ich habe da noch eine Kleinigkeit, Nathan, woraus ich nicht schlau werde. Wie ist dein Deutsch?«

Nathan vergaß für einen kurzen Augenblick sein ständiges Lächeln und zog die Stirn kraus. »Du weißt von meiner Geschichte, Paul? Oder? Hab ich dir doch erzählt.«

Paul nickte. Er wusste, dass Nathans Familie aufgrund ihrer jüdischen Herkunft aus Nazideutschland fliehen musste. Nicht alle hatten es rechtzeitig geschafft.

»Deshalb mach ich nach wie vor um alles, was mit diesem Land zu tun hat, einen großen Bogen. Was ist es denn?«

Paul holte den vergilbten Briefumschlag aus seiner Jackentasche. »Lag in einem der Schließfächer«, sagte er und reichte ihn Nathan.

Dieser setzte seine Lesebrille auf und betrachtete zunächst nur den Umschlag. »Da ist keine Adresse drauf. Stammt der Brief aus Deutschland?«

Paul nickte. »Ich glaube schon.«

»Mit diesem Umschlag ist der aber nicht verschickt worden. Das ist ein alter englischer. Das Format war in den 30er- bis 50er-Jahren üblich. Stammt wahrscheinlich aus dem Norden. Siehst du hier diese kleine Signatur?«

Nathan wies auf drei kaum sichtbare eingepresste Buchstaben auf der Innenseite der dreieckigen Verschlussklappe. »Das ist die Signatur einer Papierfabrik in Leeds. Die gibt es übrigens heute noch. Na, dann schauen wir mal weiter.« Er öffnete den Umschlag und nahm vorsichtig das Blatt Papier heraus. Mit nach wie vor gerunzelter Stirn fing er an zu lesen. Einige Minuten später zog er sich einen Stuhl heran, setzte sich und las weiter. Er brauchte lange, bis er den Brief langsam auf den Tisch legte. Nathan nahm die Brille von der Nase und starrte kopfschüttelnd vor sich hin.

»Was ist? Konntest du etwas entziffern?«

Nathan räusperte sich umständlich und sagte leise, mehr zu sich selbst als zu Paul: »Das ist ja ein Ding. Von so etwas habe ich noch nie gehört. Einfach unglaublich.«

9. KAPITEL

Dortmund, Juli 2019

Die Tafel war festlich gedeckt. Großmutter Lina hatte das beste Geschirr und die edelsten Gläser aus den Schränken holen lassen. »Ich hatte ja erst an ein Buffet gedacht«, meinte sie in die allgemeine Runde. Aber so ist es doch viel gemütlicher. Die Einzigen, die heute springen müssen, sind meine lieben drei Helferinnen. Danke, dass ihr das für mich macht!«

Applaus brandete auf, als die jungen Frauen, die alle drei aus dem Dorf kamen, einen Knicks andeuteten.

»Die eine kenne ich noch von früher«, flüsterte Sabine Raster zu. »Das ist die Tochter von dem Pub-Besitzer im Dorf. Bei der habe ich damals manchmal gesittet.«

»Ihr habt einen Pub hier? Im kleinen Holthausen?« Raster wunderte sich.

»So ungewöhnlich ist das gar nicht«, antwortete Sabine. »Das sind Überbleibsel aus der Zeit der britischen Besatzung. Bis heute sind noch einige 1.000 Briten in Nordrhein-Westfalen stationiert. Und nicht wenige sind mit ihren Familien hier hängengeblieben. Ist ja auch viel schöner als im verregneten England.« Sabine lachte. »Nein, Scherz. Aber jedenfalls ist das die kleine Kim von dem Wirt. Die Kneipe gibt es, glaube ich, schon seit den 90er-Jahren.«

In diesem Moment wurde Sabine durch die erste Vorspeise unterbrochen. Es gab verschiedene Räucherfische mit unterschiedlichen Dips und Weißbrot. Dazu wurde ein eiskalter Sancerre von der Loire gereicht. »Für mich bitte nur Wasser«, bat Sabine, als eine der drei Kellnerinnen einschenken wollte.

»Sag mal. Das ist mir vorhin schon aufgefallen. Du trinkst ja heute keinen Tropfen Alkohol. Was ist los? Du bist doch nicht etwa …?« Raster brachte das Wort nicht über die Lippen.

Lachend antwortete Sabine: »Nein! Also nicht, dass ich wüsste. Mir war einfach nicht danach. Aber du hast vollkommen recht. Einen so guten Tropfen darf man nicht verschmähen.« Und damit winkte sie der jungen Frau, ihr doch ein Glas Wein einzuschenken.

»Habe ich euch eigentlich erzählt, dass bei mir eingebrochen wurde?«, fragte Lina in die kurzzeitig entstandene Stille hinein.

Entrüstet reagierte Günter als Erster auf diese Nachricht. »Aber Mutter, warum erfahren wir denn erst jetzt davon? Wann war das? Erzähl schon!«

»Ach, es ist ja nichts weiter passiert«, meinte Lina leichthin. »Vor knapp einem Jahr.« Sie überlegte kurz. »Ja, es muss im Oktober gewesen sein, nicht wahr, Fritz?«

Der Angesprochene nickte zustimmend, konnte aber nichts sagen, da sein Mund mit köstlichem Forellenfilet beschäftigt war.

»Ja, also. Fritz war wie immer als Erster auf«, fuhr sie fort. »Er weckte mich morgens ganz früh, ich sollte mir mal schnell was anziehen und runterkommen. Hier unten zeigte er mir Hebelspuren an der Terrassentür. Die haben sie aber offenbar nicht aufgekriegt. Dafür war das Fenster in der Speisekammer eingeschlagen. Da sind sie rein.«

»Was wurde denn gestohlen?«, fragte Barbara, die bekanntermaßen ein sensibles Wesen war und bei solchen Themen schnell Angst bekam. Hektische Flecken entstanden wie aus dem Nichts an Hals und im Dekolletee.

»Das war ja das Merkwürdige«, antwortete Lina. »Natürlich haben wir die Polizei gerufen. Die sind mit uns durch jeden einzelnen Raum gegangen. Es fehlte absolut nichts. Allerdings sind die Einbrecher in allen Räumen gewesen, was die Polizei anhand von Fußspuren nachweisen konnte. Stellt euch vor: Sogar in meinem Schlafzimmer sind sie rumspaziert, während ich geschlafen habe. Ist das nicht furchtbar?«

»Eine gruselige Vorstellung«, bestätigte Gernot. »Aber gut, dass nichts weggekommen ist.«

»Na ja. Offensichtlich haben die etwas Konkretes gesucht«, sagte Sabine nachdenklich. »Kein normaler Einbrecher macht sich solche Mühe, latscht durch das ganze Haus, lässt aber alles stehen und liegen, um dann wieder zu verschwinden. Allein, was hier unten an den Wänden hängt, ist doch ein Vermögen wert.«

»Hast du denn eine Ahnung, was sie gesucht haben könnten?« Raster fand es ein wenig komisch, diese alte, vornehme Dame, die er mal gerade einige Stunden kannte, zu duzen.

Lina schüttelte den Kopf. »Fritz und ich sind sogar zusammen mit der Versicherung die Listen aller Wertgegenstände durchgegangen. Nichts von alledem ist weggekommen. Weder Gemälde noch Schmuck oder Silber.«

»Merkwürdige Sache«, meinte auch Frieda. »Aber sollten wir nicht den Kindern erlauben, spielen zu gehen. Sie langweilen sich.«

Max, Klarissa und Lydia, die schon einige Zeit unruhig auf ihren Stühlen hin und her rutschten, riefen unisono »Au ja!«, und wurden entlassen. Sie waren, während die Erwachsenen ihren Fisch genossen, mit einer großen Portion Spaghetti Bolognese abgespeist worden.

Als Nächstes gab es ein feines Kressesüppchen mit Croutons, und anschließend konnten sie zwischen Schweinemedaillons in einer Champignonrahmsoße und Rinderfilet wählen. Für die Vegetarier Sarah und Christoph gab es Zucchinipuffer. Dazu wurden diverse Beilagen gereicht, und schon bald hörte man von dem einen und anderen ein zufriedenes Aufstöhnen.

»Aber der Höhepunkt kommt doch noch!«, rief Lina mit gespielter Empörung. »Meine selbstgemachte Zitronentarte aus Korfu.«

Alle außer Raster kannten dieses Zauberrezept, das Lina vor Jahren von einem Griechenlandurlaub mitgebracht hatte, und konnten nicht widerstehen. Selbst Raster, der kein Fan von Süßspeisen war, rollte begeistert mit den Augen, als er das letzte Stückchen von seinem Teller gekratzt hatte. »Wahnsinn!«, war sein kurzer, aber ehrlicher Kommentar.

Zwei Stunden später lag Sabine mit geschlossenen Augen in seinem Arm. Die Familie war auf die vielen Zimmer des Hauses verteilt worden.

»Wie geht es denn morgen weiter?«, fragte Raster träge und zog Sabine ein Stückchen näher zu sich heran.

»Ach, hast du das gar nicht mitbekommen?«

Raster schüttelte den Kopf.

»Wir sparen uns das Frühstück hier und fahren alle

zum Brunchen nach Dortmund. Nur Oma bleibt hier. Das hat sie aber schon vor einiger Zeit angekündigt. Ihr wird das doch ein bisschen viel. Danach sitzen wir noch ein wenig im Garten zusammen, und ich weiß von Günter und Frieda, dass die dann nach Hause müssen. Meine Geschwister und wir bleiben noch bis Sonntagmittag. Ist das okay für dich?«

»Klar«, meinte Raster. »Deine Oma ist echt nett. Also für 'ne Oma.«

Sabine puffte ihn in die Seite. »Eh. Ich lass nichts auf meine Oma kommen.«

Zwei Minuten später richtete sich Sabine auf. »Sag mal, komische Sache das mit dem Einbruch. Findest du nicht auch?«

Doch von Raster kam keine Antwort mehr. Er träumte von einer riesigen Zitronentarte, die ganz Korfu bedeckte. Und er war der König von Korfu.

Am nächsten Morgen schliefen alle lange. Man traf sich erst um 10 Uhr vor dem Haus. Es war ein herrlicher Sommertag. Die Sonne schien von einem fast wolkenlosen Himmel, und die Temperaturen hatten angenehme 20 Grad erreicht. Sie verteilten sich auf so wenig Autos wie möglich und winkten Oma Lina zu, die die Gesellschaft von der Haustür aus verabschiedete. Auch Fritz stieg in einen der Wagen. Ursprünglich hatte er ja bei Lina bleiben wollen, die hatte ihn aber so gedrängt mitzufahren, dass er schließlich nachgegeben hatte. So oft kam er nicht in den Genuss eines Essens in der Stadt.

»Können wir Oma denn so ganz alleine hierlassen?«, fragte Barbara ängstlich ihre Mutter.

»Ganz alleine ist sie doch nie«, antwortete Frieda. »Da sind die Stallburschen, die Köchin, der Gärtner, und bald kommen schon die ersten Pferdemädchen zum Reiten. Mach dir nicht immer so viel Sorgen. Oma Lina ist schon erwachsen.«

Sie hatten einen großen Tisch bei *Wenkers* am Markt reserviert und genossen ausgiebig das reichhaltige Angebot. Es wurden zwei fröhliche Stunden, in denen sich Sabine etwas intensiver mit ihren beiden Brüdern unterhielt, was am Vortag zu kurz gekommen war. Raster plauderte mit Hannas Freund Klaus und musste feststellen, dass Sabine mit ihrer Einschätzung richtig gelegen hatte. Klaus war ihm auf Anhieb sympathisch.

Als es auf 13 Uhr zuging, klatschte Günter einmal in die Hände. »Leute, wir sollten Lina nicht noch länger warten lassen. Schließlich feiern wir ja ihren Geburtstag. Übrigens hat sie mir aufgetragen, für das hier«, er machte eine umfassende Geste über den abgegessenen Tisch, »vorzustrecken. Sie möchte uns einladen. Auf Lina!«

Alle, die noch einen Schluck Saft oder Kaffee hatten, hoben die Gläser oder Tassen und prosteten der abwesenden Oma zu.

Eine halbe Stunde später fuhren die Wagen auf den Kiesplatz. Die Kinder rannten sofort in den Garten, die Erwachsenen folgten etwas langsamer in Grüppchen und in Gespräche vertieft.

Fritz wollte Lina Bescheid geben, dass sie alle wieder da waren, und rief wiederholt ihren Namen, bekam jedoch keine Antwort. Mittlerweile hatten sich auch andere Familienmitglieder auf die Suche begeben. Die

Angestellten im Haus wurden befragt. Keiner hatte etwas Ungewöhnliches bemerkt.

Und es blieb dabei: Oma Lina war spurlos verschwunden.

10. KAPITEL

Münster, Februar 1944

Wie schon gesagt: Alfred war nicht gerade bekannt für übersprudelnden Ehrgeiz, eine unumstößliche Regimetreue oder auch überhaupt eine starke Motivation, was die Ausübung seines Berufs anging. Aber in Sachen Intelligenz und Vorsorge konnte man ihm nichts vormachen.

Daher vergingen nur wenige Minuten zwischen dem erschreckenden Erkennen der Dinge, die er dem Brief seines Freundes entnehmen konnte, und dem Beginn diverser Überlegungen.

Es kam ihm nicht einmal der Gedanke, an dem Wahrheitsgehalt zu zweifeln. Sein Freund war Engländer, gehörte im weitesten Sinne noch der Armee an und war aufgrund dieser beiden Tatsachen ihm gegenüber deutlich im Vorteil, was Tatsachenbeschaffung anging. Und dass William ihn übers Ohr hauen wollte, war ohnehin völlig undenkbar.

Welche Optionen hatte Alfred mit seiner Familie?

Er konnte versuchen, sich mit Ruth und Lina ins Ausland abzusetzen. Das Problem dabei war, dass die Chancen dafür erdenklich schlecht standen. Er müsste sich dazu falsche Papiere für die ganze Familie besorgen, was finanziell und logistisch seine Möglichkeiten sprengte. Und sollte es ihm doch gelingen, und sie würden dann an einer Grenze festgesetzt, drohte zumindest Zuchthaus, wenn nicht sogar mehr. Nein. Das kam nicht infrage.

Die zweite Option war, sich und seine Familie, so gut es ging, zu schützen, das Ende auszusitzen und sich vorher ein finanzielles Polster für die Zeit danach aufzubauen.

Nachdenklich kaute Alfred auf dem längst erloschenen Rest seiner Zigarette herum, bestellte gedankenverloren ein weiteres Bier, während langsam ein kühner Plan immer mehr Gestalt annahm.

11. KAPITEL

Dortmunder Norden, Juli 2019

Nachdem das gesamte Haus, die Reitställe und der Garten durchsucht worden waren, trafen sich die Geburtstagsgäste im Wohnzimmer. Alle redeten durcheinander. Es wurde wild spekuliert, gerätselt und gefragt. Jeder hatte eine eigene Theorie, wo Lina sein oder was mit ihr passiert sein könnte.

Obwohl sie nun wirklich nicht die Älteste war, ergriff Sabine wie selbstverständlich das Kommando und verschaffte sich lauthals Gehör. »Leute, hört mal her. Wir sind alle aufgeregt und ratlos, was mit Oma Lina passiert sein könnte. Trotzdem müssen wir jetzt Ruhe bewahren, sonst kommen wir nicht weiter.«

»Du hast gut reden«, murmelte Gernot kaum hörbar. »Es geht ja schließlich nicht nur um Oma, sondern auch um das ganze Erbe.«

»Was soll denn diese bescheuerte Aussage?«, zischte Sabine in seine Richtung.

»Na ja«, antwortete Gernot mit einem trotzigen Unterton in der Stimme, »wenn Oma wegbleibt, ist das doch mit dem Erbe überhaupt nicht geregelt. Und dann?«

»Halt den Mund, Gernot!«, blaffte sein Vater Günter, und der Angesprochene zog beleidigt einen Schmollmund, verhielt sich aber ab nun ruhig.

»Wir sollten zunächst alle Angestellten, Reiter und überhaupt alle Menschen, die heute Vormittag auf dem

Gut waren, zu uns bitten und befragen. Gleichzeitig könntest du, Raster, die umliegenden Krankenhäuser und Polizeistationen kontaktieren. Danach sehen wir weiter. Sie wird schon wieder auftauchen. Oma Lina verschwindet doch nicht einfach so. Fritz, sag mal, fährt sie eigentlich noch selbst einen Wagen? Ich habe sie das die letzten Male, als ich hier war, gar nicht gefragt.«

Fritz, der blass in einer Ecke stand und seine Mütze knetete, als könnte die etwas ausspucken, das ihm weiterhelfen würde, schüttelte den Kopf. »Nein. Den Führerschein hat Lina vor Jahren bereits abgegeben.«

»Okay. Dann organisierst du, dass alle Leute, die hier waren, zu uns kommen. Und du, mein Schatz, hängst dich ans Telefon, ja?«

Raster nickte und verschwand im Nebenzimmer, um in Ruhe zu telefonieren.

»Äh, Sabine?« Günter, Frieda, Helga und Barbara näherten sich zögerlich.

»Ja?«

»Es tut uns schrecklich leid. Aber wir müssten so langsam aufbrechen.«

»Aber wir hätten doch auch sonst noch zusammen im Garten gesessen. Ich meine mit Lina«, antwortete Sabine erstaunt.

»Ja schon«, druckste Günter. »Aber weißt du, diese ganze Aufregung. Das ist nichts für Frieda und Helga. Und ehrlich gesagt, kann Barbara damit auch nicht so gut umgehen. Ihr macht das schon. Ich bin mir sicher, dass Lina bald wieder auftaucht.«

»Verstehe. Wir können ja im Moment nicht viel machen. Also, passt auf euch auf. Wir halten Kontakt, ja?«

Dankbar zogen sich die vier zurück, hatten noch einen kurzen Austausch mit Gernot, wie Sabine aus den Augenwinkeln beobachten konnte, der sie aber kopfschüttelnd abwies, bevor sie den Raum und das Haus verließen.

Sabine ging zu ihren Geschwistern, die mit den ängstlich zusammengekuschelten Kindern auf einem Sofa saßen. »Ich finde, ihr solltet auch fahren«, meinte sie. »Für die Kinder ist das eine unnötige Aufregung. Die brauchen euch gerade jetzt. Da habt ihr gar keine Zeit, uns bei der Suche zu helfen. Fritz, Raster und ich kümmern uns schon.«

»Bist du dir wirklich sicher?«, fragte Hanna, und auch Ralf und Sarah schauten sie fragend an.

»Ich bin ganz sicher«, bekräftigte Sabine und zwang sich zu einem Lächeln, obwohl ihr überhaupt nicht danach war.

Nachdem Raster, der mit einem Kopfschütteln von seinen Telefonaten zurückgekehrt war, und Sabine die Verwandtschaft verabschiedet hatten, die mit deutlich sichtbarem schlechten Gewissen das Gut verließ, begannen sie mit der Befragung der Angestellten und Reiterinnen. Einer nach dem anderen trat ein, doch keiner hatte etwas gesehen oder gehört. Weder Lina, die das Haus verlassen hatte, noch irgendwelche Fremden, die das Haus betreten hätten. Frustriert bedankten sich Raster und Sabine bei allen und schauten sich verunsichert an.

»Polizei?«, fragte Raster.

»Dazu ist es noch zu früh«, kam es aus einer Ecke des Wohnzimmers.

»Gernot? Du bist noch da?« Erschrocken wandte sich Sabine ihrem Cousin zu. »Ich dachte, du bist nach Hause gefahren?«

»Ach was«, entgegnete dieser und kam betont lässig näher. »Ich hab' zurzeit sowieso nichts zu tun. Da kann ich euch auch helfen, nach Großmutter Lina zu suchen.«

»Na gut, wie du willst«, meinte Sabine und klang nicht sehr begeistert. »Die Polizei rufe ich trotzdem an. Lina ist ja schließlich nicht irgendwer.«

Raster und Gernot beäugten sich misstrauisch und schwiegen, während sie auf Sabine warteten.

»Sie kommen«, verkündete Sabine, als sie wieder ins Zimmer trat. »Es wird zwar noch etwas dauern, aber, wie ich gedacht habe, ist denen Lina Funda so wichtig, dass sie frühzeitig etwas unternehmen wollen.«

»Okay«, meinte Gernot, der mittlerweile unruhig im Wohnzimmer hin und her tigerte. »Und was sollen wir in der Zwischenzeit machen?«

»Ich würde vorschlagen, du schaust dich im Bad von Oma um, ob ihre Diabetesmedikamente noch da sind. Die braucht sie dringend. Wenn sie die nicht dabei hat, haben wir, nein, hat *sie* ein echtes Problem. Und bei der Gelegenheit guckst du dich allgemein in ihren Räumen um, ob dir irgendwas auffällt, das uns einen Hinweis geben könnte. Raster und ich machen das Gleiche im Rest des Hauses, okay?«

»Großmutter hat Diabetes?«, fragte Gernot überrascht.

»Ja. Wusstest du das nicht? Schon seit vielen Jahren. Und wie gesagt: Sie braucht dringend ihre Medikamente. Eines heißt *Metformin*, den Namen von dem zweiten weiß ich nicht mehr. Die beiden stehen aber immer zusammen im Bad. Schau bitte gründlich nach.«

Gernot nickte und verschwand.

»So. Und wir beide machen mal eine ausgiebige Hausbegehung. Komm, wir fangen in der Küche an.«

Nachdem die beiden den Keller, die Küche, das Esszimmer und die oberen Etagen gründlich begutachtet hatten, ohne etwas Verdächtiges gefunden zu haben, standen sie schließlich wieder im Wohnzimmer und schauten sich um.

»Moment mal«, meinte Raster nach einer Weile. »War die Terrassentür schon offen, als wir heute Morgen gefahren sind?«

»Das weiß ich, ehrlich gesagt, nicht genau. Aber Lina kann sie ja in der Zeit, in der wir weg waren, geöffnet haben.«

Nachdenklich ging Raster zu der Tür, zog sie auf und schaute in den Garten. »Was ist hinter dem Garten?« Er wies auf die Randbegrenzung des Grundstücks, an der eine Reihe Ginsterbüsche standen.

»Ein Wirtschaftsweg«, antwortete Sabine. »Du meinst …«

Raster trat auf die Terrasse und begutachtete die Rasenfläche vor sich. »Guck mal hier, Sabine! Haben wir gestern irgendetwas von drinnen nach draußen geschleift? Mit einem Abstand von vielleicht 15 Zentimetern?«

Sabine schüttelte den Kopf. »Das sieht tatsächlich so aus, als wäre eine Person über den Rasen geschleift worden. Das könnten Abdrücke ihrer Absätze sein.«

»Und auf dem Weg da drüben hat ein Wagen gewartet. Deswegen hat im Hof keiner etwas mitbekommen«, ergänzte Raster leise.

»Ich ruf sofort noch einmal die Polizei an. Die sollen sich gefälligst beeilen und das alles hier untersuchen.«

In diesem Moment kam Gernot zurück ins Wohnzimmer.

»So, wie ich das sehe, ist Oma Lina freiwillig verreist. Warum auch immer. Es fehlen jedenfalls die Medikamente, es ist keine Zahnbürste im Bad, und wenn ich ihren Kleiderschrank beurteilen soll, was ich wirklich sehr ungern tue, fehlen dort auch einige … Dinge. Ihr wisst schon, was ich meine.«

Ratlos guckte Sabine zu Raster. »Das verstehe ich nicht. Du etwa?«

Raster schüttelte langsam den Kopf, während er unablässig Sabines Cousin in die Augen schaute. »Nein. Das verstehe ich auch nicht. Lasst uns auf die Polizei warten.«

12. KAPITEL

Ägypten, Soma Bay, Cambridge, England, 2017

Müde rollte Paul das Glas mit etwas, das man ihm als *Mai Tai* angepriesen hatte, zwischen seinen Händen. Er mochte diese süße Plörre nicht, und außerdem fehlte ihm der Rum, der eigentlich wichtigster Bestandteil seines Lieblingscocktails sein sollte. Aber so ist das nun mal bei *all inclusive*, dachte er frustriert, während er dem Kellner winkte, um sich ein Bier zu bestellen.

Wieso fühlte er sich nur so verdammt einsam und traurig? Es war doch alles glatt gelaufen: Nachdem er das restliche Diebesgut geholt und Nathan übergeben hatte, war er bereits zwei Tage später mit einem Koffer und 1,200.000 Pfund wieder aus London verschwunden. Seine Mitstreiter wurden von ihm über einen verschlüsselten E-Mail-Account informiert und zu einem Treffpunkt in Kent gelotst. 600.000 Pfund wurden verteilt und lösten Freudenstürme aus. Weitere Ermahnungen, Stillschweigen beizubehalten, wurden ausgesprochen, dann gingen alle wieder ihrer Wege. Paul hatte sich spontan zu einem Urlaub entschlossen – was für ihn äußerst ungewöhnlich war – und seinen Freund Keith gefragt, ob er ihn begleiten wolle. Dieser hatte aber abgesagt, da er mit seiner neuen Freundin nach Schottland fahren wollte. Da es Dezember war und Paul unbedingt Wärme brauchte, buchte er kurz entschlossen zwei Wochen im *Caribbean World Resort* in Ägypten. Und hier saß er nun an der Jamaica Poolbar zu Beginn seiner zweiten Woche und ertrug zum zigsten Mal das immer gleiche Repertoire der beiden Sängerinnen, die für die Unterhaltung am Abend sorgten. Nicht gerade toll, aber auch nicht die Ursache seiner trüben Gedanken. Was war nur mit ihm los? Wie konnte man sich unter so vielen Menschen so einsam fühlen? Voller Neid und Sehnsucht dachte er an seinen Freund Keith, der wahrscheinlich mit einem Glas Single Malt vor dem bollernden Kamin in einer Berghütte in den verschneiten schottischen Bergen saß.

Paul nahm sein halbvolles Bier und verließ die Bar. 100 Meter weiter setzte er sich auf einen Liegestuhl am Poolrand und genoss die Stille und die Dunkelheit, die ihn hier umfingen. Irgendetwas nagte an ihm. Etwas, das aus der Tiefe an die Oberfläche wollte und sich langsam, aber sicher seinen Weg brach. Er steckte sich eine Zigarette an und lehnte sich zurück. Denk nicht drüber nach, lass es einfach kommen, ermahnte er sich und schaute in den faszinierenden Sternenhimmel, der sich über ihm spannte.

Plötzlich fiel ihm der Brief wieder ein, den Nathan für ihn übersetzt hatte. Sie hatten nicht genau herausbekommen, wann der Brief verfasst worden war. Aber es musste ziemlich bald nach dem Zweiten Weltkrieg gewesen sein. Leider fehlten auch die Unterschrift und damit der Absender. Es machte den Eindruck, als sei der Brief jemandem aus der Hand gerissen worden, wobei der unterste Teil verloren gegangen war. Ein ehemaliger deutscher Offizier schrieb einem Freund William in England. Er bedankte sich, offenbar zum wiederholten Mal, für die Rettung im Ersten und eine Warnung vor dem Ende des Zweiten Weltkriegs. Weiterhin erklärte der Deutsche, dass es ihm gelungen sei, ein sehr wertvolles Gemälde zu beschaffen. Und dann kam das Unfassbare: Der Schreiber vermutete, dass er mit dem Bild als Grundstock ein reicher Mann werden könnte. Sollte ihm das gelingen, wäre er oder seine Familie jederzeit bereit, William und dessen Familie unter die Arme zu greifen, wenn es ihnen einmal finanziell schlecht ergehen sollte.

»Wie kann man nur so selbstlos sein?«, murmelte Paul vor sich hin. »Das grenzt ja schon an Dummheit!«

Oder lag er da falsch? So wie er sich einschätzte, wäre

er nie auf die Idee gekommen, jemand anderen an seinem Vermögen teilhaben zu lassen. Dankbarkeit her oder hin. Aber vielleicht war genau das sein Problem. Seit er seine Mutter verlassen hatte, hatte er nur an sich gedacht, die Schuld immer nur bei anderen gesucht. Sein ganzes verkorkstes Leben, der Gefängnisaufenthalt mit Keith, die Unfähigkeit, eine dauerhafte Beziehung aufzubauen, seine Laufbahn als Krimineller. Für all das hatte er immer anderen, vor allem seinen Eltern, die Schuld gegeben. Aber war das fair? Gut, seine Kindheit war nicht gerade perfekt verlaufen. Aber das gab es bei vielen Menschen. Hatten die sich alle so entwickelt wie er? Gab es nicht auch aus seinem früheren Umfeld einige, die etwas aus ihrem Leben gemacht hatten und nicht so ein Arschloch geworden waren wie er?

Paul richtete sich auf und warf die heruntergebrannte Zigarette in einen Aschenbecher, der neben seiner Liege stand. Er war erschrocken über die Ehrlichkeit und Klarheit, mit der diese Fragen plötzlich in ihm auftauchten. Auf der einen Seite schmerzten die Antworten wie heiße Messer, die in seinen Eingeweiden herumgedreht wurden, auf der anderen Seite merkte er, dass es ihm besser ging als noch eine halbe Stunde zuvor. Er nahm sich vor, in den verbleibenden Tagen weiter schonungslos ehrlich darüber nachzudenken. Und wenn das hieß, dass er ein neues Leben anfangen müsste, dann war das eben so. Aber dieser alte Paul, das spürte er deutlich, war Geschichte. Er empfand regelrecht Lust darauf, Begriffe wie Dankbarkeit, Verantwortung und Selbstlosigkeit in seinem Leben Raum zu geben. Ein noch fremdes Gefühl, irgendwie irreal. Zudem mochte er gar nicht daran denken, was das für die Rückschau auf sein bisheriges Leben bedeuten würde. Aber er wollte es wagen.

Außerdem interessierte ihn die Geschichte von diesem Gemälde und der dazugehörigen Familie. Ein alter Nazi und so selbstlos? Wie passte das zusammen? Ob es Nachkommen dieses Offiziers gab? Würde das Gemälde noch existieren? Paul beschloss, ein wenig zu recherchieren.

So oder so ähnlich war der Urlaub in Ägypten abgelaufen, wenn er sich daran zurückerinnerte. Die Wahrheit sah allerdings anders aus. In Wirklichkeit dauerte es Wochen, bis er sich an den Gedanken gewöhnt hatte, seine kriminelle Laufbahn zu beenden. Und auch heute noch ertappte er sich ein ums andere Mal dabei, dass er auf seine anstrengende Arbeit bei dem Kfz-Mechaniker in Cambridge, bei dem er untergekommen war, fluchte. Wie viel einfacher wäre es, mit einem kleinen, gut durchdachten Coup an Geld zu kommen. Natürlich besaß er noch einen Großteil seines Anteils von dem Banküberfall. Aber es war ihm auch klar, dass er damit nicht ewig über die Runden kommen würde. Genau in solchen Momenten malte er sich ein Bild von seiner Zeit in Ägypten, dachte an die Einsamkeit, die er dort empfunden hatte, und die neuen Werte, die durch den Brief erstmalig in seinem Leben eine gewisse Bedeutung erlangt hatten. Also hielt er durch und machte weiter als rechtschaffener Kfz-Auszubildender. Vielleicht könnte er sich ja eines Tages den Traum von der Selbstständigkeit erfüllen. Und vielleicht konnte er seiner Mutter eines Tages etwas zurückgeben für das, was sie für ihn getan hatte. Er wollte jedenfalls alles daransetzen.

13. KAPITEL

Münster, Februar 1944

Stoisch ertrug Alfred von Strelitz die verbalen Attacken seiner Frau Ruth. Er hatte sich fest vorgenommen, nichts von dem Brief und den zu erwartenden Entwicklungen zu erzählen. Je weniger davon wussten, desto besser.

»Du kommst viel zu spät!«, ereiferte sich Ruth gerade zum dritten Mal. »Außerdem riecht man deine Fahne von hier bis zum Aasee. Was ist bloß in dich gefahren, Alfred? So kenne ich dich gar nicht.«

»Du hast ja recht, Ruthchen. Ich hab ein wenig die Zeit vergessen. Kann doch mal vorkommen. Beruhige dich wieder. Schau mal! Die kleine Lina ist schon ganz verängstigt wegen deiner Tiraden.«

Tatsächlich saß Tochter Lina erschrocken in der hintersten Sofaecke des bescheidenen Wohnzimmers. So etwas war sie von ihren Eltern nicht gewohnt. Mal ein kleiner Streit oder eine Kabbelei, ja. Aber dieses Gekeife machte ihr Angst. Bei ihr von *klein* zu sprechen, war allerdings die Untertreibung des Tages. Für ihre 14 Jahre war sie bereits gute ein Meter 70 groß, hatte lange dunkelblonde Haare, ein reifes, überhaupt nicht mehr kindliches Gesicht, und ihre weiblichen Kurven, für die sie sich schrecklich schämte, konnte sie kaum noch verstecken. »Hört endlich auf zu streiten!«, rief sie den Eltern zu. »Das ist ja unerträglich.«

Alfred und Ruth sahen erst die Tochter erschrocken an, dann sich gegenseitig in die Augen, und mussten im selben Augenblick anfangen zu lachen.

»Entschuldige!«, sagte Ruth. »Natürlich kannst du mal etwas länger in der Wirtschaft sitzen. Warum auch nicht? Ich hab mir einfach Sorgen gemacht.«

»Mir tut es leid«, meinte daraufhin Alfred und nahm seine Frau in den Arm. »Es war ein anstrengender Tag. Aber sag mal, was riecht denn hier so köstlich?«

Nach dem Abendessen, bei dem Lina ohne Punkt und Komma von der Schule und ihren Freundinnen erzählte, während sie ein ums andere Mal abwechselnd ihre Eltern anstrahlte, verzog sie sich in ihr Zimmer, um vor dem Schlafengehen noch etwas zu lesen. Ruth setzte sich mit Näharbeiten an den abgeräumten Esstisch, und Alfred ließ sich mit einem lauten Seufzer in seinem Lieblingssessel nieder. Aus seiner Umhängetasche, die normalerweise nur sein Frühstücksbrot und vielleicht mal einen Apfel beinhaltete, zog er einen Stapel Papiere hervor.

»Was hast du da?«, fragte Ruth, die ihn beobachtete.

»Ach, das sind nur ein paar Sachen vom Bahnhof.«

»Darfst du die denn mit nach Hause nehmen?«

Alfred murmelte nur etwas von Arbeit, die liegengeblieben wäre, und vertiefte sich in die Akten. Tatsächlich war es strengstens verboten, solche Unterlagen von einer Dienststelle mitzunehmen. Er hatte sie auf dem Rückweg am Bahnhof von Untersturmbannführer Keller bekommen, der nicht bemerkt hatte, dass Alfred die Papiere einsteckte, statt sie wieder auf die Ablage zurückzulegen. Es handelte sich um Listen, in denen akribisch aufgeführt wurde, welche Kunstgegenstände in den nächsten

Tagen am Münsteraner Hauptbahnhof eintreffen würden, und wohin Alfred sie dann weiterschicken sollte. Es erreichten zwar nicht täglich Wagons mit *geschützter Kunst* Münster, aber die Liste war unverändert lang. Viele der Kunstschätze kamen aus den besetzten Gebieten im Osten, wobei ein Großteil bereits in Berlin umgeladen worden war. Ein anderer Teil kam aus den Niederlanden, teilweise aus Frankreich, Belgien und sogar aus dem Norden. Fast immer waren die ursprünglichen Besitzer jüdische Familien oder Museen, wobei sich die Führungsriege der NSDAP über die weitere Verwendung und die Ziele heftig stritt. Adolf Hitler bevorzugte ein exorbitantes Museum in Linz, Joseph Goebbels konnte ihm jedoch zeitweilig den Rang ablaufen und behauptete zumindest, die größte Kunstsammlung im Reich, wenn nicht sogar in Europa zu besitzen. Viele der Schätze gingen nach Wien und in die Schweiz, um dort veräußert zu werden, andere verschwanden über dubiose Kanäle in privaten Sammlungen von Regimegetreuen.

Alfred von Strelitz hatte für seinen Plan zwei unschlagbare Vorteile. Einerseits war er studierter Kunsthistoriker mit einem ausgeprägten Sinn für den Wert eines Kunstgegenstandes. Andererseits war er derjenige, der die vor ihm liegenden Listen zu bearbeiten und die Durchführung zu organisieren hatte. Ein weiterer Vorteil lag darin, dass diese Listen in den *gesäuberten* Gebieten per Hand geschrieben wurden. Die NSDAP war zwar in allem, was sie tat, gründlich: Alles musste in Listen erfasst werden. Aber die Beschlagnahmer standen auch unter enormem Zeitdruck. Daher wurden die Listen nicht durch Sekretärinnen mühsam getippt, sondern vor Ort handschriftlich verfasst und per Kurier an den nächsten Knotenpunkt, in diesem Fall Münster, versandt.

Nach einer halben Stunde konzentrierten Lesens stutzte Alfred. Konnte das möglich sein? Wieder und wieder las er die betreffende Zeile. Es gab keinen Zweifel. Für den übernächsten Tag war eine Lieferung aus dem Kulturhistorischen Museum Magdeburg angesagt. Mit dabei das berühmte Gemälde *Maler auf der Strasse zu Tarascon* von Vincent van Gogh. Alfred konnte sein Glück kaum fassen. Genau so einen Glücksfall hatte er herbeigesehnt. Aber schon in zwei Tagen! Es musste alles perfekt laufen. Er musste sich selbst übertreffen, damit alles glattging.

Alfred stopfte die Papiere zurück in seine Tasche und erhob sich. »Ruth, ich geh schlafen.«

»Schon? Es ist erst 21 Uhr.«

»Ja, ich weiß. Aber ich bin müde. Und morgen habe ich viel zu tun.«

»Dann schlaf gut, mein Lieber. Ich komme auch gleich. Gute Nacht.«

»Gute Nacht, Ruth!«

14. KAPITEL

Dortmund, Juli 2019

Mittlerweile war es später Nachmittag geworden. In dem alten Gutshof hatte sich eine merkwürdige Stille ausgebreitet. Die Reiter und Angestellten waren, nachdem sie von der Polizei verhört worden waren, nach Hause gefahren. Fritz hatte sich in seine Wohnung zurückgezogen, und Gernot war mit seinem Golf weggefahren. Er hätte noch was zu erledigen und wäre wahrscheinlich am Abend zurück.

Sabine und Raster saßen an einer Ecke der immer noch aufgebauten langen Tafel im Garten und schwiegen lange Zeit.

»Du siehst blass aus«, sagte schließlich Raster und nahm Sabines rechte Hand in seine. »Hat dich ganz schön mitgenommen, was?«

Sie nickte. »Natürlich. Außerdem ist mir nicht so gut. Ich glaub, ich muss mal was essen.«

»Soll ich dir etwas aus der Küche besorgen? Es müssen doch Unmengen Kuchen und andere Sachen übrig sein?«, fragte Raster mitfühlend.

»Nein, lass mal erst. Bleib einfach bei mir! Sag mal, wie fandest du eigentlich die beiden Polizisten?«

»Eigentlich ganz nett«, antwortete Raster. »Vor allem diese blonde Kriminalhauptkommissarin. Wie hieß sie noch gleich?«

»Ach hör doch auf, Blödmann. Mir ist nicht nach Scherzen zumute. Die eine hieß Karola Funke, und der Kollege von ihr, warte, ach ja, wie der Sänger. Kann man sich gut merken: Matthias Reim.«

»Den Sänger kenn ich nicht. Aber ich fand die beiden ziemlich kompetent. Nach der Spurenlage ist deine Großmutter also im Wohnzimmer irgendwie betäubt worden und dann über den Rasen in ein Auto geschleppt worden.«

»Ja. Aber die Polizisten haben mir nachher noch gesagt, dass sie sich keine große Hoffnung machen, dass man mit den Reifenspuren etwas anfangen kann. Das waren offensichtlich 08/15 Reifen, die zu allen möglichen Wagen passen würden.«

»Aber keiner hat ein Auto auf dem Weg gesehen?«, fragte Raster.

Sabine schüttelte den Kopf. Jetzt, da die erste Anspannung von ihr abfiel, konnte sie die Tränen einfach nicht mehr zurückhalten. Schluchzend legte sie ihren Kopf an Rasters Schulter. Ohne weitere Worte nahm dieser seine Freundin in den Arm.

»Ich verstehe einfach nicht, warum man ihr das antut. Ich meine, sie ist 90 Jahre alt. Wer tut so etwas?«

»In meinen Augen kann es sich da nur um Erpressung handeln«, sagte Raster. »Ich bin mir sicher, wir bekommen in den nächsten Tagen einen Anruf oder einen Brief mit der Geldforderung. Was soll es sonst für einen Grund geben?«

»Wahrscheinlich hast du recht«, meinte Sabine.

»Darf ich denn unter diesen Umständen einmal fragen, von welchem Vermögen wir hier sprechen?«, fragte Raster.

Sabine zuckte die Schulter. »So genau weiß ich das auch nicht. Ich habe bei meinem letzten Besuch tatsächlich mit Lina darüber gesprochen. Sie hatte mich gefragt, ob ich eine Idee hätte, wie sie ihr Testament aufsetzen sollte.«

»Das muss ein Notar machen, warum hat sie dich das gefragt?«, fragte Raster erstaunt.

»Das habe ich ihr auch gesagt. Daraufhin meinte sie nur, ich wäre ja schließlich ihre Lieblingsenkelin, und deswegen wollte sie das vorab mit mir besprechen.«

»Und?«

»Na ja. Das Barvermögen beläuft sich auf etwa eine Viertel Millionen Euro. Das meiste davon in Depots angelegt.«

Raster pfiff durch die Zähne. »Wow. Das ist eine Menge Schotter.«

Sabine schüttelte erneut den Kopf. »Nein. Das ist gar nichts im Vergleich zu dem Wert, den die Bilder im Haus haben. Die Versicherung schätzt ihn auf über drei Millionen Euro.«

Raster riss die Augen auf, setzte sich aufrecht hin und drückte Sabine sanft zurück auf ihren Stuhl. »Moment mal. Du willst mir erzählen, dass in diesem Haus«, er wies auf den Hof hinter ihnen, »drei Millionen Euro an den Wänden hängen, und das, wo der ganze Kasten so stark gesichert ist wie ein Carport? Welche Versicherung macht so etwas mit?«

Sabine seufzte. »Wir liegen Oma damit schon seit Jahren in den Ohren. Aber sie will einfach keine Alarmanlage im Haus haben und erst recht keine an den Bildern selbst. Sie ist da stur wie ein Esel. Lieber zahlt sie der Versicherung das Dreifache an Prämien, damit sie überhaupt versichert ist.«

Nachdenklich kaute Raster auf seiner Unterlippe. »Weißt du, was ich dann erst recht nicht verstehe? Du erinnerst dich an den Einbruch, von dem deine Großmutter erzählt hat?«

Sabine nickte. »Ich weiß, worauf du hinauswillst. Sowohl damals bei dem Einbruch, als auch heute bei der Entführung gab es die perfekte Gelegenheit, Bilder zu stehlen. Aber nichts fehlt. Ich verstehe das auch nicht. Komm, Raster! Lass uns rein gehen. Wir essen etwas, und dann lenken wir uns mit ein bisschen Fernsehen ab. Wir können ja doch nichts weiter machen, als abzuwarten.«

Raster nickte. »Aber morgen zeigst du mir diese wertvollen Schinken etwas genauer, okay? Und dann erzählst du mir endlich mal, wie deine Großmutter zu diesen Schätzen gekommen ist.«

Sabine antwortete nicht, stand aber auf und folgte Raster mit hängendem Kopf zurück ins Haus.

Am nächsten Morgen zog sich Sabine nur ein T-Shirt und eine Jogginghose über und wollte direkt in den Briefkasten schauen.

»Du siehst heute noch blasser aus als gestern«, sagte Raster besorgt. »Hast du so schlecht geschlafen? Lass mal, ich mach das schon und sehe nach, ob es einen Erpresserbrief gibt.«

Sabine schüttelte nur den Kopf, bevor sie erschrocken die Augen aufriss und mit einem Aufschrei ins Bad stürzte.

Raster sprang aus dem Bett und legte ein Ohr an die Tür des Bades, aus dem laute Würgegeräusche drangen.

»Brauchst du Hilfe?«, fragte er, woraufhin nur ein wütendes »Nein! Verschwinde!« und erneut eindeutige Töne zu hören waren.

Eine Viertelstunde später kam Sabine in die Küche, wo Raster auf sie an dem gedeckten Frühstückstisch wartete. Von Gernot war nach wie vor keine Spur zu sehen. »Es tut mir leid, dass ich dich so angeschnauzt habe. Ich wollte in dem Moment einfach nur alleine sein«, sagte Sabine, deren Gesichtsfarbe sich kaum noch von der des weißen Tischtuchs unterschied.

»Soll ich dich zum Arzt bringen? Hast du irgendetwas Falsches gegessen?«, fragte Raster voller Mitgefühl.

»Nein. Danke. Es geht schon. Ich fahr nur gleich mal schnell in die Notapotheke.«

»Das kann ich doch für dich machen. Wer weiß, welche heute auf hat. Lass dir bitte helfen!«

»Ich sagte: Nein danke, Raster!«, brauste Sabine wieder auf und setzte sich an den Tisch.

Schweigend schmierten sich beide ihre Brötchen, die Fritz bereits frühmorgens auf den Küchentisch gelegt hatte. Nach dem Frühstück, bei dem kein weiteres Wort gewechselt wurde, verschwand Sabine erneut im Bad. Vollständig angezogen kam sie danach wieder herunter und setzte sich neben Raster, der es sich auf einem Sofa im Wohnzimmer bequem gemacht hatte und in einer Gartenzeitschrift blätterte.

»Es tut mir leid«, murmelte Sabine leise und legte ihren Kopf an seine Schulter. »Ich bin dann mal kurz weg, okay?«

Raster nickte und lächelte ihr aufmunternd zu. »Wird schon«, meinte er. »Fahr vorsichtig!«

Die Dreiviertelstunde, bis Sabine wiederkam, nutzte er, um sich auf eigene Faust in dem großen Haus umzuschauen. In fast allen Räumen hingen überwiegend alte Bilder, deren Maler, soweit Raster die Signaturen entziffern konnte, ihm nichts sagten. Vom Stil her mochten einige Expressionisten dabei sein, zumindest einen Maler kannte er: Kandinsky. Sollte hier ein echter Kandinsky hängen? Raster konnte es kaum glauben. Die meisten Gemälde hingen im Wohnzimmer und in der Halle, aber auch in den Gästezimmern schmückten meist kleinere Bilder die Wände.

»Das ist ja wie in einem Museum«, murmelte Raster, als er die Tür eines weiteren Gästezimmers öffnete.

»Was machst du in meinem Zimmer?«

Erschrocken drehte Raster sich um und sah in das wütende Gesicht von Sabines Cousin Gernot. »Oh! Was machst du denn hier?«

»Ich wohne zurzeit hier. Genauso wie ihr, falls du das vergessen haben solltest«, blaffte Gernot zornig.

»Entschuldige. Ich habe dich nicht hereinkommen gehört.«

»Das ist noch immer kein Grund, mein Zimmer zu durchsuchen.«

»Das hatte ich auch nicht vor. Ich wusste noch nicht einmal, dass du in diesem Zimmer schläfst. Ich wollte mir nur die vielen Bilder angucken.«

»Okay, okay«, lenkte Gernot ein, »ist ja schon gut. Gibt es etwas Neues?«

Raster verneinte.

»Na gut. Ich hau mich dann mal ein wenig aufs Ohr. Hatte 'ne kurze Nacht. Vielleicht können wir heute Mittag mal besprechen, wie es weitergehen soll.«

»Na, dann schlaf gut«, sagte Raster und begab sich wieder ins Wohnzimmer.

Raster bekam mit, wie Sabine auf dem Kiesplatz vorfuhr, wartete aber vergeblich darauf, dass sie zu ihm kam. Stattdessen hörte er schnelle Schritte, die die Treppe herauf hasteten und eine Tür, die mit lautem Knall zugeschlagen wurde. Wahrscheinlich wieder das Bad, dachte er. Die Arme. Hoffentlich hat sie sich nicht ernsthaft etwas eingefangen.

Einige Minuten später erschien Sabine in der Tür zwischen Halle und Wohnzimmer und schaute mit ernster Miene zu ihm hinüber.

»Wie geht es dir?«, fragte Raster.

Sie antwortete nicht, sondern kam langsam näher und setzte sich auf die vorderste Kante eines Sessels. Sabine griff in ihre Hosentasche und reichte ihm ein längliches Ding, das für Raster im ersten Augenblick, wie ein Fieberthermometer aussah. Nur, was das rote Kreuz auf dem Ding bedeuten sollte, wollte ihm einfach nicht in den Sinn kommen.

15. KAPITEL

Irgendwo nordwestlich von Dortmund, 2019

Zwei Dinge fielen Lina Funda sofort auf, als sie erwachte. Erstens: Sie war nicht gefesselt, was sie mit Erleichterung zur Kenntnis nahm. Zweitens: Die beiden Männer, die ihr gegenübersaßen, waren nicht maskiert, was sie zutiefst erschreckte. Offensichtlich sollte sie nicht mehr lebend aus dieser Sache rauskommen. Gut, sie war 90 Jahre alt, aber ein solch abruptes Ende hatte sie sich eigentlich nicht vorgestellt. Außerdem tat ihr die Familie leid, die sich mit Sicherheit Sorgen um sie machte, und deren Trauer eine ganz andere wäre, als wenn sie ein natürlicher Tod ereilt hätte.

An die Entführung selbst konnte sich Lina nur noch schemenhaft erinnern. Als die Familie zum Brunch aufgebrochen war, hatte sie sich ein kleines Frühstück zubereitet. Danach hatte sie in der Küche klar Schiff gemacht, war ins Wohnzimmer gegangen, um die Terrassentür zu öffnen und zu lüften. Ab diesem Zeitpunkt war die Erinnerung weg.

Sie lag auf einer Matratze in einem großen Raum, der sie sofort an eine Scheune erinnerte, wäre da nicht eine Vertäfelung aus heller Kiefer gewesen, die den Raum bis zu einer Höhe von etwa zwei Metern rundum einfasste. Außerdem konnte sie in einer Ecke einen kleinen Verhau erkennen, in den eine provisorische Tür eingelassen war.

Verstohlen musterte sie die jungen Männer, die auf schlichten Holzstühlen neben ihrer Matratze saßen. Die beiden hätten unterschiedlicher nicht sein können. Der eine war klein, aber äußerst muskulös, und seine Arme mit Tattoos übersät. Die dunklen Haare waren ungepflegt und fettig. In den Augen über dem Dreitagebart meinte Lina, eine gezähmte Wut erkennen zu können. Der andere war groß und schmächtig, fast schon hager. Viel gepflegter als sein Kumpan war er auch nicht, dafür wippte er mit einem Bein in schnellem Rhythmus auf und ab und knabberte permanent an seinen Fingernägeln.

»Hey. Sie ist wach.« Der Kleine stieß den Langen mit dem Ellenbogen in die Rippen. Sie standen beide auf, gingen dann direkt vor Lina in die Hocke und begutachteten sie, als wäre sie ein exotisches Tier aus dem Regenwald. »Na, ausgeschlafen, Oma?«, fragte wieder der Kleine.

Lina nickte vorsichtig.

»Ich darf uns beide kurz vorstellen. Mein Name ist Pitt, und das ist Basti. Wir drei werden uns in der nächsten Zeit öfter sehen. Wie lange das sein wird, hängt allein von deiner Kooperationsbereitschaft ab. Das Ganze hier kann schon morgen beendet sein, wir haben aber Zeit und könnten Wochen durchhalten. In diesem Fall garantiere ich dir allerdings, dass es für dich immer ungemütlicher werden wird.«

Lina setzte sich auf und musste einen Aufschrei unterdrücken. Offensichtlich hatte sie sich bei der Aktion einige Rippen geprellt. »Was wollen Sie von mir?«, fragte sie mit fester Stimme. Diese kleinen Lümmel sollten nicht denken, dass sie ihr Angst einjagen konnten.

»Das wirst du noch früh genug erfahren«, schnauzte der Kleine sie an. »Aber nicht von uns. So, und nun ein paar Regeln. Du kannst dich hier frei bewegen. Dort hinten«, er wies auf den abgegrenzten Raum mit der provisorischen Tür, »ist ein Bad. Darin sind auch alle Sachen von dir wie Medikamente, Zahnputzzeug und so weiter. Wenn wir mal beide weg sind, und das wird unvermeidlich sein, kannst du schreien und gegen die Wand schlagen, tob dich ruhig aus. Es wird dir nichts nutzen. Keiner kann dich hören, und raus kannst du sowieso nicht. Meine Empfehlung: Spar deine Kräfte! Du bekommst jeden Tag eine Ration zu essen und zu trinken. Teil es dir gut ein. Es gibt nur diese eine pro Tag. Alles verstanden?«

»Kann Ihr Freund Basti eigentlich nicht sprechen?«, fragte Lina mit einem Blick auf den schmächtigen Langen, der nervös von einem Bein auf das andere wackelte. »Oder muss der nur dringend aufs Klo? Tun Sie sich keinen Zwang an, junger Mann. Nur gehen Sie bitte vor die Tür. Das da«, Lina wies auf den Verschlag, »ist nämlich meins.«

»Jetzt werd mal nicht so frech, Oma! Dir wird dein lockeres Mundwerk schon noch vergehen«, antwortete Pitt und kam bedrohlich näher, was Lina jedoch mit einem müden Lächeln abtat.

Die beiden Männer sahen sich irritiert an. Basti wies mit dem Kinn auf eine Holztür in der Holzvertäfelung, die Lina zuvor gar nicht aufgefallen war, woraufhin beide die Scheune, oder was immer das war, verließen.

Aufmerksam lauschte Lina dem Geräusch des Schlüssels, der sich in einem wohl nur außen befindlichen Schloss drehte. Aha, das hörte sich nach einem Sicherheitsschloss an. Da war also schon mal nichts zu machen. Unter Schmerzen erhob sie sich und musste sich sofort an einem Stützbalken festhalten, weil ihr schwindelig wurde. Vorsichtig erkundete sie ihr Gefängnis und das Bad, konnte aber zunächst keine Fluchtmöglichkeit erkennen. Der Raum war bestimmt 50 mal 20 Meter groß, schätzte sie, etwa fünf Meter hoch und besaß ein Giebeldach. Oberhalb der Holzvertäfelung erkannte sie alte Holzlatten, in die einige Sichtschlitze eingelassen waren und durch die etwas Licht hereinkam. Ansonsten hingen zwei nackte Glühbirnen an zwei der sechs Stützbalken, die den großen Raum nur spärlich beleuchteten. In dem provisorischen Bad hatte man ein WC und ein Waschbecken eingebaut sowie einen Holztisch daneben gestellt, auf dem eine Reisetasche stand. Lina öffnete sie und fand erleichtert ihre Medikamente, Waschzeug und Unterwäsche zum Wechseln. Zurück in dem großen Raum, den sie ab sofort Scheune nannte, packte sie die dünne Matratze und zog sie in eine der hinteren Ecken. Dort lag eine grobe Wolldecke, mit der sie sich zudecken konnte. Erschöpft und mit schmerzverzerrtem Gesicht sank sie auf ihre neue Schlafstatt und schloss die Augen. Was wollten die Entführer von ihr? Ging es um Erpressung? Aber wie sollten ihre Angehörigen an ihr Geld kommen, um sie freizubekommen? Bestimmt gab es zusammen mit der Polizei und einem Richter Möglichkeiten, von denen sie gar nichts wusste. Nur, warum hatten die beiden ihr nichts von einer Erpressung gesagt? Oder ging es um etwas vollkommen anderes? Nur was? Langsam sank Lina über ihren immer wirrer werdenden Gedanken in einen tiefen Schlaf.

16. KAPITEL

Dortmunder Norden, Juli 2019

»Du bist schwanger?« Ungläubig starrte Raster seine Freundin an. »Wie konnte das passieren?«

»Soll ich es dir aufmalen? Ich dachte, so viel Allgemeinbildung hättest selbst du.« Verstohlen wischte Sabine eine Träne von ihrer rechten Wange. Bloß nicht heulen, ermahnte sie sich.

»Aber wir haben doch konsequent auf Verhütung geachtet«, insistierte Raster erneut.

»Mein lieber Raster, soll ich dir wirklich von dem nicht sehr überzeugenden Pearl-Index deiner Kondome erzählen? Ist doch auch egal. Ja, ich bin schwanger. Und das geht einfach gar nicht.«

»Wie jetzt?« Rasters ungläubiger Gesichtsausdruck verwandelte sich gerade zu einem einzigen Fragezeichen. »Aber das ist doch erst einmal schön. Wir erwarten ein Kind! Das ist das Tollste, das man sich vorstellen kann!«

Sabine nahm die Veränderung von Rasters Gesichtsausdruck von einem Fragezeichen hin zu einer strahlenden Sonne mit Staunen zur Kenntnis. »Weißt du eigentlich, wie alt ich bin? 43 Jahre. In Worten dreiundvierzig! Da kriegt man nicht mal eben so ein Kind. Bedenk doch die ganzen Risiken, dann die Situation, in der ich mich momentan befinde und die Weltklimakrise und … Ach und überhaupt. Das passt einfach nicht. Punkt. Basta!«

Aus der strahlenden Sonne war mittlerweile ein gemaltes Entsetzen geworden. »Du willst unser Kind nicht? Sabine! Wir sind wohlhabend. Wir haben Platz in der WG. Philo zieht bestimmt bald zu Susanne, dann hätte das Kind sogar ein eigenes Zimmer. Und du …«

In diesem Moment klingelte Rasters Handy.

»Wenn man vom Teufel spricht. Philo. Soll ich ihm sagen, dass du …«

»Um Gottes willen. Nein. Untersteh dich!«

»Philo, mein Freund. Was kann ich für dich tun?«

»Ich wollte nur mal hören, wann ihr zurückkommt. Ich wollte heute Abend Lasagne für uns alle kochen. Susanne kommt auch.« Philo klang fröhlich und unbeschwert, wie eigentlich immer in den letzten Monaten, seit er mit Susanne zusammen war.

Raster erklärte ihm in wenigen Worten, was mit Sabines Großmutter passiert war, beziehungsweise was sie vermuteten, das passiert war, und dass sie daher auf absehbare Zeit nicht zurückkommen würden.

Wie aus der Pistole geschossen antwortete Philo daraufhin: »Dann komme ich zu euch. Das müsst ihr nicht alleine durchstehen.«

»Und was ist mit Susanne und deiner Arbeit?«, fragte Raster.

»Susanne geht es schon wieder soweit gut, dass sie einige Tage ohne mich auskommt, und an der Uni sind Semesterferien, da kann ich mir ruhig freinehmen. Keine Widerrede. Ich komme.«

Raster guckte fragend zu Sabine, die das Gespräch mitverfolgt hatte. Sie nickte, woraufhin Raster seinem Freund die Adresse des Gutshofes durchgab. Nachdem er das Telefonat beendet hatte, sahen sich Sabine und Raster lange schweigend in die Augen.

»Komm mal her«, meinte Raster leise und breitete seine Arme aus.

»Ich bin so durcheinander«, schluchzte Sabine, während sie ihren Kopf an Rasters Schulter schmiegte. »Ich weiß einfach nicht, was ich machen soll.«

»Wie weit bist du denn?«, fragte Raster.

»Ach, vielleicht sechste Woche. Noch ganz früh. Aber irgendwann muss eine Entscheidung her.«

»Ja. Aber nicht heute und auch nicht morgen. Wir schaffen das, und zwar gemeinsam«, versicherte er ihr und drückte sie noch fester an sich. »Komm. Wir gucken mal in der Küche, was wir für uns und Philo zum Abendessen machen können.«

»Oh nein. Bitte nicht vom Essen reden!«, rief Sabine aus, sprang auf und hastete Richtung Halle. Diesmal schaffte sie es nicht mehr bis zum Bad.

17. KAPITEL

Münster, Februar 1944

Die Verwirklichung seines Planes gestaltete sich schwieriger, als er gedacht hatte. Zunächst besorgte er sich einen Bleistift, der vom Stärkegrad her in etwa dem entsprach, mit dem die Liste der Kunstgegenstände angefertigt worden war. Daraufhin durchforstete er alle Papiere, die ihm vorlagen, nach Nachbesserungen, Randbemerkungen oder Ähnlichem. Schließlich fand er bei zwei Gemälden einen dünnen Strich durch die Bezeichnung und dahinter die Bemerkung »bereits in Berlin verladen«.

Also machte er das genauso bei dem Objekt seiner Begierde, nahm ein Lineal und zog eine dünne Linie durch den Titel. Er wusste, dass er nur einen Versuch hatte. Es gab nur dieses eine Original. Wenn etwas schief ging, war es das. Außerdem hatte er panische Angst davor, dass irgendjemand in sein Büro in der Gauleitung platzen könnte. Es gab genug Kollegen, die einen höheren Dienstgrad innehatten, und denen es nicht im Traum eingefallen wäre anzuklopfen. Sein breiter Schnurrbart zitterte aufgeregt, und ein Schweißtropfen landete auf dem wichtigen Dokument. Der Strich war ihm gut geglückt. Jetzt kam der schwierige Teil seiner Fälschung. Auf einem Blatt Papier übte er immer und immer wieder die Worte »bereits in Berlin verladen«, bis seine Schrift tatsächlich der Originalschrift zumindest beim ersten Hinschauen ähnelte. Dann ging es an die Liste. Mit zitternder Hand setzte er den Bleistift an. Nein. So konnte das nichts werden. Er verstaute hastig die Papiere in seinem Schreibtisch und spazierte, als wäre nichts gewesen, in die große Schreibstube, wo er zielstrebig auf Belinda zusteuerte.

»Ach. Das ist ja schön, dass ich Sie hier antreffe. Sagen Sie, ich habe mir offensichtlich den Magen verdorben. Haben wir hier nicht immer eine Flasche Weinbrand rumstehen? Für solche Fälle natürlich nur.«

Belinda schaute von ihrer Arbeit auf. Der Ärmste. Er sah wirklich nicht gut aus. Das Gesicht ganz rot, Schweißperlen auf der Stirn, und ganz zittrig war er auch. »Natürlich, Herr Sturmbannführer. Einen Moment.« Sie sprang auf und verschwand in einem Nebenraum. Nach wenigen Sekunden erschien sie wieder mit einer Ledertasche in der Hand. »Ich hab' Ihnen die Flasche und ein Glas in den Beutel gesteckt. Muss ja nicht jeder mitbekommen, was?« Verschmitzt drückte sie Alfred die kleine Tasche in die Hand und widmete sich wieder ihrer Arbeit.

Einfach unbezahlbar, diese Frau, dachte Alfred und verschwand in seinem Büro.

Er genehmigte sich ein volles Glas Weinbrand so schnell, dass ihm nach wenigen Minuten schwindelig wurde, spürte aber gleich darauf, dass seine Hände ruhiger wurden. Erneut griff er zu Bleistift und Liste und begann langsam, die entscheidenden Worte einzufügen.

Am Nachmittag ließ er sich zum Bahnhof fahren, wo er viel Geduld aufbringen musste, bis er in einem unbeobachteten Moment die Liste an ihren ursprünglichen Ort zurücklegen konnte. Ständig lungerte Keller in der Nähe herum, der ihn mittlerweile misstrauisch beäugte und fragte, ob denn noch was anliege. Endlich wurde sein Untersturmbannführer aus dem kleinen Büro gerufen, und Alfred konnte seine Liste platzieren. Der erste Teil war geschafft.

Am Abend saß er stumm wie ein Fisch am Küchentisch und brachte keinen Bissen herunter. Ruth beäugte ihren Mann mit gerunzelter Stirn und fragte ihn ein ums andere Mal, ob es ihm gut ginge. Das hatte sie in all den Jahren ihres Zusammenlebens noch nicht erlebt. Alfred versicherte ihr, dass alles in Ordnung wäre, er nur ein wenig Magenschmerzen habe und früh zu Bett gehen würde. Aber an Schlaf war kaum zu denken. Wenn er mal kurz eindöste, fand er sich sofort in dem immer gleichen Albtraum wieder. Er stand vor der Hauswand der Gauleitung und starrte in die Mündungen von zehn Gewehren, die auf ihn gerichtet waren. Schweißgebadet wachte er nach wenigen Augenblicken auf und musste sich zunächst aufs Neue beruhigen.

Endlich Morgen. Alfred zwang sich zu einem kleinen Frühstück und verließ hastig seine Wohnung. Auf dem Weg zum Bahnhof ging er wieder und wieder seinen Plan durch. Jetzt zählte es. Es musste gelingen, sonst war alles verloren.

Pünktlich um 11 Uhr hörten Keller und er das Fauchen und Zischen des herannahenden Zuges. Mit lautem Quietschen und Kreischen kamen die Waggons zum Stehen. Alfred wies Keller, wie schon zigmal zuvor, an, die entsprechende Waggontür zu öffnen. Die beiden diensthabenden Soldaten hielten sich im Hintergrund mit Maschinengewehren im Anschlag.

Das Vorgehen war so eintönig wie lästig und immer gleich: Keller holte einen Gegenstand nach dem anderen heraus, und bewacht von den beiden Soldaten wurden anhand der Listen mehrere Stapel gebildet. In der Regel waren es drei oder vier. Je nachdem, in welchen Zug die Kunstschätze weiter verladen werden sollten. Ein Stapel war meistens für die Sachen, die nachher wieder in den gleichen Zug zurückmussten, da dieser häufig nach Oldenburg weiterfuhr, wo es ebenfalls eine Zieladresse gab.

Alfred hielt die Liste des Tages in Händen, während Keller für die Arbeit zuständig war.

»Hier haben wir *Maler auf dem Weg nach Tarascon* von Vincent van Gogh«, las Keller gelangweilt den Titel des Bildes von dem Etikett auf der Umverpackung vor.

»Gut. Einen Moment, wo habe ich es denn?« Alfred ging suchend mit dem Finger die Liste entlang. »Ach du meine Güte. Keller, wir haben ein dickes Problem.«

»Was ist denn los, Chef?«

»Sieh mal hier!« Alfred hielt seinem Untergebenen das Papier vor die Nase.

Keller riss die Augen auf. »Da kriegen wir aber ganz schön Ärger. Das gute Stück hätte schon in Berlin ausgeladen werden sollen. Und was machen wir jetzt? Der nächste Zug nach Berlin fährt erst in fünf Tagen.«

Alfred zwirbelte an seinem Schnurrbart und schien intensiv nachzudenken. Die beiden Soldaten standen unbeteiligt auf ihrem Posten und unterhielten sich.

Alfred räusperte sich umständlich. »Pass auf, Keller! Wir machen das so: Ich nehme das Bild mit zu mir. In drei Tagen fährt Gauleiter Meyer nach Berlin. Natürlich mit dem Wagen. Ich kenne zwei seiner Unteroffiziere, die ihn begleiten. Denen gebe ich das Bild einfach mit. Was hältst du davon?«

Keller zögerte einen Moment. »Wenn Sie meinen. Aber ich muss das zumindest hier auf der Liste vermerken.«

»Kannst du gerne machen, Keller«, meinte Alfred gleichmütig. »Allerdings gebe ich zu bedenken, dass wir dann den Fehler für immer und ewig auf Papier gebracht haben. Ich werde mich da schon irgendwie rauswinden können, aber wie ist das mit dir?«

»Da haben Sie recht, Chef. Danke! Das ist sehr großzügig von Ihnen. Und wie bekommen Sie das Bild in die Bismarckallee?«

»Keller!«, sagte Alfred tadelnd. »Doch nicht in die Gauleitung. Das Ganze muss verdeckt ablaufen. Wenn Meyer davon Wind bekommt, sind wir geliefert. Nein. Zu mir nach Hause natürlich. Und dann nehme ich Kontakt zu meinen beiden Bekannten auf, die es übernehmen und heimlich in den Wagen schmuggeln werden.«

»So machen wir das, Sturmbannführer. Ich besorge Ihnen gleich, wenn wir hier fertig sind, einen Karren, mit dem Sie das Corpus delicti transportieren können.«

»Sehr gut, Keller. Dann lass uns mal zusehen, dass wir hier fertig werden.«

Nach einer Stunde waren die Kunstgegenstände verteilt beziehungsweise wieder eingeräumt, und der Zug fuhr davon. Die zwei weiteren Stapel blieben auf dem Bahnsteig und wurden von den Soldaten bewacht, bis am Nachmittag die Anschlusszüge nach Süden und Westen eintreffen würden. Für das weitere Verladen würde Alfred nicht mehr gebraucht, das erledigten Keller und die beiden Soldaten. Er war nur für die korrekte Verteilung zuständig. Den Karren hinter sich herziehend, gelangte Alfred eine weitere Stunde und mehrere Umwege später zu seinem Wohnhaus, wo er das Bild im Keller verstaute, nachdem er das Etikett entfernt und verbrannt hatte. Erschöpft, aufgeregt und schwitzend stieg er die Treppe zu seiner Wohnung hinauf, wo ihn seine Frau erschrocken begrüßte.

»Du hast schon Feierabend? Oder geht es dir etwa schlechter?«

»Nein, liebstes Ruthilein. Mir geht es blendend.« Ein breites Grinsen entwickelte sich auf seinem Gesicht, und lachend nahm er seine erstaunte Frau in die Arme.

18. KAPITEL

Irgendwo nordwestlich von Dortmund, 2019

Lina erwachte aus ihren unruhigen Träumen. Das Licht war anders. Die beiden Glühbirnen spendeten unverändert ihre Helligkeit, die sich schnell in der Tiefe des Raums verlor und nur verschwommene Schatten auf den kalten Betonboden warf. Sie blickte nach oben und erkannte den Grund für die veränderte Wahrnehmung. Draußen war es mittlerweile dunkel geworden. Kein Licht drang mehr durch die schmalen Fenster im oberen Bereich der Scheune. Unter unverminderten Schmerzen stand sie auf, ging ins Bad, nahm ihre Medikamente und machte sich frisch. Lina besaß keine Armbanduhr, und das Handy, das ihr Günter vor fünf Jahren geschenkt hatte, hatte man ihr natürlich abgenommen. Wie spät mochte es sein? Ein Geräusch schreckte sie auf. Jemand machte sich an der Tür zu schaffen. Mit klopfendem Herzen stand Lina da und wartete ab, was passierte. Die Tür wurde geöffnet, und herein kamen Pitt, Basti und eine dritte Person, die zu Linas Erstaunen maskiert war. Eine schwarze Wollmütze mit zwei kleinen Sehschlitzen, durch die sie zwei wasserblaue Augen erkennen konnte, verdeckte komplett das Gesicht des fremden Mannes.

»Setzen Sie sich!«, sagte dieser und wies auf einen der drei Stühle, die fehl am Platz wirkten, da sie scheinbar nutzlos in der Mitte der Scheune standen.

»Oh! Die Höflichkeit in Person. Sie siezen mich ja sogar im Gegensatz zu Ihren kleinen Bengeln.«

Der Mann ignorierte Linas Einwurf und sah sie ruhig durch seine Augenschlitze an. »Sie wissen, warum Sie hier sind.«

Das war keine Frage, sondern eine Feststellung. Und allein diese Tatsache beunruhigte Lina mehr als alles andere zuvor. »Nein. Ich habe nicht die geringste Ahnung«, sagte sie leise und längst nicht mehr so selbstsicher, wie sie sich noch wenige Minuten davor gefühlt hatte.

»Was glauben Sie denn, was es sein könnte. Wurde bei Ihnen nicht vor geraumer Zeit eingebrochen? Und? Wurde etwas gestohlen? Nein«, gab der Mann sich selbst die Antwort. »Und warum nicht? Weil der Einbrecher nicht gefunden hat, wonach er gesucht hat. Und genau das und nichts anderes möchte ich haben.«

»Ich weiß leider nicht, was Sie meinen«, entgegnete Lina. »Helfen Sie mir bitte auf die Sprünge. Sicherlich können wir uns dann einigen.« Woher kannte sie nur diesen Mann? Die Sprache, so verwaschen sie durch die Mütze klang, kam ihr irgendwie bekannt vor. Sie hatte einen ganz leichten Akzent, obwohl der Mann einwandfrei deutsch sprach. Es klang so, als ob er vor vielen Jahren aus einem anderen Land nach Deutschland gekommen war.

»Nun. Ich kann Ihnen helfen«, sagte er. »Ich suche nach einem bestimmten Bild.«

»Ich besitze viele Bilder. Welches meinen Sie denn?«

Der Mann wurde unruhig und schaute zu seinen beiden Helfern. Dann fixierte er Lina wieder mit seinem stechenden Blick. »Das weiß ich nicht. Aber Sie müssten das wissen. Denken Sie bitte darüber nach. Morgen sprechen wir weiter.« Damit drehte er sich um und verschwand mit Pitt und Basti in der Dunkelheit. Er ließ eine völlig ratlose Lina zurück, die gerade feststellte, dass sie am ganzen Leib zitterte.

19. KAPITEL

Dortmunder Norden, Juli 2019

Die Gedanken und ihre Gefühle sprangen hin und her wie ein Pingpongball auf einer Tischtennisplatte. Natürlich war ihr bewusst, dass sie Raster gegenüber ungerecht war. Aber wie sollte sie fair bleiben, wenn sie selbst nicht wusste, was richtig und was falsch war. Dazu kam diese elende Übelkeit, die Müdigkeit, die sie den ganzen Tag übermannen konnte, und gegen die sie einfach machtlos war. Und alles wurde überschattet von den Gedanken über ein Lebewesen, das in ihr heranwuchs, obwohl sie schon längst mit einem Kinderwunsch abgeschlossen hatte.

Sabine warf sich auf ihrem Bett von rechts nach links und kam trotz ihrer Müdigkeit nicht zur Ruhe. Raster hatte sie nach ihrer letzten Attacke, die die ersten Treppenstufen verschmutzt hatte, auf ihr Zimmer geschickt. Er wollte etwas zum Abendessen vorbereiten, während sie sich ausruhen sollte. Ausruhen. Wie war das möglich? Oma Lina war verschwunden, sie war ungewollt schwanger. Wie sollte man da zur Ruhe kommen? Ihre Gedanken wanderten zurück zum Todestag ihrer Eltern. An nahezu jede Kleinigkeit dieses Tages konnte sie sich erinnern, als wäre es erst gestern gewesen. Ein Montag. Die zweite Woche der Erstsemesterveranstaltungen. Sie wusste noch gut, dass sie alle in Gruppen aufgeteilt wurden. Jeweils zehn bis zwölf Studierende sollten sich zusammentun und die ersten vier Semester als Lerngruppe zusammenbleiben. Eine der Kommilitoninnen in ihrer Gruppe hatte ein breites lilafarbenes Tuch um Hals und Hüften geschwungen. Darin ein zwei Monate altes Baby. Christine, wie die Studentin hieß, strahlte übers ganze Gesicht und fand die Entscheidung Baby und Medizinstudium völlig normal. Sabine erinnerte sich daran, wie skeptisch sie das beobachtet hatte. Wie sollte das gehen? Was war, wenn das Kind mitten in der Vorlesung gewickelt werden musste? Wenn es anfing zu schreien und alle anderen störte? Was war eigentlich mit dem Vater? Konnte der sich denn nicht kümmern? Erst Wochen später, als Christine das Studium zunächst abgebrochen hatte, weil es als alleinerziehende Mutter tatsächlich nicht zu bewerkstelligen war, musste sie sich eingestehen, dass auch ein Stück Neid auf Christine ihre Skepsis befeuert hatte. Ein Kind. Eine solch innige Nähe zu jemandem, der zu einem gehörte wie kein anderer. Ein Mensch, für den man Verantwortung zeigen musste und durfte, den man liebte, ohne sich für diese Liebe anstrengen zu müssen, weil sie als Geschenk mit dabei war. Gibt es etwas Schöneres?

Später kamen diese Kinderwunschgefühle seltener. Es fehlte am geeigneten Partner, und Sabine ging zu sehr in ihrer Arbeit auf. Doch tief in ihr schlummerte bis heute dieser Wunsch, ein eigenes Kind austragen und begleiten zu dürfen. Aber mit 43? Sie dachte an ihre Zeit im Praktischen Jahr am Ende ihres Studiums, in dem sie drei Monate an der Gynäkologie in Witten gearbeitet hatte. Immer wieder war es vorgekommen, dass auch Spätgebärende über 40 zur Entbindung kamen. Ja. Es hatte Down-

Syndrom-Kinder gegeben. Aber was war denn mit Lydia, die sich prima entwickelte und eng mit ihrer Nichte Klarissa befreundet war? War dieses Leben weniger wert und sie weniger liebenswert? Sicher nicht! Und außerdem waren ohnehin die meisten Kinder, die von Spätgebärenden zur Welt gebracht wurden ganz gesund.

Was hatte Raster gesagt? »Das ist das Tollste, was uns passieren kann.« Ach, Raster. Du bist der tollste Mann, der einer Frau passieren kann. Was soll schon schiefgehen?

Mit einem Lächeln auf den Lippen fielen ihr endlich die Augen zu, und Sabine glitt in einen ruhigen Schlaf.

Eine Etage tiefer saß Raster mit Philo, der zehn Minuten vorher eingetroffen war, am Küchentisch.

»Sabine schläft? Am frühen Abend? Das habe ich noch nie erlebt«, sagte Philo gerade erstaunt, während er Raster dankbar zunickte, der ihm eine geöffnete Bierflasche reichte.

»Ja. Sie ist ziemlich geschafft. Und es geht ihr auch nicht so gut. Später, Philo. Später« beeilte er sich hinzuzufügen, als sein Freund ihn fragend anblickte. »Sei einfach ein bisschen nachsichtig mit ihr. Sie ist … wie soll ich es sagen? Etwas dünnhäutig im Moment. Das gibt sich schon wieder.«

»Na ja. Ist ja auch kein Wunder. Wenn meine Großmutter, also, wenn ich noch eine hätte, einfach so verschwinden würde, wäre ich auch neben der Spur. Jetzt erzähl doch mal. Habt ihr schon irgendetwas rausbekommen?«

Raster fasste die Geschehnisse zusammen, was bisher nicht viel war. »Ich glaube«, sagte er mit leiser Stimme, obwohl niemand in der Nähe war, »dass das mit dem

Reichtum der Großmutter zu tun hat. Sabine macht um dieses Vermögen immer ein großes Geheimnis, wenn ich sie darauf anspreche. Sie muss endlich erklären, was es damit auf sich hat. Der Bürgermeister sprach sogar von Sabines Urgroßvater, der hier in Holthausen und Dortmund-Brechten schon Gutes getan haben soll. Aber warum kann sie denn nicht einfach erzählen, dass der Industrieller war oder von reichem Adel abstammt oder was auch immer?«

»Das kommt schon noch«, beruhigte ihn Philo.

»Und was mich zusätzlich irritiert, ist die Tatsache, dass Sabines Cousin Gernot hier herumhängt. Angeblich wollte er uns bei der Suche helfen. Aber er ist immer nur auf seinem Zimmer oder fährt irgendwo in der Gegend rum. Ich finde, dass er sich äußerst merkwürdig verhält. Dazu kommt«, wieder senkte Raster die Stimme, »dass er mir am Freitag ganz freimütig gestanden hat, dass er scharf auf Linas Erbe ist. Damit wolle er Grundstücke erwerben und den Markt so richtig aufmischen.« Den letzten Satz hatte Raster nicht mehr leise gesprochen, und die Häme war nicht zu überhören.

»Das hast du vollkommen falsch verstanden«, kam es prompt von der Küchentür, in der Gernot lässig lehnte. Offensichtlich hatte er es noch immer nicht geschafft, einmal zu duschen. »Ich habe nur gesagt, dass man das viele Geld sinnvoller verwenden könnte, als es für Kindergärten und Schulen auszugeben. Eine Idee war dabei, Grundstücke zu erwerben, um damit eine gewisse Rendite zu erzielen, was ja nun mal bei Spenden nicht der Fall ist. Nur eine Idee, sonst nichts. Und Sie sind?«, fragte er übergangslos in Richtung Philo.

»Friedrich Sachse«, antwortete der und streckte Gernot die rechte Hand entgegen. »Ein weiterer Mitbewohner in Sabines Wohngemeinschaft.«

Die Hand ignorierend, nickte Gernot nur gelangweilt und wandte sich erneut Raster zu. »Gibt es was zu essen?«

Raster war kurz davor zu platzen, beherrschte sich aber. »Ich habe für uns eine Bolognese vorbereitet. Nudeln sind noch nicht gekocht.«

Gernot winkte ab, ging zum Kühlschrank und nahm sich ein paar Scheiben Käse aus der Verpackung. Die klatschte er sich auf eine Schnitte Brot und verschwand grußlos Richtung Treppe.

»Na, das ist ja mal eine sympathische Erscheinung«, meinte Philo grinsend. »Da wird es einem direkt warm ums Herz.«

»Sag ich ja«, antwortete Raster und nach einer kleinen Pause: »Da ist noch etwas, was mir Kopfzerbrechen macht: Ich weiß, wir haben erst Sonntag, und Lina ist erst gestern verschwunden. Aber warum haben wir bis jetzt keine Nachricht, keine Forderung, nichts? Und außerdem: Hast du schon mal gehört, dass jemand entführt wird, nachdem er betäubt wurde, und der Entführer denkt an notwendige Medikamente und sogar die Unterwäsche seines Opfers?«

Philo schüttelte ratlos den Kopf. Nach einigen Sekunden schaute er zu seinem Freund: »Was hast du, Raster? Du siehst aus, als hättest du ein Gespenst gesehen.«

»Es gibt eine andere mögliche Erklärung, warum die Sachen von Lina weg sind«, sagte er nachdenklich. »Das würde allerdings bedeuten …«

In diesem Moment kam Sabine in die Küche und begrüßte Philo stürmisch.

Raster behielt seinen Gedanken vorläufig für sich. Er würde zunächst auf eigene Faust ein paar Dinge recherchieren müssen.

20. KAPITEL

Dortmunder Norden, Juli 2019

Am nächsten Morgen, Gernot war bereits früh wohin auch immer aufgebrochen, saßen die drei mit Fritz am Frühstückstisch in der Küche. Sabine sah deutlich besser aus und biss als Einzige ab und zu in ihr Brötchen. Sie hatte sich am Abend in ihrem Schlafzimmer mit Raster darauf verständigt, Philo noch nichts von der Schwangerschaft zu erzählen. Einmal, weil es zu früh war, und zum Zweiten, weil ihre Zweifel nicht komplett ausgeräumt waren. Was wiederum Raster traurig gemacht hatte, aber er übte sich in Geduld.

Wieder und wieder ließen sie die Ereignisse des Samstag Revue passieren, spielten alle möglichen Szenarien durch und konnten sich trotz aller Anstrengung keinen Reim darauf machen, wer oder was hinter Linas Verschwinden stecken könnte. Raster war auffällig still. Sabine vermutete, es läge an ihrer Schwangerschaft, und ließ ihn in Ruhe.

Philo jedoch beäugte immer häufiger seinen Freund misstrauisch von der Seite. »Sag mal. Du hast gestern, bevor Sabine rein kam, so eine kryptische Bemerkung gemacht. Es ging da um die persönlichen Sachen von Sabines Oma. Was meintest du da eigentlich?«

Raster schüttelte sich, als müsste er erst einmal in die Gegenwart zurückkommen. »Als Gernot heute Morgen weg war, habe ich sein Zimmer durchsucht.«

»Du hast *was*?« Sabine schaute ihren Freund entgeistert an. »Warum, in Gottes Namen, tust du so etwas?«

»Ich hatte einen Verdacht«, antwortete Raster gelassen. »Sabine, weißt du noch, als wir am Samstag die erste Runde durchs Haus gemacht haben, nachdem die meisten Gäste gegangen waren?«

»Natürlich weiß ich das noch.«

»Kannst du dich erinnern, wie Gernot reagiert hat, als du von dem Diabetes deiner Großmutter erzähltest?«

»Ja. Er war erstaunt und wusste es nicht. Was mich, ehrlich gesagt, nicht sehr überrascht hat. Was weiß der schon von seinen Mitmenschen.«

»Und ausgerechnet ihn hast du beauftragt, die privaten Räume deiner Oma zu durchsuchen.«

»Stimmt. War vielleicht nicht der schlaueste Einfall.«

Raster schüttelte den Kopf. »Das meine ich nicht. Als wir uns danach wieder hier getroffen haben, meinte Gernot, die Medikamente, Badutensilien und sogar Wäsche wären weg. Was, wenn er erst bei seiner angeblichen Suche die Sachen zusammengepackt hat? Er ist doch gleich darauf noch einmal weg gewesen, erinnerst du dich?«

Sabine wurde blass wie die Wand. »Du meinst, er steckt da mit drin? Das kann ich mir einfach nicht vorstellen.«

»Haben Sie denn irgendetwas Belastendes in seinem Zimmer gefunden?«, schaltete sich Fritz ein.

»Eben nicht«, antwortete Raster.

»Was heißt denn, eben nicht?«, fragte Philo. »Lass dir doch nicht alles aus der Nase ziehen.«

»Ich habe keine Beweise oder so etwas gefunden. Entscheidend ist, was ich nicht gefunden habe. Und zwar eine Tasche oder einen Koffer. Gernot hat ziemlich viele Klamotten aus Dülmen mitgebracht. Übrigens auffällig viele dafür, dass er ja ursprünglich nur für ein Wochenende vorbereitet sein musste. Auf jeden Fall so viel, dass er dafür eine Tasche oder einen Koffer gehabt haben müsste. Ist aber keiner da.«

»Er könnte also am Samstag die Sachen von Oma in seiner Tasche verstaut haben und später den Entführern gebracht haben«, spekulierte Sabine.

»Dieser Koffer könnte aber auch in seinem Auto sein«, meinte Philo. »Ein Beweis ist das wirklich nicht.«

Raster seufzte. »Das stimmt. Aber ich bleibe an der Sache dran. Irgendwas stimmt mit diesem Gernot nicht.«

Es klingelte an der Haustür. Fritz öffnete und kam mit zwei Polizeibeamten zurück in die Küche. Sie waren in Zivil, ihren Ausweisen nach vom LKA und deutlich höhergestellt als die beiden, die am Samstag die Befragungen durchgeführt hatten. Sie setzten sich an den Küchentisch und bedankten sich für den angebotenen Kaffee. Noch einmal wurde alles akribisch durchgearbeitet, die bisherige Spurenlage aus dem Garten und von dem Wirtschaftsweg erläutert und mögliche Spekulationen verworfen.

Nach einer kurzen Pause, in der die beiden Beamten bedächtig einen Schluck aus ihren Kaffeetassen nahmen, meinte der ältere von ihnen, ein Polizeioberkommissar Mellner: »Liebe Frau Doktor Funda, meine Herren. Es ist alles noch sehr früh. Doch in Anbetracht der Tatsache, dass bis heute keine Forderung eingegangen ist und des doch sehr fortgeschrittenen Alters Ihrer Großmutter, dürfen wir die Möglichkeit eines Gewaltverbrechens nicht außer Acht lassen.«

»Sie meinen, dass Oma Lina tot sein könnte?«, fragte Sabine entsetzt.

Mellner nickte ernst. »Entweder ein Mord, wobei mir dabei die Motivlage vollkommen unklar wäre. Es ist auch möglich, dass die Entführer zunächst eine ganz normale Erpressung geplant hatten, dass Ihre Großmutter die Aufregung dann aber nicht verkraftet hat und verstorben ist. In einem solchen Fall bekommen die Täter unserer Erfahrung nach fast immer kalte Füße und brechen ihr Vorhaben ab. Was man in manchen Spielfilmen sehen kann, dass die Opfer bereits tot sind, die Erpressung aber eiskalt und berechnend fortgeführt wird, ist äußerst selten. Fakt ist in einem solchen Fall allerdings auch, dass die Entführer alle Spuren besonders gründlich verwischen müssen, damit sie nicht später gegebenenfalls mit einem Mord in Verbindung gebracht werden können.«

»Das heißt: Die mögliche Leiche muss absolut sicher versteckt werden«, ergänzte Philo.

Mellner nickte erneut.

»Entschuldigen Sie. Ich muss mich einen Moment hinlegen«, sagte Fritz, der gar nicht gut aussah. Sabine führte ihn ins Wohnzimmer, wo er sich auf eine Couch legte. »Ich glaube das nicht. Ich glaube das nicht«, sagte er immer wieder leise mehr zu sich als zu Sabine, die ihm beruhigend über den Arm strich.

Nachdem sich die Polizisten verabschiedet hatten, kamen Philo und Raster ins Wohnzimmer. »Keine Sorge, Sabine. Die Polizei bleibt natürlich weiter dran. Das war nur eine von vielen möglichen Szenarien.«

»Aber ganz ehrlich«, meinte Philo äußerst erbost, »mussten die gerade dieses Szenario so drastisch ausmalen? Du siehst doch, was sie damit anrichten.« Er deutete mitfühlend auf Fritz, der immer noch wie ein Häufchen Elend auf dem Sofa lag.

»Sehe ich ja eigentlich auch so«, bestätigte Raster. »Aber ich glaube, die wollten uns nur auf alles vorbereiten. Damit später der Schock nicht zu groß wird. Falls es tatsächlich so eintritt«, fügte er leise hinzu.

»Wir müssen nach vorne schauen«, meinte Sabine erstaunlich tapfer. »Ich persönlich glaube, dass es Lina soweit ganz gut geht. Sie ist eine Kämpferin. Und jetzt bringen wir erst einmal den guten Fritz wieder auf die Beine. Nicht wahr, mein Lieber? Was hältst du von einem *Dortmunder Doppelkorn* von Krämer?«

»Viel, Sabine. Es könnten auch ruhig zwei sein«, antwortete Fritz und zwang sich zu einem Lächeln.

21. KAPITEL

Dortmunder Norden, am nächsten Morgen

»Ich glaube, ich hab's!« Mit einem breiten Grinsen stürmte Philo in die Küche, wo Sabine und Raster die erste Tasse Tee des Tages, an die Küchenzeile gelehnt, tranken. »Ihr wart gestern schon im Bett, und ich wollte euch nicht wecken. Ich habe mit Fritz noch einige Zeit im Wohnzimmer gesessen, bis er endlich bereit war, rüber in seine Wohnung zu gehen. Auf jeden Fall hat er mir, ich glaube nach dem vierten oder fünften Korn, erzählt, dass es vor drei Jahren einen ziemlich schrägen Mitarbeiter gab.«

»Was meinst du mit *ziemlich schräg*?«, fragte Raster und setzte sich an den Küchentisch.

»Der war als Reitlehrer eingestellt, und irgendwann fiel Fritz auf, dass er den Mädchen, die hier auf dem Hof ein und aus gingen und eigentlich nur die Pferde pflegen und reiten lernen wollten, etwas zu nahe gekommen ist.«

Sabine stellte krachend ihre Teetasse auf den Tisch. »Wie *zu nahe*? Du meinst doch wohl hoffentlich nicht, dass der die Mädchen angegrapscht hat?«

»Nein, nicht direkt. Fritz erzählte, dass es mehr die Summe der Beobachtungen war. Also zum Beispiel hat er die Mädchen beim Besteigen eines großen Pferdes nicht wie sonst üblich am Knie, sondern am Po gestützt. Außerdem hat er während seiner Arbeitszeit auffällig oft Fotos von den Reiterinnen gemacht, und zwar immer nur von den Mädchen. Zur Rede gestellt meinte er, dass er ein Fotobuch über Reiterhöfe in Arbeit hätte. Ihr wisst, wie ich das meine. Es waren nie ganz offensichtliche Vergehen oder Schweinereien, die er angestellt hat. Aber insgesamt kam das Fritz und später auch deiner Großmutter äußerst merkwürdig vor.«

»Haben sie denn die Polizei eingeschaltet?«, fragte Raster.

»Nein. Dazu reichte es wohl nicht. Aber irgendwann war es Lina zu viel, und sie hat den Reitlehrer zur Rede gestellt. Der versuchte, sich zunächst rauszureden, doch schlussendlich endete das Ganze in seiner Kündigung. Und jetzt kommt das Interessante: Fritz war dabei, als er gegangen ist. Total sauer und wütend war der. Und während er über den Vorplatz zu seinem Auto ging, hat er sich plötzlich umgedreht, seine Faust Richtung Gutshaus geschüttelt und gebrüllt, das werde ihr noch leidtun, und sie werde das schmerzlich bereuen.«

Einige Sekunden saßen die drei sprachlos da und starrten in ihre Becher.

»Philo. Sei so gut und hol Fritz. Ich möchte das Ganze noch einmal aus seinem, jetzt vielleicht nüchternen Mund hören«, sagte Sabine nachdenklich. »Das wäre allerdings ein starkes Motiv.«

Fritz bestätigte die Geschichte Wort für Wort. Nichts von all dem war dem Alkohol geschuldet. »Der Mann hieß Ferdinand Kasüschke, die Adresse habe ich in den Personalunterlagen. Soll ich sie holen?«

»Ja, bitte. Wir müssen der Sache nachgehen«, antwortete Sabine.

»Ist das nicht eher etwas für die Polizei?«, fragte Philo zweifelnd.

»Was sollen wir denen denn sagen? Dass es da vor drei Jahren mal einen Mann gegeben hat, den Lina rausgeworfen hat und der möglicherweise, vielleicht, gegebenenfalls jetzt ihr Entführer ist? Nein. Erst müssen wir mehr über diesen Kasüschke herauskriegen«, meinte Raster grimmig. »Dem werden wir ordentlich auf den Zahn fühlen.«

»Das tun wir«, bestätigte Sabine genauso entschlossen.

»Oh nein, meine Liebe. Du bleibst schön hier. Du weißt, warum. Das werden Philo und ich alleine machen.«

In der Personalakte, die Fritz auf den Küchentisch legte, stand nicht viel. Ein Zeugnis über seine Reitlehrerlizenz, einige Urkunden von gewonnenen Turnieren in Westfalen, dem Sauerland und Oldenburg. Zunächst hatte er eine Ausbildung als Tierpfleger im Dortmunder Zoo absolviert. Nach seinem Lebenslauf war er nie verheiratet gewesen und hatte keine Kinder. Als Adresse war Kleine Kielstraße in Dortmund angegeben.

»Die Ecke kenne ich«, sagte Sabine. »Das ist nicht gerade das schönste Viertel der Stadt. Hochhäuser, sozialer Brennpunkt, zwischen Bornstraße und Nordmarkt. Na, viel Spaß Jungs. Da geht es richtig zur Sache.«

»Egal. Bist du bereit, mein Freund?«, fragte Raster.

»Immer«, antwortete Philo. »Lass uns dem feinen Herrn Kasüschke einen Besuch abstatten.«

Eine gute halbe Stunde Fahrtzeit später bogen Philo und Raster von der Gronaustraße links in die Kleine Kielstraße ein.

»Das muss ganz am Ende sein. Da hinten ist eine Sackgasse. Eines von diesen Hochhäusern.« Raster wies auf einen Block mäßig gepflegter Häuser am Ende der Straße. Sie parkten vor einer Grundschule und machten sich auf den Weg zu dem betreffenden Eingang. Eine schier unüberschaubare Anzahl von Namensschildern und Klingelknöpfen erwartete sie.

»Ich kann keinen Kasüschke finden. Du?«, fragte Philo nach einer Weile.

»Nein«, seufzte Raster. »Die Hausnummer stimmt aber. Entweder der wohnt hier nicht mehr oder …«

»Oder die Adresse war von Anfang an falsch«, ergänzte Philo. »Komm, so schnell geben wir nicht auf. Lass uns einfach unten anfangen. Wir fragen die Mieter, ob sie etwas von einem Ferdinand Kasüschke gehört haben.«

Raster lachte: »Du glaubst doch nicht im Ernst, dass sich in einer solchen Wohnburg jemand für den anderen interessiert? Aber okay. Ich habe auch keine bessere Idee.«

Sie warteten, bis ein südosteuropäisch aussehendes Mädchen in einem bunten Rock über schwarzer Strumpfhose fröhlich lachend aus der Haustür kam, und schlüpften hinein. Im Hochparterre betätigten sie den ersten Klingelknopf über einem Schild mit dem Namen Schmitz.

Die Tür wurde von einer jungen Blondine geöffnet. Von innen hörte man helles Kinderlachen und einen Fernseher. Es roch appetitanregend nach frischgebratenen Frikadellen.

»Ja bitte?«

»Äh. Guten Tag. Wir suchen einen Ferdinand Kasüschke, der in diesem Haus wohnen soll. Können Sie uns da vielleicht weiterhelfen?«, fragte Philo.

Entgeistert starrte ihn die Frau an. Plötzlich fing sie lauthals an zu lachen, schüttelte ihre blonde Mähne und schien sich gar nicht wieder beruhigen zu können. »Ihr seid ja vielleicht Spaßvögel«, brachte sie endlich kichernd heraus und knallte ihnen die Tür vor der Nase zu.

»Was war das jetzt?«, fragte Philo irritiert.

»Ich glaube, das ist genau das, was ich vorhin gemeint hatte. In einem Hochhaus nach anderen Leuten zu fragen, ist sinnlos. Egal. Weiter!«

Nach einer halben Stunde waren sie in der zweiten von 13 Etagen angekommen. Die Reaktionen der Mieter, wenn sie denn da waren, hatten mittlerweile eine beachtliche Bandbreite angenommen. Von amüsiert über sprachlos bis hin zu genervt und aggressiv. Alles war dabei. Zwei Parteien hatten allerdings ernsthaft nachgedacht, um dann den Kopf zu schütteln.

»Komm, lass uns nach Hause fahren. Das bringt doch nichts«, meinte Raster.

»Diese Etage noch. Dann gebe ich auf. Okay?«

Resigniert nickte Raster und drückte auf die nächste Klingel. Der Name lautete diesmal Yildirim.

Ein älterer dem Namen nach türkischer Mann öffnete. Weiße dichte Haare über einem freundlichen Gesicht. Fragend hob er seine buschigen Augenbrauen.

»Sprechen Sie deutsch?«, fragte Philo.

»Junger Mann. Ich lebe mit meiner Frau seit 60 Jahren in Deutschland. Warum fragt ihr immer so einen Unsinn? Ich bin genauso deutsch wie Sie und Ihr Freund da. Obwohl der eher so aussieht, als käme er aus der Karibik. Sprechen Sie deutsch?«, fragte er Raster lachend. »Nein. Im Ernst, was kann ich denn für Sie tun?«

»Entschuldigen Sie«, übernahm Raster, dem das Ganze mittlerweile äußerst peinlich war. »Wir suchen einen Ferdinand Kasüschke, der hier in diesem Haus wohnen soll. Es geht um eine private Angelegenheit. Wir finden aber kein entsprechendes Klingelschild unten am Eingang.«

»Das können Sie auch nicht, mein Herr«, antwortete Yildirim. »Herr Kasüschke hat vor Jahren diese Wohnung«, er wies hinter sich, »an uns untervermietet.«

22. KAPITEL

Münster, März 1944

Es blieb Alfred nichts anderes übrig, als zu warten. Also wartete er. Aber dies tat er nicht in untätiger Lethargie, sondern mit einer Aufmerksamkeit, die andere so nicht an den Tag legten. Im Gegensatz zu seinen Kollegen, den Sekretärinnen und den vielen Angestellten in der Gauleitung wusste er, was kommen würde. Sämtliche Nachrichten von der Westfront saugte er in sich hinein, als könnten sie ihn satt machen. Manchmal war es gar nicht so einfach, dabei nicht aufzufallen. Seine Aufgaben waren dieselben geblieben. Was hatte ein Sturmbannführer, der für den Transport von Kunst zuständig war, mit nachrichtendienstlichen Informationen von der Westfront zu schaffen? Besonders Belinda war ihm dabei eine große Hilfe. Ihr hatte er erzählt, ein alter Schulfreund, mit dem er sehr befreundet sei, sei an der französischen Kanalküste stationiert. Ein Unteroffizier, nicht hoch im Rang, aber ihm sehr nahestehend. Falls Belinda irgendwelche Informationen von dort bekommen sollte, wäre er ihr äußerst dankbar, wenn sie ihn daran teilhaben ließe. Belinda fragte nicht. Gut. Einmal hakte sie nach, warum der Herr Sturmbannführer nicht über die normale Feldpost Kontakt aufnähme, aber Alfred meinte, das würde zu lange dauern. Und damit war das Thema erledigt.

Am 7. Juni war es soweit. Aufgeregt, mit hochrotem Kopf kam Belinda in Alfreds Büro gestürmt. »Ich darf Ihnen eigentlich ja gar nichts sagen«, preschte sie los, »aber gestern ist wohl was ganz Schreckliches passiert. Und ich dachte an Ihren Freund …«

Alfred beruhigte die aufgelöste Sekretärin, nahm ihr das Versprechen ab, niemandem von seinem Interesse zu erzählen, und bat um weitere Einzelheiten.

Viel mehr wusste die Arme allerdings nicht zu berichten, doch das Wenige, was sich Alfred zwischen den gestammelten Wörtern zusammenreimen konnte, war eine exakte Bestätigung der Vorhersagen seines Freundes William. Es war so weit. Der Anfang vom Ende hatte begonnen. Jetzt ging es darum zu überleben, damit er nach dem Ende seinen Plan in die Tat umsetzen konnte.

Münster gehörte neben Aachen und Köln zu den am schlimmsten zerbombten Städten in Nordrhein-Westfalen. Und der Feind würde wohl kaum gerade jetzt damit aufhören. Die Altstadt glich einem einzigen Trümmerhaufen, der Prinzipalmarkt war fast komplett zerstört, und Alfred musste immer weitere Wege in Kauf nehmen, um von der Dienststelle nach Hause zu kommen. Mittlerweile wurden auch Randbezirke getroffen, wobei das Hauptaugenmerk des Beschusses auf der Altstadt lag.

Alfred hatte Angst. Um sich, seine Frau und seine kleine Lina und nicht zuletzt um seinen Schatz im Keller. Wie konnte er nur dafür sorgen, dass ihnen nichts passiert? Seine Arbeit war ihm bei diesen Überlegungen nicht wichtig. Es konnte nicht mehr lange dauern, bis auch der Bahnhof getroffen würde und dann würde man ihn sowieso in irgendeinem anderen Bereich arbeiten lassen. Höchstwahrscheinlich einem weitaus gefährlicheren.

Nein. Sie mussten aus Münster verschwinden. Aber wie, ohne zu desertieren?

In den nächsten Tagen planten Alfred und Ruth, dass zumindest sie und Lina die Stadt verlassen sollten. Es gab ohnehin seit geraumer Zeit große Evakuierungsaktionen für die Zivilbevölkerung, sodass Ruth mit ihrer Tochter bereits im Juli bei einem Bauern, den Alfred aus Jugendtagen kannte, nördlich von Dortmund unterkommen konnte. Allerdings mit 45 anderen Frauen und Kindern. Aber sie waren in Sicherheit und wurden einigermaßen versorgt.

Während Alfred verzweifelt darüber nachdachte, wie auch er mit seinem Kellerschatz die Stadt verlassen könnte, kam ihm eines Tages der Zufall zu Hilfe.

Dieser kam in Form einer Sprengbombe aus luftiger Höhe auf ihn heruntergesaust. Alfred war gerade auf dem Weg von seiner Wohnung zur Bismarckallee, hatte den Bombenalarm gehört, meinte aber, es noch in den extra gesicherten Keller der Gauleitung schaffen zu können. Dies stellte sich als Irrtum heraus. Es krachte fürchterlich in seiner unmittelbaren Nähe, wobei ihm das rechte Trommelfell platzte. Gleichzeitig spürte er einen leichten Schmerz in seinem linken Fuß, und dann wurde es schwarz um ihn herum.

23. KAPITEL

Dortmund, Nordstadt, 2019

»Oh!«, entfuhr es Philo etwas dümmlich.

»Wollen Sie vielleicht hereinkommen?«, fragte Herr Yildirim freundlich. »Wir könnten einen Tee zusammen trinken.«

»Gerne«, antwortete Raster und ließ sich durch einen

dunklen Flur in ein kleines Wohnzimmer führen. Philo folgte ihnen. Es gab kaum Platz, sich zu bewegen. Ein gigantisches Sofa mit einer Plastikschutzfolie und etlichen ebenso riesigen Kissen nahm die rechte Zimmerseite komplett ein. Davor ein niedriger Tisch und zwei Ohrensessel. An der linken Wand stand eine Kommode mit einem stumm gestellten Fernseher, in dem gerade eine Spielshow lief.

»Setzen Sie sich«, forderte ihr Gastgeber die beiden auf und wies auf das Sofa. Er selbst nahm in einem der Sessel Platz. »Erzählen Sie mal. Was wollen Sie von Herrn Kasüschke?«

Philo und Raster schauten sich an. Bevor sie antworten konnten, wurde die Tür geöffnet, und eine dunkel gekleidete Frau mit Kopftuch betrat das Wohnzimmer. »Guten Tag. Ich hörte, hier wird nach Tee verlangt.« Freundlich lächelnd stellte sie ein Tablett mit drei Gläsern und einer Teekanne auf den Tisch. »Möchten Sie auch etwas Gebäck?«

»Danke, Hürrem. Ich glaube nicht. Das ist übrigens meine Frau«, antwortete Herr Yildirim.

Philo und Raster begrüßten Frau Yildirim und bedankten sich für den Tee, woraufhin diese das Wohnzimmer wieder verließ.

Yildirim schenkte ihnen von dem sehr süßen, aber äußerst wohlschmeckenden Pfefferminztee ein und nahm einen winzigen Schluck.

»Es geht um eine alte Freundin, die vor einigen Tagen in der Nähe von Brechten entführt wurde«, erklärte Raster wahrheitsgemäß. »Herr Kasüschke hat früher bei dieser Dame gearbeitet, und deshalb wollten wir von ihm in

Erfahrung bringen, ob er etwas Licht in die Sache bringen kann. Das Ganze ist äußerst undurchsichtig.«

»Verstehe«, sagte Yildirim nachdenklich, und man merkte ihm deutlich an, dass er rein gar nichts verstand. Konnte er ja auch nicht, aber mehr wollten Raster und Philo auf keinen Fall preisgeben. »Aber von der Polizei sind Sie nicht?«

»Nein, nein«, antwortete Philo. »Diese Dame ist die Großmutter einer sehr guten Freundin. Wir helfen ihr nur.«

»Verstehe«, meinte Yildirim wieder. Er trank einen weiteren Schluck aus seinem Glas und schien sich dann einen Ruck zu geben. »Also, ich weiß nicht, wo Herr Kasüschke jetzt seinen Wohnsitz hat. Das Einzige, was ich weiß, ist, dass er in der *Kleingartenanlage Nord* eine Parzelle mit Hütte besitzt. Das hat er mal erzählt, als wir zusammen mit dem Hausverwalter den Untermietvertrag ausgehandelt haben.«

»Aber wo diese Parzelle genau liegt, wissen Sie nicht zufällig?«, fragte Raster.

»Nein. Tut mir leid.«

»Wie kam es eigentlich dazu, dass Sie diese Wohnung bekommen haben? Entschuldigen Sie bitte meine Neugier.«

»Ach, das war sehr nett. Meine Frau und ich haben uns hier im Haus eine frei gewordene Wohnung angeschaut. Zusammen mit zig anderen Leuten. Jedenfalls war uns sehr schnell klar, dass wir keine Chance hatten. Auf dem Flur hat uns dann Herr Kasüschke angesprochen, ob wir Interesse an seiner Wohnung hätten. Er lud uns zu sich ein, also hier in diese Wohnung, und erklärte, für ihn und seine drei Kinder sei es hier einfach zu eng. Er wollte sich etwas Größeres suchen.«

»Aber wir dachten, Herr Kasüschke hätte … au! Philo, was soll das?«

Philo hatte ihn mit aller Wucht gegen das Schienbein getreten. »Das ist ja interessant. Na, dann wollen wir mal wieder und ganz herzlichen Dank für den köstlichen Tee. Ach, eine Sache noch. Hätten Sie vielleicht zufällig Kasüschkes Telefonnummer für uns?«

Weiterhin freundlich lächelnd nickte Herr Yildirim. »Natürlich habe ich die. Aber ich werde sie Ihnen nicht geben. Herr Kasüschke hat mich ausdrücklich darum gebeten. Tut mir sehr leid.«

»Entschuldige bitte wegen des Tritts. Aber ich wollte keine schlafenden Hunde wecken.« Die beiden saßen mittlerweile wieder in ihrem Auto und dachten über das Gehörte nach.

»Schon gut«, meinte Raster. »Du hast ja recht. Hoffentlich ruft der gute Herr Yildirim nicht sofort Kasüschke an und erzählt ihm von unserem Besuch.«

»Ich glaube, ich sollte mal mit Susanne telefonieren. Die kann bestimmt herauskriegen, ob Kasüschke polizeilich registriert ist.« Philo wählte die Nummer seiner Freundin und gab ihr die Eckdaten durch. Schon wenige Minuten später klingelte sein Handy, und er lauschte Susannes Ausführungen.

»Und?«, fragte Raster gespannt.

»Halt dich fest. Ferdinand Kasüschke ist vor fünf Jahren auf dem Radar der Dortmunder Polizei aufgetaucht. Er wurde verdächtigt, einem Kinderpornoring anzugehören. Leider konnte man ihm letztlich nichts nachweisen. Die Anklage wurde wieder fallengelassen. Aber das kann doch kein Zufall sein! Dieser Verdacht damals und die Geschichten auf dem Reiterhof. Warum haben Fritz und Lina ihn bloß nicht angezeigt? Dann wäre das alles möglicherweise nicht passiert.«

»Hilft nichts«, meinte Raster. »Wir sollten uns mal in diesem Schrebergarten umsehen. Vielleicht finden wir da was Brauchbares.«

Der Weg zum *Kleingartenverein Nord* war nicht weit. Glücklicherweise war die Anlage nicht halb so groß wie sein unmittelbarer Nachbar *Hansa*.

»Da hätten wir uns einen Wolf gesucht, bis wir Kasüschkes Parzelle gefunden hätten«, sagte Raster, als sie auf dem kleinen Parkplatz zwischen den beiden Gartenanlagen einbogen.

»Entschuldigen Sie! Aber das ist Privatgelände. Hier können Sie nicht parken!« Ein älterer Mann mit Schießer-Feinripp über einem dicken Bierbauch und einem Strohhut auf dem Kopf kam mit düsterer Miene auf sie zu.

»Tut uns leid!«, rief Raster schnell. »Wir suchen Herrn Kasüschke. Der hat doch eine Parzelle hier, oder? Es geht um seine Mutter. Die ist plötzlich erkrankt. Wir können ihn aber telefonisch nicht erreichen.«

»Den Ferdi? Ich glaube, der ist gar nicht da. Aber sicher bin ich mir nicht. Na ja. Wenn es um Ferdis Mutter geht, will ich mal nicht so sein. Sie können ja selbst nachschauen. Ist die Nummer 14. Hinten rechts.« Er wies mit einem dreckverschmierten Finger in die entsprechende Richtung.

Raster bedankte sich artig und folgte mit Philo im Schlepptau dem Hauptweg, bis einige Bäume das Ende der Anlage markierten. Rechts von ihnen befanden sich vier weitere Parzellen. Bei der letzten fanden sie die gesuchte Nummer 14 neben der Gartentür. Der Garten selbst sah ziemlich verwildert aus. Überall standen Kinderspielsachen, eine Wippe, ein Trampolin und ein altes Holzpferd herum.

»Keine Kinder?«, fragte Philo erstaunt. »Du denkst doch jetzt hoffentlich nicht das, was ich gerade denke.«

Raster schwieg mit ernstem Gesicht.

»Kannst du dir vorstellen, dass Lina da drinnen …« Er beendete den Satz nicht. Die Hütte sah stabil aus. Sie hatte eine schwere Holztür, und bis auf einen Fensterladen waren alle anderen fest verschlossen.

»Da müssen wir wohl nachschauen«, meinte Raster und drückte das Gartentor auf.

»Aber wir können doch nicht einfach hier reinmarschieren. Das ist Privatbesitz.«

»Wie heißt es immer so schön im Polizeijargon? Gefahr im Verzug! Kommst du jetzt endlich?«

Langsam näherten sie sich der Hütte. Der geöffnete Fensterladen war auf der linken Seite. Dorthin bewegten sie sich unwillkürlich schleichend, obwohl kein Mensch zu sehen war. Die Hand schützend vor Spiegelungen an die Scheibe gehalten versuchten sie, einen Blick ins Innere zu erhaschen. Was sie schließlich in dem dunklen Raum erkennen konnten, ließ ihnen das Blut in den Adern gefrieren: Noch mehr Spielzeug auf dem Boden verteilt. Im hinteren Bereich, kaum zu erkennen, ein Bett oder ein Sofa und davor eine Kamera auf einem Stativ.

»Siehst du, was ich sehe?«, fragte Philo leise.

»Was machen Sie da?«

Erschrocken fuhren beide herum. Vor ihnen stand ein vielleicht 50 Jahre alter Mann, bewaffnet mit einem schwer und stabil wirkenden Holzbrett, das er mit beiden Händen umklammerte.

Raster fing sich als Erster. »Bitte entschuldigen Sie unser Eindringen! Sind Sie Herr Kasüschke? Ferdinand Kasüschke?«

»Wer will das wissen?« Drohend kam der Mann näher. Er hob das Brett wie zum Schlag über seinen Kopf und starrte sie grimmig an.

Philo streckte beruhigend seine rechte Hand aus. »Wir wollen Ihnen nichts. Es geht um Ihre ehemalige Arbeitgeberin, Frau Lina Funda. Sie erinnern sich …«

Weiter kam er nicht. Ohne Vorwarnung hatte der Mann mit voller Wucht zugeschlagen. Und zwar auf Rasters Kopf, der sofort wie ein nasser Sack zu Boden ging. Die Schrecksekunde, in der Philo auf seinen ausgeknockten Freund starrte, nutzte der Mann, um mit großen Sätzen das Weite zu suchen.

Philo hockte sich neben Raster und strich ihm das blutige Haar aus den Augen. Er griff nach seinem Handy und wählte mit zittrigen Fingern zunächst die 112 und danach die 110.

24. KAPITEL

Irgendwo nordwestlich von Dortmund, 2019

Lina erwachte aus einem unruhigen Schlaf. Wilde Träume von Gemälden, auf denen sich die Figuren bewegten und miteinander diskutierten, hatten sie verfolgt. Jetzt, da sie wach war, fielen ihr die *Harry-Potter*-Verfilmungen ein, die sie mal mit Klarissa und Hanna zusammen gesehen hatte. Auch da sprachen die Menschen auf den Bildern sowohl mit dem Betrachter als auch miteinander. In ihrem Traum war jedoch das Hauptdiskussionsthema, wer der Richtige wäre. Eine Frau in einem gelben Kleid, die neben einem Seerosenteich stand, rief in einem fort: »Ich bin es! Ich bin es!« Ein Köhler, der im Wald vor seinem rauchenden Kohlenmeiler hockte und aussah, als käme er gerade aus einem Bergwerk, schrie: »Du dumme Kuh! Das ist nicht wahr! Ich bin es, ich bin es!« Und dann war da noch ein Wanderer, der, von seinem Schatten verfolgt, eine Straße entlangging. Er trug einen Stock in der linken Hand und einen Hut auf dem Kopf, lächelte wissend, hob den rechten Zeigefinger und zeigte damit auf sich.

Lina konnte sich kaum von diesen verwirrenden Bildern lösen, die unvermindert in ihrem Inneren Kreise zogen. Langsam wurde ihr die Bedeutung klar. Ihr Unterbewusstsein suchte nach dem richtigen Bild, das der Entführer haben wollte. Natürlich. Aber wenn sie so konkrete Vorstellungen in ihren Träumen hatte, musste es auch eine Antwort geben. Wenn das alles nur ein Hirngespinst wäre, das sich dieser Mensch ausgedacht hätte, dann wäre da nur eine verzweifelte Leere in ihr. Aber irgendetwas rumorte, eine Erinnerung, vage noch und doch real. Lina blieb ganz still liegen, schloss die Augen und versuchte, alle Gedanken auszublenden. Sie wusste aus langjähriger Erfahrung, dass so die größte Wahrscheinlichkeit bestand, dass die Erinnerung zurückkommen würde. Minutenlang lag sie so da, verdrängte alles, was sie belasten könnte, vor allem ihre momentane Situation. Ganz entfernt nahm sie leises Vogelgezwitscher wahr. Darauf konzentrierte sie sich. Versuchte herauszuhören, um welche Vögel es sich handelte. Sie identifizierte eine Amsel, dann zwei Spatzen, die sich stritten …

Ihr Vater lag auf seinem Bett. Im Hintergrund des großen Schlafzimmers erkannte Lina schemenhaft eine Nachbarin, den Bürgermeister und einen Arzt. Sie selbst saß auf der Bettkante neben ihrem Vater und weinte. Wo war ihre Mutter? Ach ja. Sie war schon Jahre vorher gestorben. Lina war Ende 20 und verzweifelt. Ihr Vater starb und ließ sie allein zurück. Aber ihr Vater war auch verzweifelt. Er schaute sie aus weit aufgerissenen Augen an und wollte ihr unbedingt noch etwas sagen. Lina beugte sich zu dem verschwitzten und kalkweißen Gesicht hinunter.

»Ich hätte es viel früher sagen müssen. Wenn … William … Hilfe … Gib ihm alles, was er braucht. Versprich mir …«

Lina nickte, obwohl sie nur die Hälfte verstanden hatte.

An all das konnte sie sich noch gut erinnern, obwohl der Tod ihres Vaters nun schon 62 Jahre zurücklag. Warum kam ihr gerade jetzt diese Erinnerung in den Sinn?

Erneut versenkte sie sich in die beruhigenden Töne, die von draußen hereindrangen, und nahm gleichzeitig die Stille auf, die sie umgab.

Weil da noch etwas war. Nachdem ihr Vater von seinem Freund William gesprochen hatte, hatte er kaum vernehmbar noch etwas gemurmelt. Lina hatte es verdrängt, weil er kurz darauf eingeschlafen und nicht wieder aufgewacht war. Außerdem machte es für sie damals keinen Sinn.

»Achte … der Wanderer.«

Lina riss die Augen auf. Ein Bild von einem Wanderer? Das war auch in ihren Träumen vorgekommen. Natürlich nur sehr verschwommen. Aber was für ein Bild könnte das sein? In Gedanken ging sie in Windeseile alle Gemälde, die ihr Vater erworben hatte und die fast ausnahmslos in ihrem Haus hingen, durch. Sie kannte sie alle. Die Namen, die Künstler, das Entstehungsjahr, die Kunstepoche, die Geschichten, die dahinter steckten. Sie hatte nie Kunstgeschichte studiert, aber mit den Bildern ihres Vaters hatte sie sich intensiv im Laufe der vielen Jahre beschäftigt.

Der Wanderer.

Ihr fiel spontan nur ein Bild ein, das passen würde. Eines der wertvollsten Gemälde, das sie besaß und das die meiste Zeit als Leihgabe in der Hamburger Kunsthalle hing, zur Zeit aber nach einer Restaurierung wieder die Wand über ihrem Sideboard im Wohnzimmer schmückte. Lina musste lächeln, als sie sich erinnerte, wie wütend der Versicherungsvertreter mit dem Fuß aufgetreten war, als sie selbst dieses Gemälde nicht weiter absichern wollte:

Der Wanderer über dem Nebelmeer von Caspar David

Friedrich, wahrscheinlich entstanden 1818. Lina kannte natürlich die Mythen und Zweifel, die sich um dieses Gemälde rankten, da es unsigniert war und erst im Dritten Reich eine gewisse Bedeutung bekommen hatte. Trotzdem gefiel es ihr. Die ungewisse Weite, die der Wanderer, den man nur von hinten sieht, vor sich hat. Die zerklüfteten Felsen, auf denen der Mann Halt findet, während in der Ferne Nebel und Wolken ineinander übergehen …

Aber wenn das das gesuchte Bild sein sollte, müssen die Entführer es direkt vor der Nase gehabt haben, als sie sie betäubt hatten. Andererseits meinte der vermummte Mann, er wüsste selbst nicht, welches Bild das richtige sei.

Lina musste sich eingestehen, dass sie nicht einen Millimeter weitergekommen war.

Sie hörte Schritte vor der Scheune. Ein Schlüssel wurde gedreht, und der vermummte Mann mit seinen beiden Helfern trat ein.

Lina erhob sich von ihrem Lager. Erschrocken fiel ihr ein, dass sie noch gar nicht das Bad benutzt hatte. Sie verspürte einen heftigen Drang, sich zu erleichtern. Aber das musste eben warten. Sie ging den drei Männern entgegen und blieb mit einem herausfordernden Blick vor ihnen stehen.

»Und? Ist es Ihnen eingefallen?«, fragte der Vermummte.

»Ich bin mir nicht sicher«, antwortete sie. »Das einzige Bild, von dem Vater sogar noch auf dem Totenbett gesprochen hat, ist *Der Wanderer über dem Nebelmeer*. Das hängt in meinem Wohnzimmer, und Sie müssten es eigentlich schon gesehen haben.«

Der Schlag kam vollkommen überraschend. Er war auch nicht sehr fest, und trotzdem brannte Linas Wange wie Feuer, wo sie der Vermummte mit flacher Hand getroffen hatte.

Vollkommen unbeteiligt, als wäre nichts gewesen, fragte er erneut: »Verarschen Sie mich nicht. Das ist es natürlich nicht. Also noch einmal: Wo ist es?«

Peinlich berührt, weil sie mehr durch das Erschrecken als durch den Schmerz ihre Blase nicht mehr hatte halten können, fragte Lina deutlich kleinlauter: »Können Sie mir denn nicht irgendeinen Hinweis geben, um welches Bild es sich handelt?«

»Es muss eines der ersten Gemälde sein, die in den Besitz Ihres Vaters gekommen sind. Und er hat es wahrscheinlich nicht gekauft. Es ist jedenfalls nie offiziell in seinem Besitz gewesen. Sonst würde ich ja den Namen kennen.«

Und da fiel es Lina urplötzlich ein. Natürlich. So viel machte auf einmal Sinn. Ihr Vater hatte nie darüber geredet – bis auf dieses eine Mal auf seinem Sterbebett. So oft hatte sie ihn gelöchert, weil sie den gleichen oder zumindest einen ähnlichen Kunstgeschmack hatten, und da wollte beim besten Willen dieses eine Gemälde nicht passen, das da plötzlich an der Wand im elterlichen Schlafzimmer hing. Aber ihr Vater hatte sich nicht aus der Reserve locken lassen. »Das Bild bleibt da«, sagte er nur immer wieder, und Antworten auf Fragen, warum denn ausgerechnet dieses, gab er nicht. Lina konnte sich gut vorstellen, was damals passiert war. Es gab nur ein großes Problem, und das brachte sie dermaßen aus dem Konzept, dass sie sich auf einen der Stühle setzen musste, um wegen des einsetzenden Schwindels nicht umzukippen: Gerade dieses Bild war schon lange nicht mehr in ihrem Besitz.

25. KAPITEL

Cambridge, Frühling 2018

Der Alltag war eintönig. Trotzdem gefiel Paul, was er machte. Wenn er von seinem Meister immer kompliziertere Aufgaben übertragen bekam, sei es ein defekter Motor oder eine angebrochene Radaufhängung, freute er sich wie ein Kind auf die Lösung des Problems. Noch schöner war es, wenn er, ohne fremde Hilfe in Anspruch nehmen zu müssen, die Aufgaben gelöst hatte. Montags lief der Motor nicht. Donnerstags schnurrte er wie ein Kätzchen. Sein Chef, ein gewisser Mike Hammersmith, war ebenfalls zufrieden und schlug ihm vor, seinen Abschluss im Herbst zu absolvieren. Überhaupt hatte sich schnell eine Art Freundschaft zwischen Paul und seinem Chef entwickelt. Mike war streng, aber fair zu seinen Angestellten, nie aufbrausend und außerhalb der Arbeit immer bereit, ein Pint mit seinen Jungs zu trinken. Er war komplett mit seiner Werkstatt verheiratet, hatte keine Frau und keine Kinder, und wenn viel zu tun war, kam es nicht selten vor, dass er seine Angestellten zur normalen Zeit nach Hause schickte, selbst aber noch bis tief in die Nacht weiterarbeitete.

Ostern stand vor der Tür, und Paul wagte es, seinen Chef um einen ersten Urlaub zu bitten. Da nicht so viel los war, willigte Mister Hammersmith sofort ein, und Paul griff seinen Plan auf, die Recherche nach dem Bild und der zugehörigen deutschen Familie fortzusetzen. In den vergangenen Wochen hatte er seine alten Kumpel, die bei dem Raub in Worthing dabei gewesen waren, kontaktiert und unwahrscheinliches Glück gehabt: Simon konnte sich tatsächlich erinnern, den Brief aus dem Schließfach mit der Nummer 1233 genommen zu haben.

»Wie kann es sein, dass du dich jetzt noch daran erinnerst?«, fragte Paul erstaunt, als Simon wie aus der Pistole geschossen Pauls Frage beantwortet hatte.

Simon lachte. »Ich weiß das noch, weil ich bestimmt eine Minute unserer wertvollen Zeit damit verschwendet habe, darüber nachzudenken, ob ich den Brief überhaupt mitnehmen soll oder nicht. Und dabei habe ich natürlich ständig die Nummer unter dem offenen Fach vor der Nase gehabt. Und dass man sich eine solche Nummer leicht merken kann, kannst du dir bestimmt denken.«

Ohne diesen Zufall hätte Paul nicht gewusst, wie er weiter vorgehen sollte. Wahrscheinlich hätte er sein ganzes Vorhaben aufgegeben. So aber hatte er eine kleine

Chance, zunächst etwas über den Besitzer des Faches herauszubekommen, der ihm dann vielleicht weiterhelfen würde. Er hatte einen Plan entwickelt, den er jetzt, eine Woche vor Ostern, in die Tat umsetzen wollte.

Zur Durchführung musste er sich allerdings noch einmal seiner alten kriminellen Energie bedienen. Aus früheren Tagen besaß er drei falsche Pässe, die gut versteckt in seiner kleinen Dachgeschosswohnung in einer Kiste lagen. Einen davon, er lautete auf den Namen Eric Cooper, nahm er heraus und steckte seinen echten stattdessen in die Kiste. Dann besorgte er sich einen Farbdrucker, der auch Pappe bedrucken konnte, und eine Laminiermaschine. Mit diesen Utensilien fertigte er sich einen Polizeiausweis der Kriminalpolizei Portsmouth an. Mit dem Zug ging es am nächsten Tag über London nach Brighton und weiter bis nach Worthing, wo er sich, natürlich als Eric Cooper, in einer kleinen Pension einmietete. In den nächsten Tage besuchte er zu unterschiedlichen Zeiten und mit jeweils unterschiedlicher Kleidung und Kopfbedeckung die *Northwest Bank*, stöberte in diversen Prospekten herum, tat so, als fülle er akribisch ein Überweisungsformular aus und beobachtete dabei genau die Bankangestellten, die ihn offenbar überhaupt nicht zur Kenntnis nahmen. Schließlich traf er eine Entscheidung. Am Donnerstag vor Ostern betrat er, diesmal mit Anzug und Hemd, aber ohne Krawatte, die Bank. Zielstrebig steuerte er auf einen etwas korpulenten Mann zu. Ein Mittfünfziger, der hinter einem der vielen Tresen stand und Papiere sortierte.

Freundlich lächelnd blickte er auf, als sich Paul vor ihm aufbaute. »Kann ich Ihnen helfen?«

Paul lächelte zurück, machte dabei aber gleichzeitig einen müden und eher gelangweilten Eindruck, den er in den letzten Tagen vor dem Spiegel einstudiert hatte. »Ja. Sicherlich. Guten Tag. Mein Name ist Eric Cooper, DS bei der Polizei Portsmouth, Mister …«, Paul schaute demonstrativ auf das Namensschild des Angestellten, »Mister Winston.« Er zeigte ungefragt und nicht zu kurz den entsprechenden Ausweis. »Wir versuchen, ein paar offene Fragen im Zusammenhang mit dem Banküberfall bei Ihnen letztes Jahr zu klären.«

»Entschuldigen Sie«, unterbrach der Bankangestellte freundlich. »Welchen Überfall meinen Sie? Wir hatten, wie Sie ja sicher wissen, drei in 2017.«

Paul erschrak. Das hatte er nicht gewusst. »Äh, tut mir leid. Natürlich. Ich meine den, bei dem nur die Schließfächer aufgebrochen wurden, im April.«

»Ah. Ja. Wie kann ich Ihnen da weiterhelfen?«

»Nun. Wir haben in einigen Schließfächern DNA-Spuren gefunden. Diese müssen wir nun mit den Besitzern abgleichen. Unglücklicherweise fehlt uns von einem Fach der Name. Es ist die Nummer 1233.«

»Oh. Die Listen haben wir Ihnen aber doch sofort nach dem Überfall ausgehändigt.«

Paul beugte sich verschwörerisch über die Theke. »Natürlich. Mir ist das auch sehr peinlich. Aber da ist einem meiner Constables ein Übertragungsfehler unterlaufen, und das Original ist leider nicht mehr aufzufinden. Es geht wirklich nur um dieses eine Fach. Machen Sie sich bitte keine zu großen Umstände.«

»Nun ja. Wenn es nur um das eine geht, kann ich ja mal schauen.« Mister Winston tippte einige Zeit auf seiner Tastatur herum. »Ach. Das ist ja interessant. Das Fach 1233 gehörte einem Finley Danning.«

»Was ist daran so interessant, wenn ich fragen darf?«

»Dieser Mister Danning lebt schon seit 1995 nicht mehr hier in der Stadt, hat aber die Gebühren für sein Fach immer brav bezahlt, obwohl er seitdem nie wieder hier gewesen ist. Sie müssen wissen, wir registrieren jeden Besuch unserer Schließfachkunden ganz genau.«

»Haben Sie zufällig eine neue Adresse von diesem Mister Danning?«

»Nein. Nichts Konkretes. Hier steht nur:
1995 ausgewandert, Ziel: Dortmund, Deutschland.«

26. KAPITEL

Dortmunder Norden, 2019

Am Abend saßen Sabine, Raster und Philo im Wohnzimmer zusammen. Gernot glänzte mal wieder durch Abwesenheit, und Fritz hatte sich bereits in seine Wohnung verabschiedet. Er wollte früh schlafen gehen.

Rasters Kopf schmückte ein turbanähnlicher Verband, und seine Gesichtsfarbe ähnelte auffällig der eines frisch gebleichten Lakens.

»Du hättest wirklich eine Nacht im Krankenhaus bleiben sollen. Was ist, wenn du doch eine Gehirnerschütterung hast?«, fragte Sabine besorgt.

»Es geht schon«, antwortete Raster mit leiser Stimme. »Es tut mir wirklich leid, dass das Ganze mit Kasüschke eine Sackgasse war.«

»Von wegen Sackgasse«, schnaubte Philo. »So ein Quatsch. Auch wenn wir Lina nicht gefunden haben. Mal eben so einem miesen Kinderschänder das Handwerk zu legen, nenne ich nicht Sackgasse.«

»Wo hat die Polizei ihn eigentlich gestellt?«, fragte Sabine.

»Im Fredenbaumpark. Da wollte er sich verstecken. Hatte aber sein Handy nicht ausgeschaltet und konnte so sehr schnell geortet werden«, antwortete Philo. »Er hat wohl immer viele Kinder bei sich spielen lassen. Und einige sind ihm dann in die Fänge geraten. Schrecklich, so etwas.«

»Gut, dass das jetzt vorbei ist. Aber zurück zu unserem eigentlichen Problem.«

»Richtig. Sabine, wir müssen einmal grundsätzlich über die ganze Sache sprechen«, sagte Philo und nahm einen Schluck aus seinem Wasserglas. »Raster hat mir erzählt, dass deine Großmutter sehr, ja sogar ungewöhnlich wohlhabend sei. Und das sieht man ja auch an den Wänden, ohne großen Kunstverstand zu besitzen. Wir beide sind der Meinung, das muss irgendwie mit der Entführung zusammenhängen. Alles andere wäre unlogisch. Was wir uns fragen, ist, wie kommt deine Großmutter an so viel Geld und diese ganzen Gemälde?«

»Oma Lina hat da selbst nicht so oft drüber gesprochen«, antwortete Sabine und sah dabei ihre beiden Freunde offen an. »Dieser Reichtum kommt nicht von ihr, müsst ihr wissen. Auch nicht von ihrem Mann Erich, der bald nach der Geburt der drei Kinder gestorben ist, sondern von ihrem Vater.«

»Okay. Das Geld, die Bilder und der Hof kommen ursprünglich von Linas Vater. Was weiß man über den? Wie ist der zu diesem Reichtum gekommen? Das muss doch fast noch zu Kriegszeiten gewesen sein«, fragte Philo.

»Das stimmt. Und da wird die Geschichte etwas unangenehm. Wir sprechen alle nicht so gerne darüber. Vater hat mir mal ein bisschen erzählt. Sein Großvater, ein gewisser Alfred von Strelitz, war ein SS-Mann aus Münster. Wie genau er an das viele Geld gekommen ist, wusste mein Vater auch nicht, allerdings wird vermutet, dass es sich um illegale Geschäfte gehandelt haben muss, denn eigentlich war dieser Alfred ein recht unbedeutender kleiner Fisch.«

»Und deine Oma hat nie mehr über ihn erzählt?«, fragte Raster.

Sabine schüttelte den Kopf. »Höchstens von dem Familienalltag. Dass er immer sehr lieb zu ihr gewesen wäre, er sich um sie und ihre Mutter gekümmert hat, sehr fleißig war und solche Sachen halt. Ach so. Beruflich ist er nach dem Krieg wohl zweigleisig gefahren. Auf der einen Seite hat er einen florierenden Bilderhandel betrieben, und andererseits hat er diesen Hof aufgebaut und die Pferde nach und nach dazugekauft.«

»Erstaunlich, was so kurz nach dem Krieg alles möglich war«, meinte Philo nachdenklich. »Ich habe da ganz andere Dinge gehört und gelernt: knappe Ressourcen, Hungersnot, schleppender Wiederaufbau und so weiter.«

Sabine zuckte mit den Achseln. »Mehr weiß ich einfach nicht.«

»Ich würde vorschlagen, wir kämmen morgen früh das ganze Haus noch einmal durch. Vielleicht finden wir ja doch irgendetwas, das uns weiterhilft. Ich bin mir sicher, Fritz hilft uns dabei.«

Das Thema Schwangerschaft wurde von Raster und Sabine zunächst tunlichst vermieden. Raster wollte seine Freundin nicht weiter bedrängen, was ihm allerdings sehr schwerfiel, und Sabine wollte Raster nicht noch mehr durch ihre Zweifel verunsichern. So waren die Abende im gemeinsamen Schlafzimmer stiller und zurückhaltender.

»Hast du mittlerweile eine Idee?«, fragte Sabine zum bestimmt 100. Mal. Sie stand vor dem geöffneten Fenster und ließ sich die Abendbrise durch die Haare fahren, während Raster bereits im Bett lag.

Lange Zeit gab Raster keinen Ton von sich, sodass Sabine schon glaubte, er wäre eingeschlafen. »Wenn wir davon ausgehen, dass sie noch lebt – und das tun wir ja«, antwortete er schließlich, »und wir bis jetzt keine Forderung bekommen haben, kann das eigentlich nur eines bedeuten.«

»Und was?«

»Dass der oder die Entführer nicht uns erpressen wollen, sondern deine Großmutter selbst.«

»Wie meinst du das?«, fragte Sabine.

»Ich denke, wenn Lina so ein Geheimnis um deinen Urgroßvater macht, kann das natürlich aus einer gewissen Scham heraus sein, es kann aber doch auch möglich sein, dass sie von einem Geheimnis oder einer Art Schatz Kenntnis hat. Möglicherweise haben die Entführer davon Wind bekommen und wollen genau das aus ihr herauspressen.«

Sabine seufzte. »Das Problem dabei wäre allerdings, dass wir ihr dann kaum helfen können, weil wir ja nicht wissen, worum es sich bei diesem Schatz handelt.«

Raster stand auf und legte seine Arme um Sabine. »Da hast du wohl recht«, sagte er. Sanft führte er sie zum Bett. »Komm, lass uns schlafen, damit wir morgen fit sind. Gute Nacht! Schlaf gut!«

»Gute Nacht, Raster. Ich liebe dich, weißt du das? Wir finden eine Lösung, glaub mir. Für alles.«

Am nächsten Morgen teilten sie sich in zwei Gruppen auf. Raster und Philo übernahmen die obere Etage, Sabine und Fritz das Erdgeschoss. Danach wollten sie alle zusammen den Dachboden und die Wirtschaftsräume durchsuchen. Sie einigten sich darauf, Gernots Zimmer auszusparen, zumal sich Raster dort ja schon umgeschaut hatte.

Fritz und Sabine begannen mit der Diele. Viel gab es hier nicht, was sie untersuchen konnten. Nachdem der Schuhschrank, der alte Besenschrank und die Garderobe erledigt waren, hielt Fritz inne. »Sag mal, Sabine, sollten wir nicht anders vorgehen? Nicht Raum für Raum, sondern nach der Wahrscheinlichkeit. Wenn Lina Privates vor den Augen anderer verstecken wollte, dann doch am ehesten in ihrem Schlafzimmer oder hier unten in ihrem Sekretär. Der ist abgeschlossen, und außerdem würde kaum jemand auf die Idee kommen, in ihren persönlichen Sachen herumzuwühlen. Außer natürlich, dieser Jemand hätte kriminelle Absichten.«

»Gut«, meinte Sabine, »auf zum Sekretär. Und wie können wir den öffnen, ohne ihn aufzubrechen?«

Fritz grinste. »Lina hat keine Geheimnisse vor mir. Jedenfalls nicht solche. Ich weiß, wo sie den Schlüssel aufbewahrt.« Er ging mit Sabine in die Küche, öffnete den Gewürzschrank und griff zielsicher nach einer Schachtel mit der Beschriftung »Gewürznelken«.

»Oma hasst Gewürznelken«, sagte Sabine.

»Eben«, meinte Fritz lapidar, öffnete die Schachtel und entnahm ihr einen kleinen Messingschlüssel.

Zunächst klappten sie die Schreibplatte herunter, hinter der sich einige nicht verschließbare Schubladen befanden. In diesen sowie den offenen Fächern dazwischen fanden sie alle möglichen offiziellen Papiere. Rechnungen, Quittungen, Bestellungen, Versicherungsunterlagen und Diverses mehr. Sie schlossen die Platte wieder und nahmen sich die Schubladen im unteren Teil des Sekretärs vor, die ebenfalls mit demselben Schlüssel geöffnet werden konnten. Hier befand sich offenbar die private Korrespondenz.

»Meine Güte, schreibt Oma viel«, staunte Sabine. »Ich kenne keinen, der das noch macht.«

»Na ja. Wenn man zwar ein Handy hat, sich aber weigert, WhatsApp oder ähnliche Kommunikationswege zu nutzen, muss man eben schreiben.«

Sie nahmen alles mit auf den Couchtisch und breiteten sich aus. Einen Brief nach dem anderen zogen sie aus dem jeweiligen Umschlag und überflogen zumindest den Inhalt.

»Ich hasse das«, sagte Sabine. »Das ist das allerintimste eines Menschen: seine persönlichen Briefe.«

»Geht mit genauso«, antwortete Fritz. »Aber wie sollen wir sonst weiterkommen? Sabine? Hast du was gefunden?«

Die Angesprochene starrte auf ein Stück extrem dünnes Papier, wie man es früher für Luftpost verwendet hatte. »Hier ist ein Brief aus England von 1994. Eine Familie bedankt sich herzlich für die 100.000 Mark, die Lina ihnen geschenkt hat. Sie hätte ihnen damit sehr aus ihrer Not geholfen. Wenn es möglich wäre, würden sie das Geld natürlich zurückzahlen, sie könnten das aber leider nicht versprechen.« Sabine ließ den Brief sinken. »Hast du davon gewusst?«

Fritz schüttelte den Kopf. »Das war auch für Lina sehr viel Geld. Wer sind diese Leute denn? Steht da ein Name?«

Sabine schaute auf den Absender, der hinten auf dem blauen Umschlag vermerkt war: »Eine Familie Danning aus York, Nordengland.«

27. KAPITEL

Dortmunder Norden, 2019

»Wenn diese Familie sich in diesem Brief bedankt, muss es doch eigentlich vorher eine Art Bittschreiben gegeben haben«, überlegte Fritz. »Lass uns weitersuchen!«

Eine halbe Stunde und an die 100 Briefe später wurden sie fündig.

»Ich glaube, ich habe ihn!«, rief Fritz. »Hier, Sabine. Dein Englisch ist besser als meines.«

Sabine nahm den ähnlich aussehenden Luftpostbrief und übersetzte wieder sinngemäß. »Dieselbe Familie stellt sich zunächst einmal vor. Sie stammt von einem William Danning ab, der«, Sabine riss die Augen auf, »meinen Urgroßvater, Alfred von Strelitz, im Ersten Weltkrieg kennengelernt haben soll. Dieser William habe sich mit ihm angefreundet und ihm manches Mal aus der Patsche geholfen. Daraufhin habe mein Urgroßvater ihm wiederum versprochen zu helfen, wenn er oder seine Familie in Not geraten würde. Er sei zu einigem Wohlstand gekommen, den er gerne mit den Dannings teilen würde, wenn sie es benötigen. Weiter steht hier, was ihnen passiert ist, bla, bla, bla. Da geht's um eine böse Krankheit des Hauptverdieners der Familie, so wie ich das auf die Schnelle verstehe. Sie mussten bereits ihr Haus verkaufen, kommen aber nicht über die Runden und so weiter.«

»Na. Aber da könnte ja jeder kommen und so etwas behaupten«, entrüstete sich Fritz. »Das muss man doch auch beweisen können.«

Sabine hatte in der Zwischenzeit weitergelesen. »Du hast vollkommen recht. Hier steht am Ende, dass sie zum Beweis eine Kopie des alten Briefes von meinem Urgroßvater an William beigelegt hätte. Aber hier ist nichts mehr! Der Brief ist übrigens unterschrieben von einer Megan Danning. So wie auch der Dankesbrief von vorhin.«

Fritz und Sabine durchsuchten den Rest der Schubladen erneut nach dem Schriftstück, fanden aber nichts.

»Dieser alte Brief muss existiert haben, sonst hätte Lina doch nie 100.000 Mark überwiesen«, sagte Fritz, und Sabine gab ihm recht. Andere Hinweise auf Geheimnisse oder Schätze fanden sie nicht, und auch Raster und Philo kamen ohne Ergebnisse wieder herunter. Nachdem die beiden über den Fund im Sekretär aufgeklärt worden waren, durchsuchten sie gemeinsam den Dachboden, den Keller und die Wirtschaftsgebäude, ohne Erfolg. Erschöpft setzten sie sich in die Küche, um einen kleinen Mittagssnack einzunehmen.

»Wisst ihr was, Leute?«, rief Sabine schließlich aus. »Ich werde versuchen, mit dieser Familie in York Kontakt aufzunehmen. Vielleicht können die uns ja weiterhelfen.«

Alle begrüßten den Vorschlag, und so zerstreute sich die kleine Gruppe. Fritz wollte sich ein Stündchen aufs Ohr legen, Philo ging auf sein Zimmer, um mit Susanne zu telefonieren, und Sabine zog sich in ihr Gemach zurück.

Raster trat auf den Kiesplatz vor dem Gutshaus, um frische Luft zu tanken und vielleicht einen kleinen Spaziergang zu machen. Erstaunt stellte er fest, dass Gernots Wagen vor der Tür stand. Keiner von ihnen hatte bemerkt, dass er zurückgekommen war. Raster wüsste doch zu gern, wo Sabines Cousin sich immer herumtrieb. Neugierig schlich er um den silberfarbenen Golf II herum und versuchte, einen Blick ins Innere zu erhaschen. Mit der flachen Hand schirmte er das Licht ab, als ihn eine Stimme von hinten anherrschte.

»Was machst du da, verdammt noch mal? Langsam reicht es! Ständig schnüffelst du in meinen Sachen herum.« Gernot kam wutentbrannt auf Raster zu, der beschwichtigend die Hände hob.

»Langsam, Kumpel, langsam. Ich hatte früher auch so einen, und da hat es mich nur interessiert, ob der hier die gleiche Ausstattung hat wie meiner damals. Welches Baujahr ist das eigentlich?«

»1991. Zufrieden?«

»Ah. Dann ist deiner neuer als meiner. Erklärt auch die bessere Innenausstattung. Lässt er sich noch gut fahren?«

»Es geht. So. Abmarsch! Und hör endlich mit dieser Schnüffelei auf, sonst setzt es was.«

Freundlich lächelnd nickte Raster Gernot zu und verzog sich Richtung Haus. Nachdem er sich umgedreht hatte, verschwand schlagartig sein Lächeln. Es gab viel zu besprechen. Er hatte etwas in Gernots Wagen gesehen, das dort nicht sein durfte. Auf der Rückbank lag ein weißes Stück Papier, einmal gefaltet. Es sah aus wie eine DIN A4-Kopie eines kleineren Originals. Die Faltung war nicht sehr fest, sodass eine Hälfte ein wenig hochstand und Raster einen kurzen Blick auf die Schrift ermöglicht hatte. Es war eindeutig die Kopie eines Briefes, der in Sütterlin verfasst worden war.

28. KAPITEL

Münster, März 1944

Ein Summen und Brummen, das seinen Kopf zu sprengen drohte, war das Erste, was Alfred wahrnahm. Sehen konnte er noch nichts, da er nicht in der Lage war, seine Augen zu öffnen. Ganz still lag er da, weil er das Gefühl hatte, das Geräusch wäre etwas leiser, wenn er sich nicht rührte. Nach einigen Minuten schlief er wieder ein. Als er das nächste Mal erwachte, konnte er das Brummen identifizieren. Es war eine einzige Stimmenkakofonie. Hunderte Menschen mussten mit ihm zusammen in diesem Raum sein. Aber er hörte nicht nur Wörter, sondern auch Schreie. Verzweifelt. In Todesangst ausgestoßen. Und Wimmern, Weinen. Alles durcheinander.

Plötzlich fasste ihn jemand am Arm. Eine weibliche Stimme berichtete einem Dritten von einem geplatzten Trommelfell, einer schweren Gehirnerschütterung und einer Fußverletzung durch einen Bombensplitter. Von wem sprach diese nette Frau da? Eine weitere Hand berührte ihn. Diesmal am linken Fuß. Ein stechender Schmerz schoss Alfred durch das ganze Bein. Ein Mann, wahrscheinlich ein Arzt, erklärte, dass man zweimal täglich den Verband wechseln möge, auf ausreichend Flüssigkeitszufuhr achten solle, und dass man ihn, so schnell es ginge, entlassen werde. Es gäbe ja schließlich schwerere Verwundungen. Schritte entfernten sich. Nach einiger Zeit, wie lange ist einige Zeit, dachte Alfred verwirrt, machte sich jemand an seinem Kopf zu schaffen. Ein Verband wurde gelöst. Endlich konnte er die Augen öffnen. Jedenfalls für einen kleinen Moment. Das Licht blendete ihn so stark, dass er sie schnell wieder schloss. Der Moment hatte aber ausgereicht, ihm ein freundliches, dabei sehr angestrengt wirkendes Gesicht einer jungen Frau zu zeigen, die sich über ihn beugte und eine Wunde an seinem Kopf versorgte.

»Danke, Schwester«, murmelte er und versuchte sich an einem Lächeln.

»Sie haben unglaubliches Glück gehabt, Herr Sturmbannführer. Ganz in Ihrer Nähe sind gleich fünf Menschen durch die Bombe umgekommen. Aber in ein paar Tagen dürfen Sie schon wieder nach Hause. Sie haben doch Hilfe, Ihre Frau oder so?«

»Nein. Meine Frau ist aus der Stadt gebracht worden. Ich komm aber sicher auch allein zurecht.«

»Nun. Das glaube ich nicht. Ihr Fuß ist schwer getroffen. Sie werden so schnell nicht wieder laufen können. Erholen Sie sich erst einmal. Den Kopfverband brauchen Sie nicht mehr. Dann können Sie wenigstens etwas sehen.«

Darauf hätte Alfred gerne verzichtet. Das hundertfache Elend, das um ihn herum in dem Feldlazarett lag, stöhnte und stank war nichts für seine Nerven. Er schloss die Augen und versuchte, sich abzulenken. Seine Gedanken wanderten zurück in die Zeit seines Studiums …

Während der Gefangenschaft in England ab 1915 hatte sich sein Interesse an allem, was mit Kunst zu tun hatte, verstärkt. Im zweiten Jahr hatte er von einem der Wachsoldaten, der nicht ganz so brutal mit ihnen umsprang wie die meisten anderen, einen alten, zerlesenen Bildband bekommen. Jeden Abend, bevor das Licht ausgeschaltet wurde, blätterte Alfred darin, prägte sich die Namen der Gemälde und der Künstler ein und studierte die Beschreibungen. Schon bald kannte er alle Texte auswendig, was ihn aber nicht störte, sondern nur weiter anstachelte. Er brannte darauf, entlassen zu werden, um aus seiner Leidenschaft einen Beruf werden zu lassen.

Im Herbst 1918 war es dann soweit. Seine Eltern holten ihn vom Bahnhof Münster ab. Sie waren froh, ihn wieder bei sich zu haben, gleichzeitig aber erschrocken über seinen Ernährungszustand. Trotz der Strapazen und erlittenen Verletzungen, trotz seiner unendlichen Müdigkeit und seines Hungers sprach er auf dem Heimweg von nichts anderem als von seinem Wunsch, Kunstgeschichte zu studieren. Seine Eltern schoben den Wortschwall über ein Thema, das sie überhaupt nicht interessierte, auf den Zustand ihres Sohnes und ließen ihn zunächst gewähren. Als aber auch noch Tage später kaum ein anderes Gespräch möglich war, wurden sie ärgerlich. Was Alfred mit solch brotloser Kunst denn anfangen wolle. Er müsse ja schließlich auch irgendwann einmal eine Familie ernähren. Wie er sich das überhaupt vorstellen würde, und wer ein solches Studium finanzieren solle. Doch Alfred blieb stur. Er versicherte seinem Vater, dass er ihm nicht auf der Tasche liegen und das schon allein schaffen würde. Schließlich trennte man sich im Frieden, aber mit tiefen Sorgenfalten im Gesicht seiner Eltern. Im Frühjahr 1919 setzte sich Alfred in einen Zug nach Berlin, stieg dort um und fuhr weiter nach Halle an der Saale.

Er finanzierte sein Studium an der Kunsthochschule und sein kleines Zimmer unter dem Dach bei Familie Winkler durch abendliches Kellnern und erlebte die schönsten Jahre seines Lebens. Er studierte fleißig, bewarb sich um Praktika auf der Moritzburg und in der Burg Giebichenstein, wo er viele Stunde verbrachte und sich intensiv mit Kunsthandwerk beschäftigte.

In vollen Zügen genossen er und seine Kommilitonen die neuen Freiheiten der Weimarer Republik, die vor allem bei der Studentenschaft zu teilweise ausufernden Gelagen und Feiern führten. 1924 schloss er sein Studium ab und bekam schon bald eine Anstellung als künstlerischer Assistent in der Moritzburg. Der Kontakt zu seinen Eltern in Münster wurde spärlicher, und 1927 starben beide als zwei der letzten Opfer der Spanischen Grippe. Alfred schaffte es nicht mehr rechtzeitig zu ihrer Beerdigung.

In der Zeit in Halle erlebte er drei stürmische Affären, von denen keine länger als vier Monate dauerte. Er genoss sie trotzdem in vollen Zügen und wurde erst gegen Ende der 20er-Jahre jäh und unerwartet aus seinem rauschenden Leben gerissen. Mittlerweile hatte er Ruth Unger kennengelernt. Sie stammte aus Leipzig und war mit ihrem Freund, der wie Alfred Kunstgeschichte studierte, nach Halle gezogen. Sie arbeitete als Verkäuferin in einem Schuhgeschäft und teilte das studentische Leben mit ihrem Freund, den sie regelmäßig in die Kneipen der Stadt begleitete. Hier lernte Alfred sie und ihren Partner kennen, bis eines Abends Ruth ohne Begleitung in ihrer gemeinsamen Stammkneipe auftauchte. Sie wirkte bedrückt, war ungewöhnlich schweigsam und verabschiedete sich schon früh. Tage später tauchte sie wieder auf und erzählte Alfred, ihr Freund habe sie mehrfach und über eine längere Zeit betrogen. Sie unterhielten sich an diesem Abend lange und mussten schließlich vom Wirt aus der Gastwirtschaft geworfen werden, da dieser schließen wollte. Seit jenem Abend trafen sie sich fast täglich, die Gespräche wurden intensiver ebenso wie die körperliche Anziehung. 1928 wurde geheiratet, und schon ein Jahr später gebar Ruth ihm ein kleines Mädchen, das sie Lina nannten.

Im selben Jahr wurde ihm, wie so vielen, fristlos gekündigt. Ersparnisse besaßen sie kaum. Das süße Leben hatte reichlich Geld gekostet. Die Weltwirtschaftskrise fraß sich wie ein Krebsgeschwür durch alle Bereiche des öffentlichen und des privaten Lebens. Alfred verdingte sich ein Jahr als Tagelöhner bei Bauern vor den Toren von Halle, bis er auch diese Arbeit verlor. Mit dem letzten Geld fuhr er schließlich mit seiner kleinen Familie zurück nach Münster, da er hoffte, dass die dortigen Kontakte ihm irgendeine Arbeit ermöglichen konnten. Sie hausten in der alten Wohnung seiner Eltern zusammen mit drei anderen Familien, die dort untergebracht worden waren.

Eines Tages im August 1932 klopfte es an seiner Zimmertür. Er wusste erst gar nicht, wer da vor ihm stand, bis er schließlich seinen alten Schulfreund Bernd Schlächter erkannte. Er trug die braune Uniform der NSDAP, die immer mehr das Straßenbild prägte. Alfred hielt nicht viel von den Braunröcken. Er mochte ihre Methoden und ihre Brutalität nicht, trotzdem war er neugierig, was Bernd dazu bewogen hatte, ihn aufzusuchen.

»Wir brauchen jemanden wie dich«, sagte Bernd nach einer kurzen Begrüßung. »Die Partei kümmert sich in zunehmender Weise um das kulturelle Wohl der deutschen Bevölkerung. Dafür brauchen wir Menschen, die etwas von Kunst verstehen und uns bei der Einordnung der verschiedenen Strömungen, ob gesund oder ungesund, helfen können. Du bist sozusagen unser Mann«, fügte er mit einem Grinsen hinzu.

Alfred lehnte kategorisch ab. Er wollte mit dieser Partei nichts zu tun haben. Außerdem graute es ihm davor, dabei zu helfen, wertvolle Kunstgegenstände der Vernichtung zuzuführen, nur weil sie einem gewissen Herrn Hitler nicht in den Kram passten. Er schickte Bernd weg.

Zu dieser Zeit verdiente er sich ein paar Pfennige in einer Gastwirtschaft als Tellerwäscher. Zwei Tage nach Bernds Besuch setzte ihn der Wirt ohne Angabe von Gründen auf die Straße. Einen Tag später stand Bernd erneut in seinem Zimmer.

Ruth war mit der kleinen Lina spazieren, und Alfred lag auf dem Bett. Er war vollständig angezogen und starrte verzweifelt an die Decke. Nebenan quengelte ein Kleinkind, und aus der Etage unter ihm drang ranziger Essensgeruch durch das offenstehende Fenster.

Er werde in Münster keine Arbeit mehr finden, versprach Bernd mit einem ernsten Blick auf seinen ehemaligen Schulfreund. Ihm seien da die Hände gebunden. Es sei denn, er, Alfred, nähme das Angebot der Partei an.

Er nahm an, machte eine Faust in der Hosentasche, als Bernd ihm offenbarte, dass er für diese Arbeit in die Partei eintreten müsse, schluckte letztlich aber auch diese Kröte.

In den nächsten Jahren versah er seine Tätigkeit in verschiedenen Städten des Reiches, begutachtete Kunstgegenstände, vor allem Gemälde, und hasste sich dafür, Bilder in entartet und wichtig für die deutsche Seele aufzuteilen. Nach sechs Jahren wurde ihm nahegelegt, in die SS einzutreten. Da das die einzige Möglichkeit war, zu Ruth und Lina zurückzukommen, willigte er schweren Herzens ein.

Nach einiger Einarbeitungszeit begann er seine Tätigkeit als Sturmbannführer der Allgemeinen SS in Münster mit dem Aufgabenfeld der Kunstgegenstandsweiterleitung.

29. KAPITEL

Dortmunder Norden, 2019

»Diese Megan Danning war total nett«, berichtete Sabine Philo und Raster nach ihrem Telefonat. »Sie ist 62 Jahre alt und eine Enkelin des William Danning, den mein Urgroßvater gekannt hat. Sie war immer noch absolut begeistert, dass Lina ihr damals das Geld geschickt hat. So, wie sie berichtete, hat diese Finanzspritze die Familie vor dem sicheren Ruin gerettet.«

»Konnte sie denn etwas über den Verbleib des ursprünglichen Briefes deines Urgroßvaters an seinen Freund William sagen?«, fragte Philo.

»Ja. Das konnte sie. Sie haben damals mehrere Kopien des Briefes angefertigt, um auf Nummer sicher zu gehen. Im Nachhinein hat sich das auch bewährt, weil das Original verschwunden ist.«

»Wie, verschwunden? So ein wichtiges Schreiben kann sich doch nicht einfach in Luft auflösen«, fragte Raster.

»Das habe ich ihr auch gesagt. Megan hat zunächst ziemlich herumgedruckst. Das Thema war ihr offensichtlich peinlich. Schließlich meinte sie aber, dass wahrscheinlich ihr Bruder den Originalbrief mitgenommen hat.«

»Ihr Bruder? Das verstehe ich nicht«, sagte Philo.

»Der ist damals 1994, als die Familie Lina um Hilfe gebeten hat, im Streit aus York verschwunden. Er wollte viel mehr haben als die 100.000 Mark und meinte, warum nur einen Teil bekommen, wenn das große Ganze möglich wäre.«

»Der Rest der Familie sah das aber anders, vermute ich«, sagte Philo.

»Genau. Es kam zum Streit und letztlich zum Auszug des Bruders. Megan meinte, es wäre die einzige Erklärung, dass er das Original mitgenommen hat. Wofür auch immer.

Jungs. Es tut mir leid, aber ich muss euch jetzt verlassen. Ich habe einen wichtigen Termin in der Innenstadt. Der kann nicht warten.«

»Aber ich habe auch noch eine wichtige Neuigkeit«, sagte Raster.

»Tut mir echt leid. Ich muss los.«

»Soll ich mitkommen?« Raster war bereits aufgesprungen, aber Sabines Haltung war unerbittlich.

»Ich fahre allein. Wir sehen uns später.«

Auf der kurzen Fahrt zum Ostwall, wo sie ihren Kollegen treffen wollte, durchlitt Sabine Höllenqualen. Es musste eine Entscheidung her. Der Kollege hatte ihr unmissverständlich klargemacht, dass er seine Praxis gerne an sie verkaufen würde, aber dass sie sich nicht unendlich Zeit für die Entscheidung nehmen könne. Wie sollte das gehen? Die Themen Schwangerschaft, Kind, Familie hingen wie ein Damoklesschwert über ihr. Praxis oder Kind. Beides ging definitiv nicht. Sabine traf eine Entscheidung. Als sie auf der Höhe des Klinikums Nord an der Münsterstraße angelangt war, rief sie den Internisten an und fragte, ob sie ihren Termin um eine Stunde verschieben könnten. Dieser bejahte, woraufhin Sabine eine Oberärztin der Gynäkologie in den Städtischen Kliniken anfunken ließ. Diese nahm das Gespräch entgegen und sagte Sabine einen sofortigen Termin zu. Die beiden waren gut befreundet und kannten sich von vielen gemeinsamen Diensten und so manchen nach Dienstschluss getrunkenen Bierchen in diversen Kneipen des Kreuzviertels.

Nachdem ihr Sabine die Situation erläutert hatte, bat Frau Doktor Ulrike Wimmers ihre Kollegin zunächst einmal auf den gynäkologischen Stuhl, um einen vaginalen Ultraschall machen zu können. Was sollte man diskutieren, ohne genau zu wissen, was Sache war? Sabine verspürte wie jedes Mal den unangenehmen Druck, den die Vaginalsonde auslöste, obwohl Ulrike sehr vorsichtig vorging. Sie starrte auf den Bildschirm des Ultraschallgeräts, während die Kollegin den Schall auf die Gebärmutter ausrichtete. Ein schwarzer Fleck erschien im Bereich des Uterus, den Sabine auch als Fachfremde erkennen konnte. Ulrike fokussierte weiter, bis schließlich in diesem schwarzen Fleck zwei Ringe zu erkennen waren. In jedem der Ringe ein weißliches, etwa 15 Millimeter langes Gebilde, mit einer regelmäßig pochenden Stelle. Zwillinge. Sie konnte es nicht fassen.

»Das nenne ich mal doppeltes Glück«, sagte Ulrike und zwinkerte Sabine zu. »Erklären muss ich dir das wohl nicht. Ich sag mal: herzlichen Glückwunsch!«

Sabine ließ ungeniert ihren Tränen freien Lauf. Zwillinge! Wie hatte sie überhaupt nur an eine Abtreibung denken können. Auch wenn es nur eines wäre. Nein! Die Herzen schlugen bereits. Was für ein Wunder! Sie bedankte sich bei ihrer Freundin für den schnellen Termin und versprach, sie auf dem Laufenden zu halten. Daraufhin rief sie ihren internistischen Kollegen am Ostwall an und zog ihr Kaufangebot der Praxis endgültig zurück. Dieser bedauerte ihren Entschluss sehr, verstand aber Sabine, nachdem sie ihm die Gründe dargelegt hatte.

In der Apotheke in der Beurhausstraße versorgte sie sich mit reichlich Folsäure, Jod und Vitaminen und hatte nur noch den Wunsch, so schnell es ging, Raster die Neuigkeit mitzuteilen.

Auf dem Rückweg sprangen die Gedanken von einem Thema zum anderen. Die Hormone, die Aufregung, die Freude und die Sorge um Oma Lina wirbelten wild durcheinander. Und plötzlich hatte sie das Gefühl, etwas übersehen zu haben. Da war etwas in ihrer Erinnerung, das wichtig erschien, aber sie konnte es nicht festmachen. Noch nicht. Es hatte etwas mit den Bildern zu tun, das spürte sie deutlich. Es war das Gefühl, als würde ein Bild fehlen. Aber wie konnte das sein? Sie war schon einige Zeit nicht mehr bei ihrer Großmutter gewesen. Wie konnte sie da sagen, ob ein Gemälde fehlte. Das gelb-schwarze Logo des BVB erschien mit einem Mal vor ihrem geistigen Auge. Wieso kam ihr jetzt das Thema Fußball in den Sinn? Fußball hatte sie bisher kaum interessiert. Klar. Weltmeisterschaften, Europameisterschaften. Wichtige Spiele des BVB, die sie in der Großen Heimstraße wegen der Nähe zum Stadion hautnah mitbekamen. Aber Entschuldigung! Sie war erstens schwanger mit Zwillingen, zweitens war ihre Oma entführt worden. Wie kam sie da auf Fußball? Sabine schüttelte den Kopf und konzentrierte sich auf ihre Fahrt durch Dortmund-Eving.

30. KAPITEL

Dortmunder Norden, 2019

Es dauerte einen weiteren Tag, bis Raster von seiner Entdeckung in Gernots Wagen erzählen konnte. Zu wichtig war das, was Sabine zu berichten hatte. Raster flippte förmlich aus. Er sprang auf dem gemeinschaftlichen Bett herum wie ein Fünfjähriger, warf seine Rastalocken von links nach rechts, lachte in einem fort, und Sabine war sich bald nicht mehr sicher, ob das an der Tatsache lag, dass sie Zwillinge erwarteten oder einfach daran, dass sie sich für die Schwangerschaft entschieden hatte. Egal. Er freute sich unbändig und steckte Sabine mit seiner Freude erneut an. Die allerdings etwas stiller ausfiel. Trotzdem war kein Raum für Geheimnisse und Entdeckungen. Die beiden nahmen sich einfach in die Arme und genossen den Augenblick.

Am nächsten Morgen erzählten sie Philo von den Neuigkeiten, der gar nicht mehr aufhörte zu strahlen. »Aber wie soll das denn in der Wohnung weitergehen?«, fragte er schließlich, als er sich etwas beruhigt hatte.

»Lass uns das entscheiden, wenn wir hier weitergekommen sind, okay?«, bat Sabine. »Es ist mir gerade wichtiger, Lina zu finden. Alles andere sehen wir dann.«

»Dann kann ich euch ja endlich von meinem Fund gestern erzählen«, sagte Raster und berichtete den beiden von der Kopie, die er in Gernots Wagen gesehen hatte.

»Meinst du, das ist Linas Kopie, die sie von den Engländern bekommen hat?«, fragte Sabine.

»Anders kann ich es mir nicht erklären. Und das würde bedeuten, dass Gernot voll in der Sache drinhängt«, antwortete Raster.

Sie beschlossen, Gernot genauer im Auge zu behalten, und Raster ging für sich noch einen Schritt weiter, ohne den beiden anderen davon zu erzählen. Er entschied, Gernot bei seinen merkwürdigen Ausflügen, die er fast täglich unternahm zu folgen. Dazu brauchte er allerdings einen Wagen, den Gernot nicht kannte. Eine Autovermietung in Brechten war schnell gefunden, und Raster lieh sich einen Opel Corsa, den er außerhalb des Guts an der Einmündung eines Waldweges parkte, und den er durch eine Abkürzung über den Wirtschaftsweg schnell erreichen konnte.

Schon am nächsten Tag ergab sich die erste Gelegenheit. Sabine war zum Bäcker gefahren, da sie ein schlechtes Gewissen hatte, dass immer Fritz für das Frühstück einkaufte. Raster war ebenfalls früh aufgestanden und beobachtete den Vorplatz. Bereits um 8.30 Uhr verließ Gernot das Haus. Raster lief unbemerkt zu seinem Wagen und konnte gerade noch erkennen, in welche Richtung Gernot fuhr. Er folgte ihm in gebührendem Abstand. Es ging Richtung Norden, an Dortmund-Brambauer und Waltrop vorbei und dann links in die Borker Straße. Diese führte in den Bereich der teilrenaturierten Lippe. Er musste höllisch aufpassen, denn der Verkehr war spärlich, und das Risiko, erwischt zu werden, groß. Gernot parkte direkt an der Brücke vor der Lippe, und Raster stoppte in etwa 50 Meter Abstand. Er beobachtete, wie

Gernot sich nach links in das Ufergebüsch vorarbeitete. Er hielt einen länglichen Gegenstand in der Hand. Raster vermutete, dass es sich um einen Spaten handelte. Vorsichtig näherte er sich nicht über die Straße, sondern über das Feld, das sich bis zur Lippe erstreckte. Die letzten 20 Meter robbte er und musste grinsend daran denken, dass er das bestimmt besser beherrschen würde, wäre er damals zur Bundeswehr statt zum Zivildienst gegangen. Dann sah er sie.

Drei junge Männer. Einer davon Gernot. Sie gruben am Ufer der Lippe ein Loch oder suchten etwas. Immer weiter dehnten sie ihre Grabung aus und schienen immer ungeduldiger zu werden. Schließlich schmiss der eine der drei wutentbrannt seine Schaufel in den Dreck und brüllte: »Das macht doch alles keinen Sinn! Hier ist nichts.«

Mehr konnte Raster nicht verstehen, aber die drei einigten sich offensichtlich darauf, ihre Suche, nach was auch immer, einzustellen.

Hätte Raster auf dem Rückweg statt Gernot die beiden anderen Männer verfolgt, wäre er Lina sehr viel näher gekommen. So aber blieb weiterhin alles im Dunkeln.

Es war Lina klar, dass sie sich in größere Gefahr begab, wenn sie die Entführer auf eine falsche Fährte lockte. Zumindest riskierte sie erneut Ohrfeigen oder was dem Kerl sonst noch für Foltermethoden bei einer 90-Jährigen einfielen. Aber sie musste Zeit gewinnen. Sie hoffte sehr darauf, dass ihre Verwandtschaft und die Polizei irgendeinen Zeugen finden würden, der sie auf ihre Spur brachte. Dem maskierten Mann zu sagen, was sie über das gesuchte Bild wusste, wäre erst die allerletzte Option. Ohne auf das Gemälde selbst genauer einzugehen, hatte sie erzählt, dass ihr Vater einmal ein Bild an einer markanten Stelle am Lippe-Ufer vergraben hätte. Diesen Ort beschrieb sie den dreien und harrte nun ihrer Bestrafung.

Doch sie blieb aus, was Lina mit großer Erleichterung zur Kenntnis nahm. Leider blieb noch etwas anderes aus: ihre tägliche Essensration am Morgen. Kein Mensch ließ sich blicken, keiner stellte ihr Wasser und eine Mahlzeit auf einen der drei Stühle. Und so blieb es den ganzen Tag. Mit Wasser konnte sie sich am Waschbecken versorgen, musste aber feststellen, dass es sich nicht um Trinkwasser handelte. Es schmeckte abgestanden und muffig, aber Lina wusste, dass Trinken gerade in ihrem Alter lebenswichtig war. Sie hielt durch, versuchte, den ekligen Geschmack zu ignorieren, und trank zumindest eineinhalb Liter, was sie für sich als absolute Untergrenze einschätzte.

31. KAPITEL

Cambridge, April 2019

Paul war kurz davor aufzugeben. Weder in Dortmund noch irgendwo sonst in Deutschland war ein Finley Danning aufzutreiben. Er versuchte es mit verschiedenen Schreibweisen, ließ den Vornamen weg, was ihm aber nur eine Flut von Einträgen über Stars und Starlets einbrachte, und kontaktierte sogar unter einem Vorwand die britische Botschaft in Berlin. Nichts. Wahrscheinlich war die Aussage des Bankangestellten schlicht und ergreifend falsch gewesen. Womöglich lebte Finley Danning doch noch in England? Aber auch diese Suche, die sich für ihn natürlich wesentlich leichter gestaltete, blieb ergebnislos.

Mittlerweile hatte er seine Prüfung zum Kfz-Mechaniker erfolgreich absolviert und arbeitete bei seinem Chef als Geselle mit deutlich besserem Gehalt weiter. Immer öfter ertappte er sich dabei, dass seine Gedanken in Richtung Selbstständigkeit wanderten. Er wusste, er war gut, und das Arbeiten machte ihm unverändert Freude. Warum dann nicht in die eigene Tasche wirtschaften? Wobei die Suche nach diesem Danning und der deutschen Familie immer mehr in den Hintergrund gedrängt wurde. Das Einzige, was er noch regelmäßig einmal pro Woche machte, war die Online-Ausgabe zweier Dortmunder Zeitungen nach dem Besitzer des Briefes zu durchforsten. Diese hatte er abonniert und ließ sie sich jeweils von Google übersetzen.

Es war einer dieser merkwürdigen Zufälle, dass Paul ausgerechnet an diesem Sonntag besonders akribisch den Dortmunder Teil der *Ruhr Nachrichten* durcharbeitete. Ein Artikel erregte seine Aufmerksamkeit. Es ging um einen englischen Pub im Stadtteil Brechten. Zur aktuellen Saison wurde ein neuer Biergarten an dem beliebten Lokal eröffnet. In dem Artikel wurde der Wirt und Besitzer der Gastwirtschaft mehrfach zitiert und vorgestellt. Er hatte die Kneipe Ende 1996 übernommen, lebte aber schon seit 1995 in Dortmund. Das würde schon einmal passen. Zum anderen schrieb der Journalist, dass der Wirt von allen nur Peter McGyver genannt wurde. Die Begründung lieferte er gleich mit: Der Mann sei für sein Alter, 59 Jahre, äußerst muskulös und kräftig. Außerdem gab es ein Foto des Mannes, der vor seinem Pub ein Glas Guinness in die Kamera hielt.

Paul las den Artikel ein weiteres Mal, benutzte eine andere Übersetzungsmaschine und las ihn erneut. Es blieb dabei. Der echte Name des Wirts wurde mit keinem Wort erwähnt. Nur sein Pseudonym: Peter McGyver.

Sollte er doch noch Glück haben und diesen Briefbesitzer finden? Beweise hatte er keine. Lediglich die Jahreszahl der Gründung des Pubs passte zur Auswanderung von Danning. Und die Tatsache, dass dieser McGyver nicht seinen echten Namen nennen wollte und sich als Schotte ausgab, konnte viele Gründe haben. Vielleicht hatte der Mann, genau wie Paul selbst, eine dunkle Vergangenheit, mit der er nicht mehr konfrontiert werden wollte. Aber möglicherweise hatte Paul noch ein Ass im Ärmel. Der Telefonbucheintrag, den er sofort online überprüfte, ergab nichts Neues. Auch hier war ein Peter

McGyver eingetragen. Das funktionierte aber nicht beim Gewerbeamt. Paul konnte sich nicht vorstellen, dass das in Deutschland nachlässiger gehandhabt wurde als in England. Und hier musste man bei der Anmeldung eines Gewerbes gültige Papiere vorlegen. Aber wie sollte er an diese Information kommen? Sein Deutsch war viel zu schlecht, und selbst, wenn es besser gewesen wäre, welches deutsche Amt würde ihm schon Auskunft erteilen?

Er brauchte Hilfe. Und die einzige Person, die ihm einfiel, war sein alter Freund Nathan Weissman in London.

Drei Tage später, am Mittwochabend, bog Paul in die Linton Road ein, wo er seinen Wagen diesmal ganz offiziell vor Nathans Antiquariat parkte. Allein das gab ihm ein gutes, fast euphorisches Gefühl, auf dem richtigen Weg zu sein. Sein alter Freund freute sich diebisch, Paul wiederzusehen, und auch die Neuigkeit, dass er die kriminelle Laufbahn beendet hatte, erfreute ihn sichtlich. Bei einer späten Tasse Kaffee berichtete ihm Paul in allen Einzelheiten, was der Brief, den Nathan ihm vor langer Zeit übersetzt hatte, bei ihm ausgelöst hatte. Er erzählte von seiner Suche nach dem Besitzer und dem Besuch bei der Bank in Worthing, was einen geradezu albernen Lachanfall seines alten Freundes auslöste. Schließlich endete er mit seinem Verdacht Peter McGyver betreffend und der Frage, ob Nathan ihm beim Gewerbeamt in Dortmund behilflich sein könnte.

Lange Zeit schwieg Nathan mit wieder ernster Miene. »Du weißt, dass ich mit Deutschland abgeschlossen habe. Und ganz besonders mit allen offiziellen Stellen und Ämtern, verstehst du? Ich habe dir das schon 100 Mal erklärt, Paul«, sagte er schließlich eindringlich. »Ich selbst werde da auf keinen Fall für dich tätig werden. Aber du bist ein alter und lieber Freund. Ich werde dir eine Telefonnummer in Deutschland nennen. Du beziehst dich auf mich und erklärst, was du möchtest. Dann bekommst du die Informationen mit Sicherheit.«

»Was macht der denn beruflich, dass er so was rauskriegen kann?«, fragte Paul erstaunt. Es tat ihm eigentlich schon leid, hierher gefahren zu sein. Natürlich hatte er Nathans kritische Haltung gegenüber Deutschland nicht vergessen, und natürlich wollte er ihn nicht in persönliche Konflikte bringen, aber ihm war einfach keine andere Person eingefallen, die deutsch sprach und noch gewisse Kontakt nach Deutschland hatte.

Nathan antwortete trocken wie immer: »Sie. Es handelt sich um eine Frau. Und sie ist Hackerin in Hamburg. Arbeitet freiberuflich für den CCC, den *Chaos Computer Club*, und schuldet mir ein paar Gefallen.«

»Wie heißt denn die Dame?«, fragte Paul.

»Ich habe keine Ahnung«, antwortete Nathan. »Sie wird von allen nur Bitbit genannt. Sei nett zu ihr! Sie kann bisweilen etwas aggressiv wirken. Zumindest auf diejenigen, die sie nicht gut kennen.« Nathan zwinkerte bedeutungsvoll mit den Augen, schrieb dann eine Telefonnummer auf einen Zettel und reichte ihn Paul.

»007 vorne? Ist das nicht die russische Landesvorwahl?«, fragte Paul erstaunt.

»Stimmt. Ich sag ja, sie ist ein wenig speziell. Läuft alles über zig Router bis zu ihr nach Hamburg. Ein Anruf lässt sich so nicht nachverfolgen. Also viel Spaß mit Bitbit.«

Zwei Tage später fand Paul endlich die Muße, den Anruf zu erledigen. Etwas aufgeregt war er nach den Vorwarnungen seines Freundes schon. In seinem Zweizimmerappartement am Rande der Altstadt von Cambridge, das er seit einem halben Jahr bewohnte, machte er es sich auf seiner Couch bequem, atmete einmal tief durch und wählte die russische Nummer.

Es knackte, knisterte und rauschte, bis nach etwa fünf Sekunden ein Freizeichen ertönte. »Was?«, knarrte eine männliche Stimme durch sein Smartphone.

Paul kannte das deutsche Wort, war aber einerseits irritiert über diese Form der Begrüßung, und außerdem hatte er eine Frau erwartet. »Ähm … ich hoffe, Sie verstehen auch Englisch, mein Deutsch ist nicht sehr gut. Ich wollte eigentlich mit Bitbit sprechen.«

»Wer will mit Bitbit sprechen?«, antwortete die Stimme mit einer Gegenfrage in perfektem Englisch.

»Mein Name ist Paul Fisher. Ich habe die Nummer von Nathan Weissman, einem Freund.«

Es klickte einmal in der Leitung, und plötzlich hörte Paul eine angenehme, fast erotische weibliche Stimme. »Oh! Dann kann ich den Verzerrer ja ausstellen. Wie geht es meinem alten Nathan? Habe schon lange nichts mehr von ihm gehört.«

Erst recht verwirrt über so viel Paranoia bestellte Paul Grüße von dem gemeinsamen Freund und erklärte sein Anliegen.

»Okay. Ich brauche den Namen und die Anschrift der Kneipe.«

Paul gab ihr beides durch.

»Alles klar. Gib mir fünf Minuten. Ich rufe zurück.«

Bevor aufgelegt wurde, konnte Paul ein leise gemurmeltes »Ich hab auch noch andere Sachen zu erledigen« hören.

Sie hat gar nicht nach meiner Nummer gefragt, fiel es ihm plötzlich siedend heiß ein. Panisch schaute er in den Einstellungen seines Telefons nach. Tatsächlich. Die Rufnummernunterdrückung war aktiv. So wie immer. Fast war er geneigt, erneut die russische Nummer zu wählen, kam sich dabei aber albern vor. Nein. Das würde schon klappen. Und wenn nicht, dann war das ein Zeichen, endgültig die ganze Sache abzublasen.

Exakt fünf Minuten später klingelte sein Handy. Auf dem Display erkannte Paul eine Nummer mit 0061 für Australien. Kopfschüttelnd meldete er sich.

»Du solltest ein paar Sicherheitseinstellungen in deinem Telefon verändern. Deine Rufnummer anhand der IMEI zu knacken, hat mich zehn Sekunden gekostet. Ist echt gefährlich, glaub mir. Ach so. Der eingetragene Name des Besitzers der Kneipe ist ein Finley Danning, wohnhaft …«

Paul hörte nicht mehr zu. Er hatte ihn gefunden.

32. KAPITEL

Dortmunder Norden, 2019

Ratlos schauten die drei sich an. Sie saßen in der Küche, tranken einen Kaffee, beziehungsweise in Sabines Fall Tee, und zerbrachen sich die Köpfe.

»Wir kommen so nicht weiter«, stöhnte Raster. »Gernots Aktion an der Lippe kann 1.000 Sachen bedeuten, muss aber überhaupt nichts mit Linas Verschwinden zu tun haben.«

Sabine nickte. »Ich habe vorhin mit dem LKA telefoniert. Die haben immerhin einen Zeugen in Holthausen aufgetan, der behauptet, einen Wagen zur fraglichen Zeit gesehen zu haben, in dem hinten eine schlafende alte Frau gesessen haben soll. Wir müssen abwarten, was die genaue Befragung bringt.«

»Sag mal, Sabine«, Philo machte ein nachdenkliches Gesicht, »ganz was anderes. Hat wahrscheinlich nichts mit der Sache zu tun. Ist mir einfach nur aufgefallen. Können wir mal eben in Linas Schlafzimmer gehen?«

Die drei standen auf, stiegen in den ersten Stock und betraten den großen, hellen Raum.

»Ich bin gestern nochmal durchs ganze Haus gewandert und habe mir die Bilder angesehen. Da ist mir das da aufgefallen.« Philo wies auf die Wand rechts am Kopfende des Bettes über einem Nachttisch. Dort hing ein buntes abstraktes Gemälde in Querformat. Auffällig war, dass sich oberhalb des Bildes ein schmales helles Rechteck von der ansonsten leicht gräulich verfärbten Wand abzeichnete. »Da hat doch ein anderes Bild gehangen, oder irre ich mich?«, fragte Philo.

Sabine dachte kurz nach. »Du hast recht. Das ist die Seite, wo mein Großvater und vielleicht auch schon mein Urgroßvater geschlafen haben. Da hing immer ein anderes Gemälde. Hab ich nie gemocht. Ich finde, dieses passt viel besser zu dem hellen Raum.«

»Was war das denn für ein Bild?«, fragte Raster.

Wieder dachte Sabine angestrengt nach. »Ach ja. Jetzt fällt es mir ein. Das muss aus den 50er-Jahren stammen. Es zeigte Helmut Rahn bei der Fußball-WM 1954 mit seinem legendären Schuss zum Siegtor gegen Ungarn. Solche Bilder gibt es zu Hunderten. Und besonders gut war es auch nicht. Frag mich nicht, warum Oma das damals an so exponierter Stelle aufgehangen hat. Aber vielleicht war ja mein Opa Fußballfan. Keine Ahnung. Das ist ja komisch.«

»Was denn?«, fragte Raster.

»Als ich gestern aus der Stadt zurückgekommen bin, hat mir mein Unterbewusstsein genau das sagen wollen. Ich konnte es nicht richtig packen. Mir kam nur irgendwie Fußball und ein fehlendes Bild in den Sinn. Das muss sich auf dieses hier bezogen haben. Fragt mich nicht, warum.«

»Kommt, lasst uns wieder in die Küche gehen. Ich kriege langsam Hunger«, meinte Raster.

»Wartet doch mal. Sabine, wo könnte denn dieses Bild jetzt sein?«, fragte Philo, für den das Kapitel noch nicht abgeschlossen war. Er sah in die fragenden Gesichter seiner Freunde. »Ja, was denn? Ich finde das komisch: Sabine kommt dieses Bild einfach so in den Sinn. Mir fällt auf, dass hier was fehlt. Und deine Oma tauscht ein Bild aus, das hier seit 60 Jahren gehangen hat. Mir sind das zu viele Zufälle.«

Sabine nickte ergeben. »Ist schon gut. Wir haben ja sonst nichts, mit dem wir weiterarbeiten könnten. Ihr beide deckt den Abendbrottisch, und ich gehe rüber zu Fritz und frage ihn, ob er mitessen möchte. Vielleicht kann er uns ja ein paar Antworten geben.«

Nach wenigen Minuten kam Sabine mit dem Verwalter zurück, dem man seine Zerrissenheit anmerkte. Einerseits freute er sich, mit eingebunden zu werden, andererseits zeugten die tiefen Falten und das fehlende Lachen von seiner Sorge um die Freundin und Chefin.

Sie setzten sich gemeinsam an den Küchentisch und langten hungrig zu bis auf Sabine, die an einer halben Käseschnitte herummümmelte. Nachdem sie einigermaßen gesättigt waren, fragte sie: »Sag mal, Fritz. Kannst du dich an das Bild im Schlafzimmer erinnern, das auf Opas Seite gehangen hat? Da war doch so ein Fußballbild von der WM 1954.«

»Hmm«, machte Fritz mit vollem Mund. »Ich war zwar nicht sehr oft in Linas Schlafzimmer, aber ich erinnere mich tatsächlich. Das hat sie vor ein paar Jahren weggegeben.«

»Weißt du noch wann und wohin?«

»Wer das Bild bekommen hat, weiß ich nicht. Aber das Jahr, lass mich nachdenken, ja, das muss 2015 gewesen sein. Ich erinnere mich deswegen daran, weil wir im gleichen Sommer Stella bekommen haben.«

»Wer ist Stella?«, fragte Philo ahnungslos.

»Ein Pferd, Philo. Nur ein Pferd«, antwortete Sabine.

Mehr konnte Fritz nicht zum Thema beitragen. Frustriert gingen sie früh zu Bett.

33. KAPITEL

Münster, April 1944

Vielleicht war es Alfreds Glück, dass sich seine Fußwunde entzündete. So musste er noch einige Wochen im Lazarett versorgt werden, wo zumindest, im Gegensatz zur Stadt, ein gewisser Schutz vor dem Bombenhagel bestand. Seine Entlassungspapiere hatte er bereits Ende März von der Gauleitung erhalten. Mit dieser Verletzung wäre er nicht mehr einsatzbereit, wie ihm der Arzt trocken mitgeteilt hatte. Wenn du wüsstest, wie froh ich darüber bin, hatte Alfred gedacht und fieberte dem Tag entgegen, an dem er endlich nach Hause durfte.

Nun war es soweit. Ein Wagen brachte ihn in die Bismarckallee, wo das Gebäude der Gauleitung noch unbeschadet stand. Auf seinen Krücken schleppte er sich ins Büro, wo er eine freudestrahlende Belinda vorfand. Er fragte sie, ob sie jemanden wüsste, der ihn nach Hause und dann weiter Richtung Dortmund bringen könnte, wo er schnellstmöglich zu seiner Familie stoßen wollte. Belinda versprach ihm zu helfen und setzte Alfred rigoros auf einen Stuhl, wo er geduldig wartete. Auf sie würde er sich verlassen können. Was ihm mehr Sorgen machte, war die Frage, ob sein Zuhause noch existierte. Keiner hatte ihm sagen können, ob es die Diepenbrockstraße getroffen hatte. Zu sehr war jeder mit sich selbst und seinen eigenen Problemen beschäftigt. Nach einer halben Stunde erschien Belinda wieder, im Schlepptau einen jungen Fähnrich, den Alfred flüchtig kannte. Karl würde das übernehmen, sagte Belinda mit ihrem zuckersüßen Lächeln. Einen Wagen hätte sie auch organisiert, nur müsste der am Abend wieder zurück sein.

Alfred bedankte sich überschwänglich, nahm sie in die Arme und drückte die errötende junge Frau leidenschaftlich. »Danke! Danke für alles, was Sie für mich getan haben. Alles Gute Ihnen. Auf ein gesundes Wiedersehen!«

Belinda befreite sich aus der Umarmung und senkte verlegen den Kopf. Sie habe doch nur helfen wollen, stotterte sie und gab Alfred mit einem angedeuteten Knicks die Hand.

Die beiden sollten sich nie wiedersehen. Bereits am nächsten Tag wurde Belinda auf dem Weg zur Arbeit von einem Granatensplitter tödlich verletzt.

Alfred erklärte Karl, wo er als Erstes hinwollte. Da müssten sie aber einen weiten Umweg machen. Die Straßen durch die Stadt seien nicht passierbar, meinte Karl unbekümmert und startete den Wagen. Auf dem Weg zu seinem Zuhause konnte Alfred das ganze Ausmaß der Zerstörung erkennen. Kaum ein Stadtviertel war von den Bomben verschont geblieben, und je näher sie auf ihrem Weg der Altstadt kamen, konnte er teilweise nicht mehr erkennen, wo sie überhaupt waren. Nach etwa 45 Minuten erreichten sie die Diepenbrockstraße. Die ersten beiden Häuser waren zerstört, und Alfred befürchtete schon das Schlimmste. Aber wie durch ein Wunder standen sein Haus sowie die beiden Nachbarhäuser noch unversehrt da. Die roten Gardinen, die Ruth genäht hatte, grüßten ihn aus den Fenstern im ersten Stock, wo ihre Wohnung auf ihn wartete. Tränen liefen Alfred übers Gesicht. Er bemerkte es nicht. »Karl, du wartest hier. Ich mache mich schnell etwas frisch, packe ein paar Sachen zusammen, und dann geht es weiter nach Dortmund.«

Karl nickte und steckte sich eine Zigarette an. »Alles klar, Herr Sturmbannführer. Ich warte.«

Alfred verzichtete darauf, den jungen Fähnrich darüber aufzuklären, dass er kein Sturmbannführer mehr war, und begann den beschwerlichen Aufstieg in den ersten Stock. Frischmachen konnte er sich nicht, da es kein Wasser gab, also zog er sich nur um, versteckte seine Uniform und alles, was auf seinen ehemaligen Rang hindeutete, in einem großen Überseekoffer, den er in Linas Zimmer schob. Dann stopfte er ein paar Anziehsachen in zwei Koffer, die Ruth nicht hatte mitnehmen können, und stellte diese auf den Treppenabsatz vor die Wohnungstür.

Jetzt kam der wichtigste Teil seiner Mission. Er stieg mühsam die Treppe hinunter, lehnte eine der Krücken an die Haustür und begann mit dem Abstieg in den Keller.

Licht gab es keines, und so musste er sich mit der freien Hand blind wie ein Maulwurf vorwärts tasten. Nach einigen Fehlversuchen fand er schließlich den Verschlag, der zu seiner Wohnung gehörte. Er öffnete die provisorische Tür und stolperte in die Ecke, wo er zwei Monate zuvor das Bild hingestellt hatte. Seine Hand glitt an der roh verputzten Wand entlang, fühlte Spinnenweben, ertastete eine alte Leiter und wollte schon die Hoffnung aufgeben, als er plötzlich einen kantigen, flachen Gegenstand berührte. Aufatmend griff er danach. Es war noch da. Seine Zukunft. Als Nächstes muss ich mich um ein sicheres Versteck kümmern, dann wird alles gut, dachte er, und zog das verpackte Bild aus dem Verschlag.

Erneut stieg er die Treppen hoch in die Wohnung, das Paket in der einen Hand, die zweite Krücke in der anderen. Im Schlafzimmer legte er es aufs Bett, holte ein Messer und eine Zange aus der Küche und packte das Gemälde vorsichtig aus. Danach löste er Nagel für Nagel aus dem Rahmen, bis die Leinwand vor ihm lag. Im Bad löste er das Rohr für die Klospülung von der Wand, zerschnitt ein Küchentuch in zwei Hälften und fand einen Bindfaden in Ruths Nähkorb. Mit diesen Dingen ging er zurück ins Schlafzimmer, rollte die Leinwand eng, aber äußerst vorsichtig zusammen, sodass er sie in das 50 Zentimeter lange Rohr schieben konnte. Die beiden Stoffhälften wurden jeweils an den Rohrenden festgezurrt, und schon hatte er ein trockenes und sicheres Versteck für seinen Schatz. Das Rohr verstaute er in einem der Koffer, nachdem er die Verpackungsreste aus dem Fenster in den Innenhof geworfen hatte.

Zurück auf der Straße wurde Karl beauftragt, die Koffer zu holen und im Wagen zu verstauen. Danach ging es los Richtung Süden. Innerlich verabschiedete sich Alfred von seiner Heimatstadt. Er konnte sich nicht vorstellen, noch einmal zurückzukommen. Hierin irrte er sich allerdings auf schmerzliche Weise.

Er hatte das Glück, dass man ihn aufgrund seiner Stellung darüber informiert hatte, wohin seine Familie gebracht worden war. Viele andere Männer mussten nach dem Krieg mühselig ihre Angehörigen suchen. Alfred wusste, dass Ruth und Lina auf einem Bauernhof zwischen Brambauer und Waltrop untergebracht worden waren. Zwei Stunden später erreichten sie den Hof, und Alfred nahm seine kleine Familie, die ihn stürmisch begrüßte, glücklich in die Arme.

34. KAPITEL

Dortmunder Norden, 2019

»Das LKA hat endlich angerufen.« Sabine setzte sich wieder zu Philo und Raster in den Garten. Das Wetter war schön geworden, nachdem es einige Tage geregnet hatte. Bereits eine Woche war vergangen, seitdem die Polizei sie über die Meldung der Zeugen informiert hatte.

»Und?«, fragte Philo schon fast gelangweilt, denn keiner rechnete noch mit irgendwelchen bahnbrechenden Erkenntnissen.

»Das LKA hält die Beobachtung für durchaus plausibel. Leider ist die Beschreibung des Kleinwagens so ungenau, dass eine weitere Verfolgung nicht möglich war. Das Einzige, was wir wissen, ist, dass Lina wahrscheinlich südlich von hier festgehalten wird. Aber bei den vielen Scheunen, Dörfern, Weilern und schließlich auch Kellern, wenn man die Stadt mitrechnet, braucht man gar nicht erst anfangen zu suchen.«

»Wenn wir doch nur mehr darüber wüssten, worum es geht«, meinte Raster zum tausendsten Mal.

»Wir wüssten bestimmt mehr, wenn dieser Brief noch da wäre. Aber du hast ja gesagt, der läge nicht mehr in Gernots Auto.« Philo war von seinem Gartenstuhl aufgesprungen und wanderte unruhig hin und her. »Wissen wir, ob Gernot gerade hier ist?«

»Ist er nicht«, antwortete Raster. »Hab ihn heute Mittag wegfahren sehen.«

»Dann sollten wir endlich mal aktiv werden«, meldete sich Sabine zu Wort. »Philo, du bleibst unten und warnst uns, wenn er zurückkommt. Am besten lassen wir eine Handyleitung offen. Ich hole schnell einen Ersatzschlüssel von Fritz, und dann schauen wir beide uns mal gründlich um. Was meinst du, Raster?«

»Genau mein Plan, Liebste«, schnurrte er, und endlich erschien mal wieder ein Grinsen auf seinem Gesicht.

Zehn Minuten später standen er und Sabine in Gernots Zimmer. Unaufgeräumt, ungelüftet und vollkommen chaotisch spiegelte es den Zimmerbewohner deutlich wieder. Und trotzdem dauerte es nur wenige Minuten, bis Sabine einen spitzen Schrei ausstieß. »Da! Hier ist er!«

»Stopp!«, schrie Raster noch lauter, als Sabine das Stück Papier vom Schreibtisch nehmen wollte. »Er soll doch nicht merken, dass wir hier rumgeschnüffelt haben. Lass mich eben erst ein Foto machen, damit wir ihn nachher genauso wieder da hinlegen können.«

»Guter Mann!«, lobte Sabine und wartete ab, bis Raster mit seinem Smartphone das Bild gemacht hatte. Dann faltete sie das Papier auseinander. Es handelte sich tatsächlich um die Kopie eines in Sütterlin geschriebenen Briefes. Jetzt war es an Sabine, mehrere Fotos von dem Inhalt zu schießen.

Nachdem sie alles wieder so arrangiert hatten, wie sie es vorgefunden hatten, verließen sie das Zimmer in der Hoffnung, Gernot würde nichts bemerken.

»Hoffentlich hat er nicht ein Haar oder so am Türrahmen befestigt. Du weißt schon. So Sachen aus diversen Krimis. Zuzutrauen wäre es ihm«, lachte Raster.

»Ich glaub, für so eine Aktion ist der viel zu faul«, antwortete Sabine und gab Philo Bescheid, dass er seinen Posten verlassen konnte. Erneut machte sie sich zu Fritz auf.

Sie kam in Begleitung des alten Mannes wieder und setzte sich mit ihm zu den beiden Wartenden an den Gartentisch. »Kann einer von euch so gut Sütterlin, dass er mal eben so einen handgeschriebenen Brief übersetzen kann? Also ich nicht. Fritz ist so nett, uns zu helfen.«

Der Angesprochene setzte sich in die Runde und die Brille auf die Nase. Umständlich nahm er Sabines Handy und las vor:

»Lieber William,

viel Zeit ist vergangen, seit wir uns das letzte Mal gesehen haben. Die abgelaufenen Jahre waren nicht einfach, vor allem für Ruth und die kleine Lina. Aber nun sind wir wieder zusammen und können unseren Alltag neu aufbauen. Und glaube mir: Ich werde nie vergessen, wem ich das alles zu verdanken habe. Erst rettest du mir in Ypern das Leben, wo ich als Jüngling den Krieg noch nicht verstehen konnte. Und dann warnst du mich so vortrefflich und zeitgenau vor dem Ende des Krieges, dass ich alles für meine Familie tun konnte.
Nun. Das ist auch der eigentliche Grund für diesen Brief. Durch deine Warnung im Februar 1944 wurde es mir möglich, in den Besitz eines sehr wertvollen Gemäldes zu kommen. Mit dem Wert dieses Bildes arbeite ich, und wenn meine Pläne aufgehen, werde ich wahrscheinlich zu einigem Vermögen kommen.
Sollte es einmal dir oder jemandem in deiner Familie oder einem deiner Nachkommen finanziell schlecht gehen, und alles so eintrifft, wie ich mir das jetzt vorstelle, möchte ich dir oder euch soweit helfen, wie ich kann. Dieser Brief hier – mit meiner Unterschrift – soll als Beweis für die Echtheit dieses Versprechens gelten.

Ich werde immer in deiner Schuld stehen und hoffe, das kann ich dir auch noch einmal persönlich sagen. Aber wenn nicht, so halte diesen Brief in Ehren, denn er gilt, solange unsere Familien existieren.

In tiefer kameradschaftlicher und freundschaftlicher Verbundenheit,

Dein Alfred von Strelitz«

Lange Minuten saßen sie am Tisch und schwiegen. Sabine wischte sich ab und zu verstohlen eine Träne von der Wange, während sie bei Fritz ungeniert in den Bart liefen.

»Wer war denn mein Urgroßvater? Ein Verbrecher oder ein guter Mann? Er muss doch dieses erste Bild gestohlen haben, oder habe ich das falsch verstanden?«

»Von den Nazis gestohlen, Sabine. Das ist vielleicht ein klein wenig differenziert zu betrachten«, antwortete Philo.

»Aber irgendwem hat es ja wohl vorher gehört. Wahrscheinlich einer jüdischen Familie, die deportiert und umgebracht wurde«, meinte Raster. »Aber wie dem auch sei. Jetzt wissen wir, dass das Objekt der Begierde ganz offensichtlich ein Gemälde ist. Aber welches und wo es ist …«

Philo setzte sich auf. »Hört mal. Ihr glaubt doch auch, dass Oma Lina niemals ihr Leben für ein Bild aufs Spiel setzen würde, oder?«

Sabine schüttelte den Kopf.

»Gut. Sie ist aber definitiv noch immer nicht frei, und wir wollten davon ausgehen, dass sie lebt. Das heißt doch: Im Moment weiß keiner, um welches Bild es geht. Wir kommen also nicht weiter. Was haltet ihr denn davon, wenn wir den Entführern vorgaukeln, wir hätten das Rätsel gelöst und könnten das Bild besorgen? Gehen wir zur Presse und setzen eine entsprechende Annonce auf. Vielleicht locken wir sie damit hinterm Ofen hervor.«

Nach ein paar Sekunden nachdenklichen Schweigens antwortete Raster als Erster: »Find ich gut. Besser als gar nichts. Vielleicht haben wir Erfolg.«

»Seid vorsichtig!«, mahnte Fritz. »Wir wissen nicht, wer dahinter steckt und wozu derjenige fähig ist.«

»Gebt mir eine Nacht Zeit. Ich werde das erst einmal sacken lassen«, sagte Sabine und verschwand nachdenklich im Haus.

35. KAPITEL

Irgendwo nordwestlich von Dortmund, 2019

Zwei lange Tage hatten die Entführer Lina im Ungewissen gelassen. Zwei Tage ohne Essen, nur mit dem unsauberen Wasser aus dem Hahn in ihrer Waschecke. Mittlerweile hatte sich ein heftiger Durchfall eingestellt, der sie immer weiter schwächte. Was sie sich aufgrund ihres Durstes hereinzwang, verlor sie prompt wieder auf anderem Weg. Ihre regelmäßigen Runden durch die Scheune hatte sie aus Kraftlosigkeit einstellen müssen. Von Bauchkrämpfen geplagt, lag sie zusammengekrümmt auf der schmutzigen Matratze und dachte nach. Mit dem Tod hatte sie sich längst abgefunden, aber so elendig einzugehen, ärgerte sie maßlos. Doch ihr Verstand arbeitete nahezu ungetrübt. Den Entführern von dem Verbleib des Bildes zu erzählen, von dem sie annahm, dass es das richtige sei, kam für sie nicht infrage. Zum einen konnte sie sich nicht sicher sein, ob sie mit ihrer Vermutung recht hatte, zum anderen war ihr vollkommen klar, dass das ihren Tod bedeuten würde. Nein. Sie wollte weiterhin auf Zeit setzen.

Am dritten Tag in totaler Einsamkeit nahm sie morgens, sie glaubte zumindest, dass es Morgen war, eine Veränderung wahr. Die Bauchschmerzen und die Häufigkeit der Durchfälle waren zurückgegangen. Sie fühlte sich leichter, ein bisschen so wie damals, als sie einmal aus Übermut an einem Joint ihres Sohnes Günter gezogen hatte. Er war damals Student in Bochum, hatte seine Eltern besucht, und Lina erinnerte sich gut an den feuchtfröhlichen Abend. Sie und ihr Mann Erich hatten sich so sehr über den spontanen Besuch von Günter und seiner damaligen Freundin Angelika gefreut. Ach Erich. Wenn er jetzt bei ihr wäre. Er wüsste genau, was zu tun wäre. Immer hatte er eine Idee, einen klugen Einfall. Ohne ihn hätte sie den Hof nicht in dem Zustand halten können, in dem er war. Lina fiel es zunehmend schwer, einen Gedanken festzuhalten. Die Augen fielen ihr zu und sie sah vor sich den Grabstein ihres Mannes:

Erich Funda
Geliebter Ehemann, Vater und Großvater
12.11.1929 – 5.8.2009

Eine einsame Träne rann ihr über das eingefallene Gesicht. Übermorgen vor zehn Jahren war Erich gestorben. Ob Fritz an frische Blumen für das Grab denken würde?

Mühsam richtete sich Lina auf. Das Grab! Übermorgen. Vielleicht war das die Lösung. Aber war heute wirklich der dritte August? Ganz sicher war sich Lina nicht. In diesem Augenblick vernahm sie endlich die erlösenden Schritte vor der Scheunentür. Vielleicht gab es ja doch noch Hoffnung.

Der Maskierte trat diesmal ohne Begleiter ein. Lina hörte jedoch, dass sich draußen Männer leise unterhielten.

»Das war nicht nett von Ihnen, uns so in die Irre zu führen«, knurrte er und schaute auf Lina herab, die nicht in der Lage war aufzustehen.

»Es tut mir leid«, murmelte Lina.

»Bitte? Ich kann Sie nicht verstehen.«

»Es tut mir leid«, wiederholte sie lauter. »Mein Vater hat an dieser Stelle wirklich früher mal Bilder versteckt. Ich dachte …«

»Sie sollen nicht dummes Zeug denken, sondern endlich sagen, wo das Gemälde zu finden ist. Das kann doch nicht so schwer sein!«, brüllte der Maskierte zum ersten Mal in einer Heftigkeit, dass es Lina angst und bang wurde.

»Nun es gibt da noch einen Ort. Natürlich kann ich für nichts garantieren. Aber mir ist eingefallen, dass auf dem evangelischen Friedhof in Brechten ein alter Freund meines Vaters liegt. Hinter dessen Grabstein hatte mein Vater auch einige Male wertvolle Bilder zwischengelagert, die keiner finden sollte.«

»Das Grab wäre ja über 60 Jahre alt und wahrscheinlich schon längst eingeebnet. Was erzählen Sie mir denn hier schon wieder für Märchen.« Drohend kam der Mann näher. Ein eigenartiger Geruch drang schwach aus seinen Klamotten in Linas Nase. Sie kannte diesen Geruch, aber sie konnte ihn im Moment nicht zuordnen.

»Nein, nein. Mein Vater hat damals das Grab bis 2030 gekauft. Sein Freund und dessen Familie waren so gut wie mittellos, und da ist mein Vater eingesprungen. Es existiert noch. Versprochen.«

»Na gut. Wir werden sehen. Aber wenn das wieder eine Fehlinformation ist, werden Sie nicht nur zwei Tage auf Ihr Essen verzichten müssen. Haben wir uns verstanden? Also. Wie heißt dieser Mann, und wo ist das Grab?«

Lina beschrieb die Lage eines Grabes, in dem tatsächlich ein alter Freund ihres Vaters begraben lag. Ein gewisser Friedhelm Kunze, gestorben 1950. Alles, was sie gesagt hatte, entsprach der Wahrheit, nur hatte sie verschwiegen, dass dieses Grab direkt neben dem ihres Mannes lag, dessen Todestag sich übermorgen zum zehnten Mal jährte.

Der Mann drehte sich um und schickte sich an, die Scheune zu verlassen.

»Welchen Wochentag haben wir heute?«, fragte Lina.

»Warum?« Der Mann war stehen geblieben und schaute sie misstrauisch an.

»Wenn ich mich nicht ganz täusche, haben wir heute Samstag, den 3. August. Stimmt das?«

»Ja. Richtig.«

»Nun, ich würde am Wochenende nicht auf den Friedhof gehen. Am Montag ist es dort wesentlich ruhiger. Gerade um die Mittagszeit ist da kaum jemand. Sie wollen doch nicht auffallen und als Grabschänder erwischt werden, oder?«

Wortlos drehte sich der Maskierte um und verließ die Scheune. Basti kam herein und stellte zwei Flaschen Wasser und einen Teller mit belegten Broten auf einen der Stühle. Dann verschwand auch er.

36. KAPITEL

Dortmund-Brambauer, Mai 1945 bis 1950

Sechs Jahre Krieg. Endlich Frieden! Die meisten der Familien, die auf dem Bauernhof Zuflucht gefunden hatten, konnten ihrer Freude allerdings kaum Ausdruck verleihen. Zu viele hatten einen Sohn, den Vater oder den Bruder verloren. Dazu kam der Hunger, der in den Städten sicherlich größer, aber auch hier auf dem Land deutlich spürbar war. Trotzdem hatten Bauer Brakelmann und seine Frau, die sich, soweit es ging, um die Flüchtlingsfamilien kümmerten, spontan zu einem Fest am 10. Mai geladen. Eines der wenigen Schweine wurde geschlachtet, ein großes Feuer entzündet und eimerweise Kartoffeln geschält und gekocht, obwohl alle wussten, dass diese in den nächsten Tagen fehlen würden. Auch und gerade für die Trauernden war es ein tröstliches Miteinander. Einige tanzten sogar, und andere stimmten Lieder an. Alfred, Ruth und Lina saßen still beieinander und genossen den Abend auf ihre Weise.

»Wie soll es denn jetzt mit uns weitergehen?«, fragte Ruth leise, um Lina nicht zu verängstigen. »Denkst du, dass du in deinem alten Beruf eine Arbeit finden wirst?«

»Du meinst als Kunsthistoriker? Mit meiner Vergangenheit wohl nicht so schnell. Ich werde erst einmal Bauer Brakelmann hier auf dem Hof zur Hand gehen. Soweit ich das mit meinem Fuß kann«, fügte er noch zähneknirschend hinzu. »Du kannst in der Küche helfen, und Lina könnte auf eine Hauswirtschaftsschule in Dortmund gehen.«

Ruth tätschelte Alfred liebevoll die Hand. »Ach, mein Träumerle«, lachte sie traurig. »Weißt du, wie viele Männer hier gesünder und jünger sind als du? Alle wollen aufs Feld und mit den Tieren helfen. Ebenso bei uns Frauen. Sollen sich etwa 20 Frauen in der Küche auf die Füße treten? Und eine Hauswirtschaftsschule für Lina wird sich noch lange nicht finden lassen. Da mach dir mal nichts vor. Nein, nein. Wir müssen nach anderen Lösungen suchen.«

Alfred schwieg und dachte an sein Stück Wasserrohr mit dem wertvollen Inhalt. Kurz nach seiner Ankunft hatte er zunächst die Enden wasserdicht verschlossen und es dann heimlich unter einer kleinen Brücke, die über einen Entwässerungsgraben führte, vergraben. Wenn er damit nur etwas anfangen könnte. Aber es war viel zu früh. Keiner der ihm bekannten Kunsthändler wäre jetzt schon in der Lage, ihn dafür angemessen zu bezahlen. Er musste seine kleine Familie erst einmal anders durchbringen. Nur wie? Er würde bestimmt noch ein bis zwei Jahre überbrücken müssen.

Allerdings wurden aus den ein bis zwei fünf Jahre, denn zunächst kam die englische Besatzungsmacht in Form eines Fragebogens auf Alfred zu.

Er hatte sich eines Mannes erinnert, den er Mitte der 30er-Jahre in Münster kennengelernt hatte. Doktor Rudolf Amelunxen, ein in der Weimarer Republik anerkannter Politiker, war von den Nationalsozialisten 1932 aus allen Ämtern geworfen worden. 1935 arbeitete er als Hilfsschlosser. Mehrere Male hatte Alfred nach Empfehlungen eines Nachbarn Rudolfs Hilfe in Anspruch genommen. Er war immer zuverlässig, pünktlich und sehr günstig, wenn es um defekte Türschlösser, Geländer oder den kleinen Balkon ging, den sich Alfred hatte leisten können. Im Laufe der Zeit hatten die beiden sich angefreundet, trotz der unübersehbaren Abneigung des Schlossers der Regierungspartei gegenüber. Das kümmerte Alfred jedoch gar nicht. Man traf sich ab und zu auf ein Bier abends in der Kneipe um die Ecke und plauderte über dies und das, immer das Thema Politik vermeidend.

Ausgerechnet diesen Rudolf Amelunxen hatten die Engländer zum Oberpräsidenten Westfalens gemacht, mit der Zielsetzung, den Anschluss der Provinz an das neu zu gründende Nordrhein-Westfalen vorzubereiten.

Enthusiastisch hatte Alfred Kontakt zu seinem alten Freund aufgenommen und nach einem Verwaltungsposten – vielleicht in Dortmund-Eving – gefragt. Doch Amelunxen reagierte skeptisch und erklärte Alfred, er wäre zwar grundsätzlich nicht abgeneigt, hätte aber aufgrund von Alfreds Stellung im Dritten Reich Bedenken. Er drückte ihm einen zwölfseitigen Fragebogen in die Hand und verlangte diesen, ordentlich und gewissenhaft ausgefüllt, innerhalb von zwei Tagen zurück.

»Musst du denn alles ehrlich beantworten?«, fragte ihn abends Ruth besorgt, als beide an ihrem winzigen Tisch saßen, er die Zettel vor sich, Ruth eine Näharbeit auf dem Schoß, eine rußende Petroleumlampe zwischen sich.

»Ich denke schon. Die können doch alles nachprüfen. Im Gauamt, also ich meine im ehemaligen Gauamt, sind die Personalakten einsehbar. Aber ich glaube nicht, dass ich eine Anstellung bekomme, wenn ich das hier wahrheitsgemäß beantworte. Was soll ich nur tun?«

»Vielleicht kannst du ja ein paar Dinge beschönigen oder einfach weglassen. Sieh mal. Die müssen so viele Leute überprüfen. Da fällst du bestimmt gar nicht auf.«

In den nächsten Stunden gingen sie gemeinsam Punkt für Punkt durch, ließen hier ein paar Wahrheiten weg und verharmlosten dort ein paar andere. Die Parteizugehörigkeit konnte Alfred nicht leugnen, dass er Mitglied der SS war, ließ er einfach weg. Seine Tätigkeit bezeichnete er als Transporthelfer, was immer das sein sollte. Er hoffte, dass nicht sein alter Freund selbst, sondern irgendwelche Fremden den Fragebogen überprüfen würden. Letztlich ergab sich für einen oberflächlichen Betrachter das Bild eines Parteimitglieds, das niedere Arbeiten am Bahnhof in Münster durchgeführt hatte. Aber eben nur bei oberflächlicher Betrachtung. Der Fragebogen gelangte von seinem potenziellen Arbeitgeber zu einem lokalen Gremium in Münster, das mit den Antworten nicht zufrieden war. Weiter ging es zu einer höheren Kommission, die für den Großraum Münster zuständig war und zu dem gleichen Ergebnis kam, bis der Fragebogen schließlich auf dem Schreibtisch eines englischen Offiziers der Militärpolizei landete. Es sollte noch zwei Monate dauern, bis durch ein weiteres Gremium nach Sichtung der mittlerweile herbeigeschafften Unterlagen aus der ehemaligen Gauleitung Alfred von Strelitz in das neu geschaffene Kategoriensystem für Entnazifizierung eingeteilt wurde. Er wurde der zweithöchsten Stufe zugeteilt, den sogenannten Übeltätern, nur eine Stufe unter dem eines Kriegsverbrechers. Eine Arbeit in der Verwaltung oder einer öffentlichen Stelle war damit nicht mehr möglich, außerdem musste er inhaftiert und einem Kriegsgericht vorgeführt werden. Am 17. Mai 1946 wurde er gemeinsam mit drei anderen Männern vom Hof abgeholt und nach Münster in ein provisorisch eingerichtetes Gefängnis gebracht. So schlimm das für ihn war, so viel schlimmer war es für Ruth und Lina. Schon bald beschlossen sie, den Hof zu verlassen. Zu heftig waren die Anfeindungen der anderen Flüchtlinge. Insbesondere Lina sah sich permanenten Sticheleien und Verletzungen ausgesetzt. Schließlich packten sie ihre wenigen Habseligkeiten und wanderten Richtung Süden, bis sie in Dortmund-Eving ein älteres Ehepaar fanden, das keine Fragen stellte und ihnen ein Zimmer unter dem Dach und Verpflegung zur Verfügung stellte, wenn Ruth dafür ihren Haushalt versorgte.

Für Alfred sah es anfangs richtig schlecht aus. Das erste Gerichtsurteil lautete 20 Jahre Zuchthaus, was für ihn wahrscheinlich lebenslänglich bedeutet hätte. Sein Pflichtanwalt, der erstaunlich engagiert vorging, erreichte die Ansetzung einer Berufung, bei der er zu Alfreds Verwunderung 15 Menschen aufmarschieren ließ, die ihm ein gutes Leumundszeugnis ausstellten. Außer zweien hatte Alfred noch keinen dieser Leute gesehen. Das Berufungsgericht kam daraufhin zu dem Entschluss, die Kategorie von II auf III abzumildern, was ihn als *geringen Übeltäter* einstufte. Aufgrund seiner Zugehörigkeit zur SS blieb man aber bei einem Strafmaß von zehn Jahren.

Zwei Jahre später wurden die Rufe in der Bevölkerung und damit auch in der Presse lauter, doch endlich mit der Vergangenheit abzuschließen. Es gelte, nach vorne zu schauen, Straftäter, die nicht gerade Kriegsverbrecher waren, zu begnadigen und nicht immer neue Verfahren gegen vermeintliche Nationalsozialisten aufzurollen. Der Druck der Öffentlichkeit und die hohen Kosten für die Engländer führten schließlich dazu, dass alle Insassen mit der Kategorie III begnadigt wurden. Alfred wurde am 15. März 1950 mit der Auflage entlassen, nie wieder ein öffentliches Amt zu bekleiden. Aber er hatte sowieso andere Pläne.

37. KAPITEL

Dortmunder Norden, Sonntag, 4. August 2019

»Was habt ihr vor? Die Presse einschalten? Was soll das bringen? Ihr habt doch nichts in der Hand.« Gernot war gerade in die Küche gekommen, um sich etwas zu trinken zu holen, und hatte die letzten Worte Sabines mitbekommen.

»Das stimmt … Au! Was soll denn das?« Sabine zuckte zusammen und funkelte Raster böse an, der sie unter dem Tisch gegen das Schienbein getreten hatte.

»Das stimmt so nicht«, setzte Raster den begonnenen Satz von Sabine fort. »Wir haben schon so einiges herausbekommen, was wir übrigens mit dir nicht teilen werden.«

»Warum nicht, wenn ich fragen darf? Ich bin hier genauso beteiligt wie ihr auch, sogar noch mehr, wenn ich den da anschaue.« Missmutig wies er auf Philo, der gelassen lächelte.

»Du hast dich nicht gerade mit Hilfe überschlagen, wenn ich so an die letzten Tage denke«, äffte Raster ihn nach. »Wie dem auch sei. Der Aufruf an die Entführer ist schon raus. Den Text kannst du gerne lesen, steht wortwörtlich hier auf dem Zettel. Erscheint am Montag. Dann werden wir ja sehen, ob wir eine Reaktion bekommen.« Er reichte dem überrumpelten Gernot ein Stück Papier.

An die Leute, bei denen zur Zeit Frau Lina Funda wohnt. Sie haben, wie wir gehört haben, Interesse an dem beson-

deren Gemälde, von dem wir gesprochen haben. Wir können Ihnen da weiterhelfen. Rufen Sie uns doch einfach an.

Darunter stand die Festnetznummer des Gutes.

Während Gernot den Zettel las, guckte Sabine Raster ungläubig in die Augen und zuckte mit den Schultern. Philo hingegen grinste hinter vorgehaltener Hand.

»Okay«, meinte Gernot. »Montag also? Und vorab wollt ihr mir nichts sagen?«

»Nö«, antwortete Raster knapp und wandte sich ab.

Gernot legte den Zettel auf den Küchentisch und verschwand wortlos.

Als sie sich sicher sein konnten, dass er außer Hörweite war, platzte es aus Sabine heraus: »Was sollte das? Wie kannst du ihn den Text lesen lassen? Und wir haben die Presse doch noch gar nicht eingeschaltet. Das war nur ein erster Entwurf.«

Beruhigend legte Philo seine Hand auf Sabines Arm. »Hey. Denk doch mal nach! Was wird jetzt passieren?«

Langsam erhellte sich Sabines Gesicht. »Ah. Ich verstehe. Ihr wollt den armen Gernot testen oder im schlimmsten Fall sogar überführen.«

»Im besten Fall, meine Liebe. Im besten Fall.«

»Okay. Aber dann musst du morgen hierbleiben. Zum Schein zumindest.«

»Was habt ihr denn vor?«, fragte Philo.

»Morgen ist der zehnte Todestag meines Opas. Da werde ich auf jeden Fall Blumen auf sein Grab legen. Du kommst doch mit, Schatz, oder?«

Raster nickte und drückte Sabine einen dicken Kuss auf die Wange. »Klar komme ich mit. Wer kann sich schon den zehnten Todestag deines Opas entgehen lassen.«

Gespielt wütend boxte Sabine ihren Freund in die Rippen.

»Ich will nur hoffen, dass wir über Gernot irgendwie weiterkommen. So plan- und ideenlos waren wir bisher nie«, sagte Philo und rieb sich das Gesicht.

»Da hast du recht«, antwortete Sabine. »Außerdem mach ich mir wegen Oma Lina richtig Sorgen. Wie lange kann sie noch durchhalten?«

»Sagt mal, ich denke permanent über die Familie Danning in England nach.« Raster war aufgestanden und wanderte unruhig in der Küche herum. »Da war doch dieser eine Enkel von William, wie hieß der noch gleich?«

»Finley. Megans Bruder«, antwortete Sabine prompt.

»Genau. Finley. Der wollte damals mehr als die 100.000 Mark und ist deswegen im Streit ausgezogen.«

Sabine nickte.

»Hat der denn nicht das größte Motiv, hinter all dem zu stecken? Diesem seltsamen Einbruch und der Entführung? Mir ist zwar nicht klar, warum er erst jetzt zuschlägt und das nicht schon viel eher versucht hat, aber sonst weiß doch niemand von dem Brief?«

»Da hast du absolut recht«, meinte Philo, der sich für diesen Gedanken sichtbar erwärmte. »Also müssen wir nur herausfinden, wohin Finley Danning damals verschwunden ist, uns auf die Spur setzen, rauskriegen, wo er jetzt wohnt, und zack, da haben wir den Bösewicht. Ist ja mal gerade erst – lasst mich kurz rechnen – 25 Jahre her, dass er von daheim ausgezogen ist. Ein Klacks für uns.«

»Ist ja schon gut, Philo«, meinte Raster beschwichtigend. »Ich weiß, das ist nicht einfach. Aber eine andere Idee habe ich nicht.«

»Gut«, sagte Sabine. »Vielleicht wäre das etwas für die Polizei. Wenn man denen die Zusammenhänge erklären würde, könnten die sich möglicherweise auf die Suche nach Finley machen. Aber erst einmal warten wir ab, ob wir bei Gernot weiterkommen.«

38. KAPITEL

Cambridge, April 2019

In Gedanken plante Paul seine Reise nach Deutschland bereits bis ins Kleinste. Er hatte sich überlegt, Finley Danning alias Peter McGyver vorher nicht zu kontaktieren. Er kannte diesen Mann nicht. Und ehrlicherweise war so manches an ihm äußerst merkwürdig: das Schließfach in Worthing, die Auswanderung nach Deutschland und vor allem die Namensänderung. Eigenartig. Nein, Paul wollte den Mann zunächst ein paar Tage unauffällig beobachten. Der Gedanke entsprang wahrscheinlich immer noch seinen alten kriminellen Instinkten. Vielleicht reizte ihn auch einfach die Vorstellung, mal wieder halbillegal unterwegs zu sein. Er würde ja keinem wehtun oder etwas wegnehmen. Geplant hatte er das Ganze für den Sommer. Er würde sich seinen Jahresurlaub nehmen, um Dortmund und das Ruhrgebiet zu bereisen. Paul freute sich auf das kulturelle Angebot, das in der größten Metropole Europas auf ihn wartete. Auf die Kneipen, die, wie er gelesen hatte, einen besonderen Charme besaßen. Auch wenn sein eigentliches Ziel Dortmund hieß, so war für ihn doch die ganze Region eine einzige riesengroße Stadt vom Duisburger Hafen bis zum Dortmunder Flughafen, von der kleinen Stadt Marl bis nach Wuppertal. 5,000.000 Menschen, 53 Einzelstädte. Und sollten tatsächlich regionale Unterschiede vorhanden sein, wie seine Reiseführer, die er mit Spannung gelesen hatte, ihm versprachen, so freute er sich darauf, diese kennenzulernen.

Doch dann kam alles anders.

Sein Chef, Mike Hammersmith, erkrankte schwer. Mit einem zu spät erkannten und bereits metastasierten Lungenkarzinom wurde er ins Krankenhaus eingeliefert. Die ersten Chemotherapien holten ihn noch mehr von den Beinen, als dass sie ihm Hilfe spendeten. Die Bestrahlung vertrug er gut, aber an Heilung war nicht mehr zu denken. Bei einem der zahlreichen Besuche, bei denen Paul alles Geschäftliche mit seinem Chef durchsprach, eröffnete dieser ihm den Wunsch, Paul möge die Werkstatt übernehmen, wenn er nicht mehr wäre. Er wehrte sich mit Händen und Füßen, versuchte, Mister Hammersmith immer wieder neue Hoffnung zu geben, doch dieser blieb standhaft. Eines Tages, mittlerweile lag der Kfz-Meister auf der Intensivstation des Addenbrook's Hospital, ließ er Paul um 15 Uhr zu sich kommen. Als Paul das Einzelzimmer betrat, saß neben dem Bett ein grauhaariger gut gekleideter Herr, der einige Papiere auf dem Schoß hielt. Hammersmith erklärte seinem Angestellten, dies sei sein Notar und Nachlassverwalter, und er wolle jetzt noch vor seinem Ableben Paul die Werkstatt überschreiben. Die Papiere dafür wären bereits fertig, er müsse nur unterschreiben. Die einzige Bedingung sei, dass sich Paul um die Beerdigung und eine Grabstätte kümmerte, denn Mister Hammersmith hatte ja keine Familie. Noch einmal versuchte Paul abzulehnen, konnte aber letztendlich dem sterbenden Mann diesen Wunsch nicht abschlagen.

So besaß Paul nun eine eigene Kfz-Werkstatt in ausgezeichneter Lage in Cambridge, musste sich nach einer Woche um die Beerdigung seines alten Chefs und Freundes kümmern und sich danach in die Pflichten eines Selbstständigen hineinfinden. An Urlaub war zunächst einmal nicht mehr zu denken.

39. KAPITEL

Dortmund-Eving, 1950er Jahre

So einfach, wie Alfred sich das vorgestellt hatte, war es dann doch nicht. Natürlich kannte jeder Kunsthändler das Gemälde von van Gogh. Aber alle kannten auch zwei weitere Dinge. Erstens war das Gemälde offiziell verschwunden wie so viele der von den Nazis geraubten Kunstgegenstände, und zweitens war allen bewusst, wie viel dieses Bild wert war. Und keiner hatte Lust, sich mit der Justiz anzulegen, und außerdem hatte auch keiner so viel Geld zur Verfügung. Zwei lange Jahre dauerte es, bis Alfred endlich seinen Traum wahrmachen konnte. Bis dahin arbeitete er in einer Rahmenwerkstatt in der Münsterstraße, die vor dem Krieg einen ausgezeichneten Ruf innehatte. Der alte Besitzer freute sich über Alfreds Sachverstand und sein sicheres Händchen, wenn es darum ging, den richtigen Rahmen für das jeweilige Bild auszusuchen. Die Nachfrage stieg von Monat zu Monat und so auch Alfreds Gehalt. Die Familie wohnte immer noch bei dem älteren Ehepaar, das mittlerweile Ruth einen kleinen Lohn für ihre Arbeit bezahlte. Außerdem hatten sie ein zweites Zimmer im ersten Stock für Lina hergerichtet, die eine Lehre zur Schneiderin absolvierte.

1952 hatte Alfred so viel Geld gespart, dass er eine Anzahlung auf eine bescheidene Wohnung in einem verlassenen und heruntergekommenen Gutshof in Dortmund-Brechten leisten konnte. Ruth war damit gar nicht einverstanden. Sie verstand weder die Eile, aus Eving wegzuziehen, noch die Tatsache an sich. Was sollten sie in einer zugegebenermaßen größeren Wohnung, die aber komplett renovierungsbedürftig war, und immer in der Erwartung, dass andere fremde Familien sich ebenfalls in dem großen Haus niederlassen würden. Sie hatten doch alles. Die Vermieter waren nett, Ruth hatte ihre Arbeit, und die Wege waren kurz.

Aber Alfred hatte andere Pläne, von denen er seiner Frau jedoch nichts erzählte. Erst wenn Tatsachen geschaffen waren und er echtes Geld vorweisen konnte, wollte er sie einweihen. Zu groß war seine Angst, sie könnte versuchen, ihm seine Pläne auszureden, oder wäre enttäuscht, wenn sie nicht aufgingen.

Nachdem er alle ihm bekannten Kunsthändler kontaktiert hatte, bei denen er nicht Gefahr lief, dass sie ihn verpfeifen würden, jedoch für den Verkauf seines van Goghs nur Absagen kassiert hatte, war ihm eine Idee gekommen. Er nahm sich zwei Tage Urlaub, erklärte Ruth, er müsse geschäftlich verreisen, und setzte sich mit einem Ticket nach Frankfurt in der Tasche in Dortmund in die Bahn. Im neu errichteten Bahnhofsviertel, das allerdings immer noch einer einzigen Baustelle glich, fand er nach einigem Suchen das Geschäft eines alten jüdischen Pfandleihers, der wie durch ein Wunder den Holocaust überlebt hatte. Er kannte Aaron Goldkranz nur flüchtig aus seiner Anfangszeit als Kunstbegutachter bei den Nazis. Auf seine Frage, wie es denn sein könnte, dass die SS den Juden nicht in ein KZ gesteckt hätte, antwortete dieser sehr freimütig, das sei in keiner Weise einem Wunder zu verdanken, sondern der Tatsache geschuldet, dass er mit den Nazis gute Geschäfte gemacht hätte. Alfred interessierten die Einzelheiten nicht und kam gleich zu seinem Anliegen. Das Bild hatte er in dem Wasserrohr mitgebracht und rollte es nun vor den Augen des alten Mannes aus. Nach einer Stunde war der Vertrag aufgesetzt. Alfred erhielt 800.000 Deutsche Mark, verpflichtete sich, innerhalb von vier Monaten das Gemälde für einen Preis von 880.000 Mark zurückzunehmen, oder es würde in den Besitz des Pfandleihers übergehen. Genau für diesen Fall war Alfred bestens vorbereitet. Er hatte sich in den letzten zwei Jahren eingehend informiert, welche Bilder wie hoch gehandelt wurden, wer Interesse woran hatte, und wo welche Bilder zu bekommen waren. Er erwarb mit dem Geld vier Bilder in Frankfurt, München und Köln und verkaufte sie teilweise mit erheblichem Gewinn an Kunsthändler und Privatsammler. Seiner Frau ließ er telegrafieren, dass er noch einige Zeit geschäftlich unterwegs sei, und dass sie bitte in seinem Namen seine Anstellung in der Rahmenwerkstatt kündigen solle. Nach drei Wochen konnte er mit 1,000.000 Mark in Frankfurt Aaron Goldkranz erneut aufsuchen und verlängerte nach Zahlung von 80.000 Mark die Rücknahmefrist. Bereits nach einem Jahr war Alfred in der Lage, seinen van Gogh auszulösen und sein Geschäft nun ohne diese Einlage fortzuführen. Er eröffnete in der Dortmunder Kampstraße eine eigene Galerie, hatte schon bald einen Angestellten und war binnen kürzester Zeit der bedeutendste Kunsthändler der Stadt.

Ruth und Lina, die nur staunend die Veränderungen beobachteten, die die Arbeit des Ehemannes und Vaters mit sich brachten, wohnten inzwischen in der renovierten Wohnung auf dem Gut, das Alfred Anfang 1954 komplett gekauft hatte.

Nur vor einer Sache hatte Alfred die ganze Zeit Angst. Würde jemand sein erstes Bild entdecken, könnte alles wie ein Kartenhaus in sich zusammenfallen. Kein Versteck der Welt war ihm sicher genug. Immer wieder malte er sich aus, dass das Gemälde durch einen dummen Zufall entdeckt werden könnte. Bis eines Tages ein Mann seine Galerie betrat, der ihm eine einfache, aber sehr effektive Lösung seines Problems eröffnete.

40. KAPITEL

Dortmunder Norden, August 2019

Am nächsten Morgen frühstückten sie zusammen mit Fritz in eher bedrückter Stimmung. Allen war klar, dass, je mehr Zeit verging, die Chancen, Lina lebend wiederzusehen, immer kleiner wurden. Die Hoffnung, mit ihrem Trick, Gernot zu überführen, war über Nacht weggeschmolzen wie die Butter in der heißen Augustsonne. Sie konnten sich ja noch nicht einmal sicher sein, dass Gernot überhaupt in die Sache verstrickt war. Die Tatsache, dass er den Brief in Kopie bei sich hatte, bewies gar nichts.

Und auch die Polizei hatte keinerlei neue Hinweise, wie ein Anruf am Morgen ergeben hatte.

Schweigend kaute jeder auf seinem Brötchen herum, und immer wieder war von Fritz ein verhaltenes Seufzen zu hören.

»Bist du bereit?«, fragte Sabine, an Raster gewandt.

»Wofür?«

»Na, für den Friedhof natürlich.«

»Ach so. Ja. Ich zieh mich nur eben um.«

»Das hätte der noch vor einem Jahr nie gesagt«, brummte Philo.

»Da kannst du mal sehen, was für einen guten Einfluss ich habe«, sagte Sabine und lächelte müde. »Also. Wir sind nicht lange weg. Du hältst die Stellung. Okay?«

Philo nickte.

»Ich komme übrigens auch mit«, ließ sich Fritz vernehmen.

»Natürlich«, antwortete Sabine. »Davon bin ich ausgegangen. Wir treffen uns in einer halben Stunde vor dem Haus.«

Auf dem Weg zum Friedhof hielten sie bei *Blumen Bartel* in der Brambauerstraße, und Sabine kaufte einen frischen bunten Strauß Sommerblumen und drei Töpfe Heidekraut.

Der Friedhof selbst war fast menschenleer. Ein Gärtner war in einer Ecke zu sehen, in einer anderen waren zwei Männer mit Schaufeln zugange.

»Da müssen wir hin.« Sabine wies auf die beiden Männer, die eigenartigerweise hinter einem Grabstein ein Loch gruben. »Fritz, was machen die da? Das ist doch das Grab vom alten Kunze, dem Freund von Uropa Alfred. Lina hat mir von ihm erzählt.«

»Da hast du mal recht, Mädchen«, brummte Fritz und rollte sich die Hemdsärmel hoch.

Sie näherten sich dem Grab von Sabines Großvater und damit auch den Männern, die die Ankömmlinge erst spät bemerkten.

Erschrocken sahen sie sich an, warfen daraufhin die Schaufeln weg und liefen, so schnell sie konnten, davon.

»Was war das denn?«, fragte Raster ungläubig und ging um den Grabstein herum. »Die haben hier ein metertiefes Loch gegraben. Wofür auch immer. Aber was, bitteschön, soll denn hier sein? Habt ihr die beiden erkannt?«

Fritz und Sabine schüttelten den Kopf. »Ich frag mal den Kampmann. Vielleicht weiß der ja was«, meinte Fritz und eilte in Richtung des Gärtners davon, der noch immer am anderen Ende des Friedhofs beschäftigt war.

Sabine stellte sich vor das Grab ihres Großvaters und faltete die Hände. »Wie schön wäre es, wenn Lina jetzt bei uns wäre.«

»Das stimmt. Es tut mir so leid«, sagte Raster ein wenig hilflos und legte einen Arm um sie. »Nicht weinen, Sabine«, meinte er, als er sah, dass Tränen von Sabines Kinn tropften. »Ach, Quatsch. Wein ruhig. Alles andere wäre komisch.«

»Kampmann weiß von nichts«, sagte Fritz, der etwas

atemlos zurückkam. »Er versprach aber, das Loch gleich wieder zuzuschaufeln. Merkwürdig, das Ganze. Aber egal. Heute geht es ja um deinen Opa.«

Sie standen noch eine Zeit andächtig vor dem Grab. Sabine legte die frischen Blumen vor den Stein und pflanzte die Heide in die Erde. Raster holte Wasser in einer der bereitstehenden grünen Gießkannen, dann verabschiedeten sie sich still und fuhren zurück.

Am Gut angekommen überschlugen sich die Ereignisse.

Philo erwartete sie bereits voller Ungeduld mit hochrotem Kopf in der Eingangsdiele. »Kommt mit!«, zischte er leise und führte Sabine, Raster und Fritz ins Wohnzimmer. »Ihr glaubt nicht, was passiert ist. Ihr ward gerade weg, da kommt Gernot runter zu mir, scheinbar ganz aufgeregt. War aber eindeutig nur gespielt. Der sollte auf keinen Fall Schauspieler werden.«

»Nun sag schon. Was wollte er?«, fragte Raster.

»Er meinte, die Entführer hätten ihn auf seinem Handy angerufen. Auf meine Frage, woher sie denn seine Nummer hätten, hat er nur mit den Schultern gezuckt. Das wisse er auch nicht. Jedenfalls hätten die ihm gesagt, er solle in Erfahrung bringen, was wir über den Verbleib des Bildes wissen und dann ihnen mitteilen. Wichtig wäre, dass nur er, Gernot, der Kontaktmann sei.«

»Was hast du ihm daraufhin gesagt? Der wird sich doch nicht mit heißer Luft abspeisen lassen«, fragte Sabine.

»Ich habe ihn vertröstet. Ich müsse erst mit euch sprechen.«

»Sabine, hast du noch den Zweitschlüssel von seinem Zimmer?«, fragte Raster.

»Hab ich oben, bei uns. Liegt in meiner Nachttischschublade. Was hast du vor?«

»Wir wollen doch wohl nicht, dass uns der liebe Gernot durch die Lappen geht, oder? Philo, hast du die Polizei schon verständigt?«

Der Angesprochene nickte. »Die müssten jeden Moment hier sein.

Ohne ein weiteres Wort zu verlieren, lief Raster, so leise er konnte, die Treppe hinauf, holte den Schlüssel aus Sabines Nachtschränkchen und schlich zu Gernots Zimmer. Er lauschte kurz und hörte Sabines Cousin flüsternd telefonieren. Dann schaute er ins Schlüsselloch, ob Gernot von innen seinen eigenen Schlüssel hatte stecken lassen. Nein. Das Schloss war frei. Behutsam steckte er den Zweitschlüssel hinein und drehte ihn mit einer schnellen Bewegung um. Einen Moment war von drinnen nichts mehr zu hören, dann wurde die Klinke heruntergedrückt gefolgt von einem wütenden Aufschrei.

»Hey! Was soll das denn? Seid ihr jetzt total übergeschnappt? Lasst mich sofort hier raus!«

»Du kannst rumschreien, so viel du willst. Ich an deiner Stelle würde mir allerdings überlegen, wie du der Polizei, die übrigens gleich kommt, erklären willst, dass die Entführer dich wegen einer Zeitungsannonce kontaktiert haben, die nie erschienen ist. Reingefallen, mein Freund. Lieber wäre mir allerdings, du würdest mir jetzt sofort sagen, wo Lina ist.«

»Woher soll ich das denn wissen? Ihr seid ja total verrückt geworden.«

So ging es noch eine ganze Weile weiter, bis Raster von unten hörte, dass die Polizei eingetroffen war. Er lief die

Treppe hinunter, während er von oben wütendes Gebrüll und Worte wie »Freiheitsberaubung«, »Arschlöcher« und weitere unflätige Ausdrücke vernehmen konnte.

Im Wohnzimmer fand er die anderen, die dabei waren, den beiden Beamten, es waren dieselben, die schon unmittelbar nach der Entführung bei ihnen gewesen waren, den Sachverhalt zu erklärten.

»Von dem Brief hätten Sie uns schon viel früher erzählen sollen«, meinte gerade Karola Funke. »Das kann ein wichtiger Hinweis sein.«

»Wir haben einen möglichen Zusammenhang doch auch erst in den letzten Tagen begriffen«, versuchte Sabine zu erklären. »Was ist denn jetzt mit meinem Cousin? Sie nehmen ihn doch mit.«

»Wir werden ihn zur Vernehmung auf jeden Fall mit aufs Revier nehmen, ja. Aber die Tatsache, dass er von einem Kontakt mit den vermeintlichen Entführern gesprochen hat, ist an sich noch kein Verbrechen. Wir werden sehen, was bei dem Gespräch herauskommt«, antwortete Matthias Reim. »Wo finden wir Herrn Funda denn nun?«

»Oben in seinem Zimmer«, antwortete Raster und reichte Reim den Schlüssel.

Dieser zog die Augenbrauen hoch. »Sie haben ihn eingesperrt? Da können Sie nur hoffen, dass er Sie nicht wegen Freiheitsberaubung anzeigt.«

»Ich denke, das war notwendig. Gernot ist in keiner so … wie soll ich sagen? Guten Verfassung. Sie werden schon sehen.«

Karola Funke und Matthias Reim ließen sich von Raster Gernots Zimmer zeigen. Tatsächlich waren Handschellen und die Androhung einer Anzeige wegen Widerstands gegen die Staatsgewalt notwendig, bis sich der Verdächtige unter wütendem Geschrei abführen ließ.

Erleichtert fielen die Zurückgebliebenen in die Sofas und Sessel.

»Puh. Was für ein Akt«, stöhnte Philo.

»Ja. Aber jetzt wird alles gut«, meinte Sabine. »So, wie ich Gernot kenne, hält der keine halbe Stunde durch. Spätestens heute Abend haben wir Lina zurück. Ihr werdet sehen.«

»Hoffentlich hast du recht«, sagte Raster nachdenklich.

Statt Lina fuhr am Nachmittag ein Polizeiwagen vor. Gernot kletterte heraus, woraufhin der Wagen wendete und in einer Staubwolke verschwand. Ohne sie eines Blickes zu würdigen, stieg Gernot die Treppe hinauf und ließ die vier mit offenstehenden Mündern in der Diele zurück. Wenige Minuten später kam er mit gepackten Taschen wieder herunter, marschierte Richtung Haustür, um sich dann doch noch einmal umzudrehen. »Es ist allein eure Schuld«, sagte er leise, fast ein wenig traurig, bevor er das Haus verließ, in seinen Wagen stieg und davonfuhr.

Wie ihnen die Polizei später mitteilte, hatte sich Gernot auf der Wache schnell wieder beruhigt. Auf die Fragen, was er mit seiner Bemerkung zu Philo gemeint habe, antwortete er, dass es ihn sehr geärgert habe, dass die anderen ihm gegenüber Wissen über ein angeblich verschwundenes Gemälde vorenthielten. Er hätte mit diesem kleinen Trick versucht dahinterzukommen. Mehr nicht. Bei dieser Aussage blieb er stur und ohne mit der Wimper zu zucken. Den Brief hätte er aus reiner Sentimentalität seiner Großmutter gegenüber eingesteckt. Diese Aussage glaubten die Beamten zwar nicht, konnten sie aber auch nicht widerlegen. Abgesehen von dem wütenden Auftritt bei seiner Festnahme, die strenggenommen gar keine echte Festnahme war, und den man durch das vorherige Einsperren durchaus nachvollziehen konnte, lag kein kriminelles Delikt vor. Der Staatsanwalt brauchte ganze fünf Minuten, um die sofortige Entlassung anzuordnen.

Frustriert und ratlos blieben die anderen zurück.

Zwei Tage später, es war Mittwoch, der 7. August, fuhr erneut ein Zivilfahrzeug der Polizei vor. Diesmal war Polizeiobermeisterin Karola Funke allein. Sabine öffnete ihr die Tür, da sie die Beamtin bereits durch das Küchenfenster gesehen hatte. »Gibt es etwas Neues? Nun sagen Sie schon!«

Funke guckte sie ernst an und nickte. »Man hat Ihre Großmutter gefunden. Nein, nein. Sie lebt. Aber es geht ihr sehr schlecht. Die Ärzte sind sich nicht sicher, ob sie es schafft.«

»Wo ist sie?«, fragte Sabine mit zitternder Stimme.

»Im Klinikum Nord, Münsterstraße. Sie sollten sich tatsächlich beeilen. Ich fahre Sie am besten hin.«

Sabine drehte sich um und brüllte ins Hausinnere: »Raster! Komm! Wir müssen schnell in die Klinik. Sie haben Oma Lina gefunden.«

Auf dem Weg in die Klinik erzählte die Polizistin den beiden, dass Spaziergänger durch Zufall eine leblos wirkende Person im Grävingholz zwischen Eving und Brechten entdeckt hatten. Zunächst hatten sie angenommen, eine Leiche gefunden zu haben, dann aber doch einen schwachen Puls fühlen können.

»Ist sie ansprechbar?«, fragte Sabine.

»Das weiß ich leider nicht. Als man mich zu Ihnen schickte, war sie es jedenfalls nicht.«

Eine knappe Viertelstunde später standen Sabine und Raster an einem Intensivbett und konnten ihren Augen nicht trauen. Was da vor ihnen lag, hatte nichts mehr mit der strahlenden Erscheinung zu tun, mit der sie noch vor wenigen Tagen Geburtstag gefeiert hatten. Lina schien nur noch aus Haut und Knochen zu bestehen, wobei ihr Bauch seltsam aufgedunsen wirkte, was Sabine sofort mit Schrecken bemerkte.

»Man wollte sie verdursten und verhungern lassen, nicht wahr?«, fragte sie den Kollegen, der neben sie getreten war und den sie flüchtig kannte.

»Es sieht so aus, ja. Außerdem hat sie einen massiven intestinalen Infekt, durch den sie noch mehr Flüssigkeit verloren hat. Liebe Kollegin, ich will nicht den Teufel an die Wand malen, aber …«

»Ich weiß. Schon gut. Das sehe ich selbst. Das kann sie kaum schaffen«, sagte Sabine leise.

»Ich lasse sie mal allein.«

Sabine setzte sich auf die Bettkante und nahm eine Hand ihrer Großmutter. »Hätten wir das irgendwie verhindern können?«, fragte sie Raster, der hinter ihr stand, seine Hände auf ihrer bebenden Schulter.

»Ich wüsste nicht, wie. Es tut mir so unendlich leid. Ich kannte sie ja kaum, aber … Sabine, guck mal. Ihre Augen!«

Sabine hatte im selben Moment bemerkt, dass Linas Augenlider angefangen hatten zu zittern. Zudem verspürte sie einen, wenn auch ganz schwachen, Gegendruck in ihrer Hand. »Oma! Kannst du mich hören?«

Lina öffnete langsam beide Augen, die zunächst unruhig hin und her rollten, bis sie schließlich auf Sabines Gesicht zur Ruhe kamen. Und dann kam das schönste erkennende Lächeln, das Sabine und Raster je gesehen haben. Eine einzelne Träne rollte aus ihrem linken Auge, und ihr Mund formte Worte.

Sabine beugte sich zu ihr herunter.

»Gut jetzt«, konnte sie verstehen. Dann kam eine längere Pause, bevor wieder ein Wort zu hören war. »Ich versteh dich nicht, Oma. Ruh dich aus! Quäl dich nicht!« Aber immer wieder kam dieses eine Wort geflüstert aus Linas Mund, bis Sabine es endlich verstand: »Peter«.

Sabine kannte nur einen Peter aus ihrer Schule. Peter Gallo, ein ziemlich bescheuerter Kerl, aber den konnte ihre Oma ja kaum meinen. Vor allem aus ihrem Umfeld kannte sie keinen, der so hieß.

Lina hatte mittlerweile die Augen wieder geschlossen und auch der Druck ihrer Hand war nicht mehr spüren.

So saßen sie noch einige Minuten da, bis plötzlich ein gellender auf und ab schwellender Ton sie zusammenfahren ließ. Zwei Schwestern und Sabines Kollege stürzten herein und wollten sofort mit einer Reanimation beginnen. Aber Sabine wehrte ab: »Lasst sie! ›Gut jetzt‹, hat sie mir gerade erst gesagt. Und sie hat dabei gelächelt. Also lassen wir sie in Frieden gehen. Einverstanden?«

Der Arzt nickte und stellte den Alarm ab. »Einverstanden«, sagte er nur und gab den beiden Schwestern ein Zeichen. Alle drei verließen den Raum. Raster nahm seine schluchzende Freundin in den Arm und streichelte ihr den Rücken.

In diesem Moment setzten bei Sabine massive Krämpfe und heftige Blutungen ein.

2. TEIL

Mit den Flügeln der Zeit fliegt die Traurigkeit davon.

Jean de La Fontaine

41. KAPITEL

Dortmund, Kreuzviertel, Anfang März 2020

Es kam ihr vor, als würde sie das Empire State Buildung zu Fuß erklimmen, als sie sich in den vierten Stock zu ihrer Wohnung in der Großen Heimstraße quälte. Vor einigen Wochen hatte sie einen Film über das Empire State Bildung Run-Up gesehen. Hunderte verrückte Sportler stürmten die 1576 Stufen bis zur Aussichtsplattform im 86. Stockwerk hinauf. Und das in teilweise unter zehn Minuten. Ihr reichten die 68 Stufen vollkommen. Warum war sie noch so schlapp? Sieben Monate war es bereits her, dass sie die Fehlgeburt erlitten hatte und sich einer Ausschabung hatte unterziehen müssen. Sieben Monate, seit sie Oma Lina beerdigt hatten. Es kam ihr vor, als wäre das alles erst vor einer Woche passiert. Seufzend steckte sie den Schlüssel ins Schloss und öffnete die Wohnungstür.

Ein Lächeln huschte über ihr Gesicht, als sie den Duft frischen Rosmarins wahrnahm, der ihr aus der Küche entgegenströmte. Seit einigen Wochen hatte Raster seine Lust am Kochen entdeckt. Zunächst aus der Not heraus, weil Sabine sich dazu einfach nicht in der Lage sah und Philo oft bei Susanne übernachtete, dann aber immer mehr aus reiner Freude an der Kreativität.

»Hmm. Was zauberst du uns denn heute Feines? Das riecht ja köstlich«, meinte sie, als sie die Küche betrat und ihren verschwitzten Freund begrüßte.

»Heute gibt es Kaninchenrücken auf einem Rote-Beete-Carpaccio mit jungen Kartoffeln«, erklärte Raster stolz. »Wie war deine Therapie?«

»Ach, eigentlich wie immer. Franziska hat mich einfach erzählen lassen. Was mir beim Einschlafen so durch den Kopf geht und woran ich morgens nach dem Aufwachen als Erstes denke. War ganz interessant. Wie war dein Tag?«

»Nichts Besonderes. Ich hab Homeoffice gemacht. Übrigens habe ich eine Mail vom Deutschen Fußballmuseum bekommen.«

Sabine hatte sich mittlerweile ein Glas Weißwein eingeschenkt und saß, die Beine übereinandergeschlagen, am Küchentisch. »Was wollen die denn von dir? Du und Fußball? Zwei Welten begegnen sich.«

»Erinnere dich«, entgegnete Raster, »ich habe damals die ganze Software und die Simulationen programmiert. Naja, überarbeitet. Das meiste war schon fertig. Du musst dir das unbedingt mal anschauen. Ist richtig gut geworden. Jedenfalls trifft sich der komplette Vorstand des Museums mit einigen Fachleuten«, grinsend zeigte er mit dem Kochlöffel in der Hand auf sich, »um über die Zukunft zu sprechen. Zum einen fehlt es grundsätzlich an Geld, weil die Stadt Dortmund kaum die Verluste wettmachen kann, und zum anderen kann es sein, dass schon bald alle Museen schließen werden.«

»Warum das denn?«, fragte Sabine erstaunt.

»Na wegen diesem komischen Coronavirus. Der ist ja mittlerweile auch in NRW angekommen. Wenn das so weitergeht, werden alle nicht lebensnotwendigen Einrichtungen schließen müssen.«

»Ach du meine Güte«, antwortete Sabine. »Dass die so weit gehen würden, hätte ich nicht gedacht. Aber du hast wahrscheinlich recht. Bei der heutigen Globalisierung verbreitet sich das irre schnell. Wollen wir hoffen, dass es nicht so schlimm wird. Und wann ist der Termin? Ich würde nämlich gerne mit dir das schöne Wetter nutzen. Wann war es im März schon mal so warm? Vielleicht ein Nachmittag im Biergarten?«

Raster schob den angebratenen Kaninchenrücken in den Ofen und setzte sich mit einer Flasche Bier zu Sabine. »In zwei Tagen. Ja. Biergarten fände ich toll. Wir können ja Philo und Susanne fragen, ob sie mitkommen.«

Nach dem, wie Sabine nicht müde wurde zu betonen, köstlichen Abendessen setzten die beiden sich ins Wohnzimmer. Eine Angewohnheit, die erst seit Kurzem in ihrem Alltag Platz gefunden hatte. Früher hatten sie, damals noch meist zu dritt, halbe Nächte in der Küche verbracht, diskutiert, getrunken und herumgealbert. Aber seitdem Sabine und Raster ein Paar waren, genossen sie es abends bei Musik, manchmal sogar bei Kerzenschein, auf dem Sofa zu kuscheln, zu reden oder auch einfach zu schweigen. Gerade in den letzten Monaten, nach den schrecklichen Ereignissen des vergangenen Sommers, brauchten beide diese Ruhe und das unkomplizierte Miteinander.

Ralph Towner spielte gerade *Red And Black* von seinem Album *Solstice*, als Sabine näher zu Raster rückte. »Könntest du dir vorstellen, dass wir es nochmal versuchen?«

»Was meinst du?«, fragte Raster.

»Das mit dem Kinderkriegen natürlich.«

»Aber du hast doch im letzten Jahr schon so Probleme damit gehabt. Jetzt bist du fast noch ein Jahr älter. Hast du denn gar keine Angst?«

Sabine schwieg eine Zeit lang. »Doch«, sagte sie leise. »Natürlich habe ich Angst. Aber diese Vorfreude, die ich gehabt habe, nachdem ich mich dafür entschieden hatte, war so schön. Und …«, sie machte wieder eine längere Pause, »… Raster, ich möchte einfach wieder fröhlich sein.«

Raster schluckte, rückte ein Stück von Sabine weg und nahm ihren Kopf in beide Hände. »Kann es sein, dass du eine Schwangerschaft als Therapie missbrauchen möchtest?«

Sabine befreite ihren Kopf aus dem sanften Griff und blickte trotzig geradeaus. »Das hat Franziska auch gesagt«, gab sie zu. »Aber was soll ich machen? Ich habe das Gefühl, dass ein Kind meinem Leben wieder einen Sinn geben würde.«

»Hör mir zu! Werde du erst einmal gesund. Vor allem musst du deine Schuldgefühle loswerden. Wenn das geschafft ist, können wir gerne darüber reden, aber nicht als Therapie, verstehst du?«

Sabine nickte. Wieder legte sie ihren Kopf an Rasters Schulter. »Ich denke immer wieder darüber nach, was wir hätten tun können. Wir haben doch schon so einiges erlebt. Aber nie habe ich mich und uns so ineffektiv und nutzlos empfunden.«

»So ist das nun mal im echten Leben«, antwortete Raster lahm. »In einem Krimi fallen den Ermittlern irgendwann die Spuren vor die Füße, und im letzten Moment können sie den Fall doch noch lösen. Aber im wahren

Leben ist das nicht immer so. Wir müssen das akzeptieren.«

Ralph Towner war mittlerweile bei *South Print* angelangt, dem vorletzten Stück des Albums.

»Erinnerst du dich, wie schrecklich Günter am Grab geweint hat?«, fragte Sabine.

»Ja, natürlich. Alle waren fürchterlich mitgenommen. Nur Gernot glänzte durch Abwesenheit. Was der wohl jetzt macht? Ich bin mir ganz sicher, dass der da irgendwie mit drin hängt.«

»Ich auch. Hast du eigentlich mit der Polizei sprechen können, ob die weitergekommen sind?«

Raster nickte. »Ja. Ich hab erst gestern mit denen telefoniert. Sie haben sich mit den englischen Behörden kurzgeschlossen, nachdem wir ihnen von diesem verschwundenen Enkel von William Danning erzählt haben. Aber bis jetzt haben sie keine Spur. Die Reifenspuren, die in den Wald geführt haben, in dem deine Großmutter gefunden wurde, sind wohl dieselben, die hinter ihrem Garten gesichert werden konnten. Aber ich glaube, das hast du im Herbst noch mitgekriegt.«

»Ja«, antwortete Sabine. »Keine Zeugen und noch immer keine Spur von dem Ort, wo sie festgehalten wurde. Das ist so frustrierend.« Sie seufzte laut. »Komm, lass uns schlafen gehen, oder möchtest du noch aufbleiben?«

»Ich bleib noch ein wenig«, sagte Raster. »Geh du ruhig schon vor. Schlaf gut! Und schöne Träume.«

42. KAPITEL

Dortmund, Anfang März 2020

Wieder ein strahlender Sonnentag. Temperaturen bis 22 Grad, und das Anfang März.

Raster hatte überhaupt keine Lust, bei diesem Wetter ein Meeting in einem dunklen Konferenzraum des Museums zu besuchen. Aber das gehörte nun einmal zu seinen Pflichten als IT-Beauftragter der Stadt Dortmund. Er fuhr mit der U-Bahn zum Bahnhof, von wo aus er nur den Königswall überqueren musste, um sich am Platz der Deutschen Einheit vor dem imposanten und futuristischen Gebäude des einzigen deutschen Fußballmuseums wiederzufinden. Jetzt, um 16 Uhr, war noch reichlich Publikum unterwegs, und Raster musste sich durch eine Schulklasse zwängen, die lärmend auf dem Weg nach draußen war. Offensichtlich hatte allen der Besuch großen Spaß gemacht. Im Konferenzraum *Bundesliga* im Untergeschoss traf er die Stiftungsmitglieder, Vertreter der Stadt und einige Fachleute. Es war eine ermüdende Veranstaltung, bei der sich Raster immer häufiger fragte, was er dort zu suchen hatte. Nicht ein Mal wurde er zu Rate gezogen. Warum auch? Er war, neben vielen anderen, für die Multimediapräsentationen zuständig. Und das auch erst seit drei Jahren. Was konnte er schon Sinnvolles beitragen, vor allem, wenn es um Finanzierungsfragen ging?

Er konnte kaum noch seine Augen offenhalten, als er wiederholt eine Jahreszahl hörte, die irgendetwas in ihm auslöste. Der Direktor erläuterte gerade den Anwesenden, welche finanziellen Mittel im Gründungsjahr von den verschiedenen Sponsoren und der deutschen Fußballliga zugesagt worden waren. Dabei fiel immer wieder das Jahr 2015. Stimmt, dachte Raster. Das war ihm entfallen. Das Museum war im Oktober 2015 eröffnet worden. Aber warum klingelte es bei ihm so laut, wenn er diese Jahreszahl hörte? Plötzlich fiel es ihm siedend heiß ein. 2015 hatte Lina das Bild mit dem Fußballer Rahn und dem Siegtor gegen Ungarn von 1954 weggegeben. War das womöglich hier gelandet? Was würde sich besser eignen als ein Fußballmuseum, wenn man das Gemälde schon weggeben wollte. Gespannt erwartete er den Schluss der Besprechung. In mehreren Grüppchen standen die Verantwortlichen nach dem offiziellen Ende zusammen und unterhielten sich lebhaft. Ungeduldig wartete Raster darauf, den Direktor abzupassen, von dem er wusste, dass dieser schon seit der Planung des Museums 2009 in leitender Funktion tätig war. Endlich. Der Mann löste sich gerade aus einer Gruppe und eilte dem Ausgang des Konferenzraumes entgegen. Raster stellte sich ihm in den Weg.

»Ah, Herr Schulz. Schön, dass Sie auch hier waren. Wäre aber gar nicht nötig gewesen. Hat man Ihnen das nicht mitgeteilt? Na, egal. Ich hoffe, dass es Ihnen gut geht. Einen schönen Tag noch.« Schon wollte er den verdutzten Raster links stehen lassen und weitereilen, als der endlich seine Sprache wiederfand.

»Ich grüße Sie auch. Entschuldigen Sie, ich habe eine kurze Frage. Wissen Sie zufällig, ob Sie beziehungsweise das Museum im Gründungsjahr ein Gemälde geschenkt bekommen haben? Und zwar von einer Frau Lina Funda aus Brechten. Das Bild zeigt …«

»Die arme Lina. Natürlich erinnere ich mich daran. Frau Funda und vor allem ihr Mann waren unsere ältesten Mitglieder im Fanklub *Wahre Liebe* in Brechten. Sie sind mehrfach ausgezeichnet worden. Schrecklich, was mit der lieben Lina letztes Jahr passiert ist. Ähm. Was wollten Sie nochmal wissen?«

»Können Sie sich an ein Gemälde erinnern, das sie 2015 dem Museum geschenkt oder verkauft hat?«

»Oh ja. Natürlich. Ich erinnere mich gut daran. Allerdings, wenn ich ehrlich sein darf: nicht mein Ding. Wir haben es nie ausgestellt. Schien von einem nur mäßig begabten Maler zu stammen. Passte auch so gar nicht in das Portfolio der Familie Funda. Nun ja. Jeder macht mal einen Fehlgriff. Fragen Sie mich jetzt bloß nicht, wo wir das haben. Irgendwo unten im Keller.« Der Direktor lachte. »Lustig, dass Sie danach fragen. Gestern erst haben wir im Vorstand darüber gesprochen, dass wir dringend unsere Lagerräume entrümpeln müssen. Da habe ich an das Bild und die gute Lina denken müssen. Na ja. Jetzt kommt es halt weg. Einen schönen Tag noch, Herr Schulz.«

Okay. Toll. Erstens hätte er gar nicht kommen müssen, wie er gerade erfahren hatte, und zweitens wusste er jetzt zwar, wo das verschwundene Bild aus dem Schlafzimmer gelandet war. Aber wenn ein Mann, der von Kunst Ahnung hatte, meinte, das Ding wäre es nicht wert, ausgestellt zu werden, brachte ihn das nicht weiter. Frustriert machte sich Raster auf den Weg nach Hause. Schon wieder eine Sackgasse.

43. KAPITEL

Dortmund-Brechten, Anfang März 2020

Die Ferienwohnung war für seine Bedürfnisse ideal. Auf einem Bauernhof nur zwei Kilometer von Brechten und Holthausen entfernt, wo Finley alias Peter seinen Pub besaß. Paul nutzte die Zeit für Reisen quer durchs Ruhrgebiet, lernte deutsch und besuchte immer wieder den Pub, wobei ihm das ungewöhnlich warme Wetter zugutekam. Nachmittags nahm er regelmäßig draußen im Biergarten Platz, wo Peters Tochter bediente und er dem eigentlichen Ziel seines Besuches nicht ständig über den Weg lief. Andererseits konnte er bestens beobachten, wer regelmäßig vorbeikam, und vor allem, wer trotz des schönen Wetters in den Pub, sprich zu Peter ging und nicht wegen der Lokalität die Kneipe aufsuchte. Da waren insbesondere zwei junge Männer, die ihm auffielen. Die beiden sahen aus wie Pat und Patachon. Einer klein, muskulös und dunkel, der andere hager, groß und dunkelblond. Beide machten einen eher ungepflegten Eindruck, erschienen nahezu an jedem Tag, an dem auch Paul im Biergarten saß, und wurden von Peters Tochter Kim jedes Mal argwöhnisch beäugt. Mit ihr hatte Paul sich mittlerweile angefreundet. Hatte sie Zeit, setzte sie sich zu ihm an den Tisch, unterhielt sich mit ihm teils auf Englisch teils auf Deutsch, half ihm bei so manchen grammatikalischen Hürden und gab ihm nebenbei einige interessante Hintergrundinformationen über ihre Familie und vor allem ihren Vater. Peter McGyver war 1995 nach Deutschland gekommen, das wusste Paul bereits. Zwei Jahre später hatte er Kims Mutter kennengelernt, eine junge Frau aus Dortmund-Hörde, die bei Kims Geburt 1998 gestorben war. Sie zeigte Paul ein zerknittertes Foto, das sie offenbar immer bei sich trug. Darauf war eine vielleicht 30 Jahre alte Schönheit zu erkennen, mit dunklen lockigen Haaren, lachenden Augen und einem leicht schiefen Mund.

Kim selbst studierte Sozialwissenschaften in Bochum, half ihrem Vater aber, so oft es ging, im Pub, zumal die finanzielle Lage seit einiger Zeit nicht gerade rosig war.

Auf die Frage, ob Kim die beiden Männer kennen würde, die so oft den Pub besuchen würden, antwortete sie, dass sie nur die Spitznamen aufgeschnappt hätte. Ein Pitt und ein Basti, die immer wieder mit ihrem Vater konspirativ im Hinterzimmer der Kneipe zusammenhocken würden. Was die beiden aber machten, wüsste sie nicht.

Paul hatte sich bis Ende März Zeit genommen und wollte in den nächsten Tagen entscheiden, ob er Kontakt zu Peter McGyver aufnehmen würde. Schließlich interessierten ihn noch immer der Verbleib des ominösen Gemäldes und die Familie, die dahinter steckte. Aber nach wie vor war er sich nicht sicher. Zu den bisherigen Ungereimtheiten hatten sich jetzt die beiden merkwürdigen Gestalten gesellt, die ihm so gar nicht gefielen. Auf keinen Fall wollte er das Risiko eingehen, in eine dunkle Geschichte hineingezogen zu werden. Das war es ihm nicht wert. Und außerdem hatte ihm sein Werkstattleiter unmissverständlich zu verstehen gegeben, dass er nicht unbegrenzt die Geschäfte übernehmen könnte.

44. KAPITEL

Dortmund, Kreuzviertel, März 2020

Nach der Besprechung im Fußballmuseum kehrte Raster verärgert zurück. Der ganze Nachmittag umsonst. Wieso hatte die Sekretärin des Stiftungsvorsitzenden ihm denn nur nicht Bescheid gegeben, dass er nicht zu kommen brauche? Und auch die Sache mit diesem blöden Rahn-Bild. Da wird sich Philo ganz schön ärgern, dass er sich so unnötig in die Geschichte des verschenkten Bildes reingebissen hatte, dachte Raster, als er die Stufen zu ihrer WG emporstieg.

Sabine beendete gerade ein Telefonat mit ihrem Onkel Günter, und er erkannte an den roten verquollenen Augen, dass sie geweint hatte. Schweigend nahm er sie in den Arm und hielt sie fest.

»Ist schon gut«, sagte sie und löste sich aus der Umarmung. »Weißt du was? Ich habe einen Bärenhunger. Hast du Lust auf Pizza?«

Sie einigten sich auf das *Fatto in Casa* in der Liebigstraße, von dem sie wussten, dass trotz der frühen Jahreszeit bereits draußen serviert wurde.

Sabine bestellte eine Pizza Parmesan-Rucola und Raster eine Pizza Salami extrascharf. Nachdem der erste Hunger gestillt war, sagte Raster fast beiläufig: »Du bist mir noch immer eine Erklärung schuldig. Weißt du das eigentlich?«

Erstaunt blickte Sabine von ihrem Teller auf. »Was für eine Erklärung? Ich bin mir keiner Schuld bewusst.«

Raster lachte. »Nein. Natürlich nicht. Es geht auch gar nicht um irgendeine Schuld. Aber damals beim Geburtstag deiner Oma. Da waren zwei, drei komische Situationen, die mit dem Reichtum von Lina zu tun hatten. Du sagtest mir damals, dass du mir das später erklären würdest. Aber dazu ist es dann ja nicht mehr gekommen.«

Sabine schob sich eine Gabel Rucola in den Mund und kaute nachdenklich darauf herum. »Weißt du, wir Fundas reden nicht so gerne über das viele Geld, den Gutshof und die Gemälde. Wenn dann solche Dankesreden geschwungen werden, wie damals vom Bürgermeister, ist uns das unangenehm.«

»Aber warum denn? Man muss sich doch nicht für Reichtum schämen. Es sei denn, das Geld kommt aus unsauberen Quellen – Geldwäsche, Drogengeschäfte oder so etwas.«

»Das nicht gerade. Aber«, Sabine druckste herum, bis

sie sich förmlich einen Ruck gab, »also, es ist so, dass mein Urgroßvater, also Linas Vater, bei der SS war.«

Raster pfiff durch die Zähne, was ziemlich danebenging und einen feinen Regen kleiner Pizzastückchen auf dem Tisch verteilte. »Oh, entschuldige bitte«, sagte er und wischte den Tisch mit seiner Serviette sauber. »Das ist ja ein Ding.«

»Ich habe das ja damals schon Philo und dir gegenüber angedeutet. Was er genau gemacht hat, wusste Oma Lina nicht mehr. Es hatte aber wohl mit dem Nazi-Kunstraub zu tun. In den 20er-Jahren hatte er Kunstgeschichte studiert. Ob er sich dann selbst bereichert hat, weiß ich nicht. Aber wir vermuten, dass er Bilder beiseitegeschafft hat und für seine eigenen Zwecke eingesetzt hat. Später besaß er nämlich eine florierende Kunstgalerie in der Kampstraße.«

»Na ja. Ob die Bilder nun einmal oder zweimal geklaut wurden, ist doch auch egal«, flachste Raster.

»Nein. Das ist überhaupt nicht egal«, entgegnete Sabine ärgerlich. »Für uns Fundas macht das einen großen Unterschied, ob du wegen redlicher Arbeit oder irgendwelchen kriminellen Machenschaften zu Geld gekommen bist. Verstehst du das denn nicht?«

»Schon. Aber nicht du hast etwas falsch gemacht, sondern dein Urgroßvater. Das sind immerhin schon drei Generationen. Und außerdem hat er ja offensichtlich gut gewirtschaftet, sonst wäre schon längst alles futsch. Also gräm dich nicht, Liebste.«

»Ich will jedenfalls nichts davon haben«, meinte Sabine trotzig. »Sollen sich doch die anderen darum prügeln. Ich habe selbst genug.«

Raster verdrehte die Augen, sagte aber nichts dazu. »Da fällt mir ein: Hast du mal diesen Film gesehen, wo eine Frau auch ihr Erbe ausschlagen wollte und dann von ihrer Familie mit Gewalt gezwungen wurde, es doch anzunehmen. Letztendlich stellte sich heraus, dass sie nur eine Menge Schulden geerbt hatte. Das war in dieser alten Serie mit dem Kerl, der sich aus allen möglichen Alltagsgegenständen Waffen und Werkzeuge basteln konnte. Wie hieß der denn noch gleich? Ach ja: McGyver …«

Sabines Gabel polterte zu Boden.

»Sabine? Alles klar bei dir? Du siehst aus, als wäre dir gerade ein Geist begegnet.«

»Bin ich blöd!«, rief sie aus.

»Das würde ich so nicht unterschreiben wollen«, entgegnete Raster.

»Du erinnerst dich, dass mir Lina kurz vor ihrem Tod ein Wort zugeflüstert hat?«

Raster nickte. »Du hattest damals ›Peter‹ verstanden, konntest dich aber nicht an einen Peter in Linas Umfeld erinnern.«

»Stimmt genau. Weil es auch keinen *Peter*«, Sabine betonte den Namen auf Deutsch, »gab. Aber Oma hat auch den englischen Namen Peter wie den deutschen ausgesprochen. Und einen Peter«, jetzt betonte sie den Namen englisch, »gibt es sehr wohl. Nämlich Peter McGyver.«

»Wer ist das denn?«, fragte Raster erstaunt.

»Der Vater von dieser jungen Frau, Kim, die bei dem Geburtstag geholfen hat. Ihm gehört der Pub, von dem ich dir erzählt habe, in Holthausen. Lina kannte den schon ewig. Sie kann nur ihn gemeint haben. Vielleicht weiß der ja irgendetwas, das uns weiterhilft.«

»Na, ich wäre da skeptisch. Aber versuchen können wir es ja mal.«

»Wollten wir nicht morgen mit Philo und Susanne in den Biergarten? Der Pub hat sogar einen sehr schönen. Bei diesem herrlichen Wetter ist der bestimmt schon geöffnet.«

45. KAPITEL

Dortmund, März 2020

Deutschlands Bauern klagten. Es drohte der zweite Extremfrühling und -sommer nach 2018. Kein Wölkchen versprach Regen, die Temperaturen waren viel zu hoch, und dann noch Corona. Die meisten Menschen glaubten zwar immer noch nicht, dass diese Epidemie ihren Alltag beeinflussen würde, doch erste Stimmen wurden laut, man müsse sich auf etwas Schlimmes einstellen. Was sollte, bitteschön, Schlimmes passieren? Dass man eine neuartige Grippe bekam? Gut, die Todesfälle in den echten Brandherden waren beängstigend. In Wuhan war das alles ja wirklich schrecklich. Aber hier? Bei uns?

Ein Donnerstagnachmittag. Philo und Susanne trafen sich mit Raster und Sabine. Gemeinsam fuhren sie über die Münsterstraße Richtung Norden.

»Erzähl mal: Wie geht es dir?«, fragte Sabine und suchte im Rückspiegel Susannes Gesicht.

Susannes immer schon heller Teint wirkte nach wie vor fast durchscheinend, was durch die dunklen Ringe unter ihren Augen erheblich verstärkt wurde. »Och, es geht so«, antwortete sie etwas gequält. »Meine Beine fühlen sich manchmal noch ziemlich taub an, und die Kraft will auch einfach nicht zurückkommen. Aber am schlimmsten sind die Angstattacken.«

»Was für Angstattacken?«, fragte Raster von vorne. »Dir kann doch keiner mehr was.«

Sabine schüttelte genervt den Kopf. »Raster, bitte!«

»Was denn? Der Kerl sitzt seit fast zwei Jahren im Knast und wird auch so schnell nicht wieder rauskommen. Da muss man doch keine Angst mehr haben.«

»Es geht nicht um eine reale Angst, Raster«, erklärte Susanne geduldig. »Das sind Momente, wo ein kleinster Auslöser reicht, und die Panik kommt. Manchmal weiß ich noch nicht einmal, was der Auslöser ist. Aber dann fängt das Herz an zu rasen, der Schweiß bricht mir aus, und ich bekomme keine Luft mehr. Das ist schwer zu erklären und vor allem schwer zu verstehen für jemanden, der das nicht kennt.«

»Wie hilfst du dir denn, wenn so etwas passiert?«, fragte Sabine.

»Na ja. In der Reha haben wir vor allem Atemtechniken gelernt. Bauchatmung und tiefes, bewusstes Ausatmen sind wichtig, aber auch Ablenkungsmanöver. Zum Beispiel in einem regelmäßigen Rhythmus mit der flachen Hand auf den Oberschenkel klopfen und Ähnliches.«

»Und das hilft?«, fragte Raster erstaunt.

»Manchmal ja, manchmal nein. Das Wichtigste ist aber, dass man lernt, mit diesen Panikattacken zu leben. Man muss sich bewusst machen, dass die nie komplett verschwinden werden. Das ist das Schwerste.«

»Machst du denn noch eine Therapie?«,fragte Sabine.

»Ja klar. Alles: Hypnose, Gesprächstherapie, Gruppen. Das volle Programm. Aber dass ich noch mal in den aktiven Polizeidienst gehe, kann ich mir bestimmt abschminken.«

Philo nahm Susannes Hand in seine. »Dann findest du eben etwas anderes. Glaub mir!«

»So, Leute. Wir sind da. Wir suchen uns jetzt erst mal ein nettes Plätzchen, und dann werde ich versuchen, mit dem Wirt zu sprechen. Hoffentlich ist er der richtige Peter und weiß irgendetwas Erhellendes.« Sabine steuerte den Wagen auf den gut gefüllten Parkplatz einer Gastwirtschaft in Dortmund-Holthausen. Alte Linden standen um das Fachwerkgebäude herum und warfen mit ihren jungen Blättern bereits willkommenen Schatten. Rechts sahen sie eine große Wiese mit Biertischgarnituren, die zu einem Großteil besetzt waren. Ein leerer Vierertisch stand etwa in der Mitte, natürlich ohne Schatten.

»Dann müssen wir eben den nehmen«, meinte Raster und steuerte auf den Tisch zu.

Kaum hatten sie Platz genommen und die Männer ihre vorsorglich eingesteckten Baseballkappen auf den Kopf gestülpt, erschien eine junge blonde Frau und fragte nach ihren Wünschen. Erst beim zweiten Hinsehen erkannte sie Sabine. »Ach! Das ist aber nett. Hallo, Sabine!«

»Hallo, Kim«, antwortete Sabine lächelnd. »Darf ich dir meine Freunde vorstellen. Das ist Raster. Den kennst du ja schon vom Geburtstag meiner Oma. Und das sind Susanne und Philo.«

»Hallo. Und nochmals mein herzliches Beileid, Sabine. Das mit deiner Oma tut mir schrecklich leid.«

Die vier bestellten ihre Getränke. Als Kim sich wegdrehte, um sich darum zu kümmern, hielt Sabine sie zurück. »Kim, eine Frage: Ist dein Vater da? Ich müsste ihn einmal kurz sprechen.«

Erstaunt zog Kim ihre schönen geschwungenen Augenbrauen nach oben. »Ja, der ist da. Soll ich ihm etwas ausrichten? Worum geht es denn?«

»Das möchte ich ihm lieber selbst sagen«, sagte Sabine.

»Okay. Er ist drinnen.«

»Jetzt erzähl doch noch mal von dem Bild im Fußballmuseum«, bat Susanne. »Ich habe das nicht so richtig verstanden. Philo hat nur ganz kurz davon berichtet.«

»Ach. Das war eine Sackgasse«, antwortete Raster und erzählte erneut von seinen Fragen an den Stiftungsvorsitzenden und dessen ernüchternden Antworten. »Das kann jedenfalls nicht das gesuchte Bild sein. Es ist wohl von mäßiger Qualität, liegt bei denen im Keller und wird demnächst entsorgt.«

»Das ist echt schade«, meinte Philo seufzend und wischte sich den Schweiß von der Stirn. »Ich hätte darauf gewettet, dass das unser gesuchtes Bild ist. Wenn dein Urgroßvater ein Gemälde aufhängt, muss es auch einen gewissen Wert gehabt haben.«

»Ich glaube ja mittlerweile, dass er das nur getan hat, weil das ein Bild von einem Freund war, dem er einfach einen Gefallen tun wollte. Mir ist nämlich eingefallen, dass Oma Lina mir mal erzählt hat, dass es in der Nachbarschaft einen Maler gegeben hat, der mit meinem Urgroßvater und später mit meinem Opa befreundet war. Der ist irgendwann in den 60er-Jahren gestorben. Er hat hauptsächlich regionale Landschaften gemalt, aber sich ab und zu auch an bedeutendere Objekte gewagt. Dazu könnte durchaus die WM 1954 gehören. Ich weiß nämlich, dass er auch das Reichstagsgebäude nach seiner Wiederherstellung in den 60ern gemalt hat. Das war die letzte Arbeit vor seinem Tod. Und der Rahn-Schuss würde genau in diesen Stil passen.«

»Gibt es denn noch Nachkommen dieses Künstlers? Ah, da kommen unsere Getränke«, unterbrach er sich selbst und rieb sich die Hände.

Kim verteilte die Gläser mit Bier, Radler und Wasser und verschwand wieder. Alle nahmen einen tiefen ersten Schluck, bevor Sabine antwortete. »Ja. Es gibt zwei Söhne, die in dem Haus des Malers wohnen. Ich kenne die zwar nicht persönlich, weiß das aber auch von meiner Oma.«

Philo setzte gerade an, etwas zu sagen, als ein dunkelhaariger Mann vom Nachbartisch aufstand und sich zu ihnen hinunterbeugte. Eigentlich sah er ziemlich gut aus, wie Sabine fand. Allerdings zierte eine Narbe unterhalb des rechten Auges sein Gesicht, die ihn ein wenig unheimlich erscheinen ließ. Mit gebrochenem Deutsch und starkem englischem Akzent sprach er die Vier an. »Bitte entschuldigen Sie! Aber ich kam nicht umhin, Ihr Gespräch mit anzuhören. Habe ich das richtig verstanden, dass Sie ein bestimmtes Gemälde suchen, das Ihrem Urgroßvater gehörte?« Er deutete auf Sabine.

Misstrauisch beäugten sie den Fremden. Wer war das und was wollte er? Vielleicht jemand von der Presse? Aber aus England? Kaum vorstellbar. Keiner fand zunächst eine Antwort. Schließlich fragte Sabine: »Und wer sind Sie? Seien Sie nicht böse, aber das hier ist wirklich absolut privat.«

Der Mann lächelte verständnisvoll. »Das respektiere ich selbstverständlich. Ich werde Sie nicht weiter belästigen. Aber falls Sie Fragen an mich haben, können Sie mich gerne kontaktieren.« Er nahm einen Kugelschreiber aus der Hosentasche und schrieb etwas auf eine Serviette. Daraufhin verbeugte er sich förmlich und ging zurück an seinen Tisch. Kurz darauf erschien Kim mit einem vollen Tablett für eine weitere Gruppe Neuankömmlinge. »Kim! May I pay please?«, rief der Fremde in ihre Richtung, woraufhin Kim freundlich zurückrief: »Ich komme, Paul. Einen Moment bitte!«

»Die kennen sich«, raunte Philo. »Wer mag das sein?«

»Keine Ahnung. Aber ich frag nachher mal Kim. Bestimmt kann die uns etwas sagen«, antwortete Sabine. »Ich gehe jetzt rein und spreche mit Peter. Hier auf dem Zettel steht übrigens nur Paul Fisher und eine Handynummer. Merkwürdig, das alles.« Sabine stand auf und warf einen neugierigen Blick auf den fremden Mann, bevor sie durch die Seitentür ins Innere des Pubs trat.

46. KAPITEL

Dortmund-Holthausen am selben Abend

Die letzten Gäste waren vor Stunden gegangen. Ohne den Biergarten und das schöne Wetter hätte er seinen Pub schon vor Wochen schließen können. Es war zum Haareraufen. Die Pacht, die Miete für seine kleine Wohnung im ersten Stock des Hauses und die Unterhaltszahlungen für Kim brachen ihm das Genick. Bis vor zwei Jahren war sein *Old Shepherd* die Nummer eins im ganzen ländlichen Norden Dortmunds gewesen. Die Jugend kam an den Wochenenden, die Dorfbewohner fast jeden Abend, und alle Feierlichkeiten, ob Hochzeiten, Leichenschmaus oder anderes, wurde selbstverständlich in Peter McGyvers Pub abgehalten. Dann, 2018, hatten gleich zwei neue Läden aufgemacht. Ein Klub, wie man heute zu den Diskotheken sagte, am Rand der Stadt und ein zugegebenermaßen sehr gemütliches Landgasthaus in Brechten selbst. Die Einkünfte waren innerhalb weniger Monate eingebrochen, und er hatte sich auf sein altes Vorhaben besonnen, das Gemälde zu ergaunern, das ihm alle Sorgen auf einen Schlag nehmen würde.

Gedankenverloren spülte er die benutzten Gläser des Abends.

Damals, als er mit dem Plan nach Deutschland gekommen war, das Bild zu stehlen, war er sich aus irgendeinem Grund sicher gewesen, dass der alte Alfred es seiner Tochter Lina vermacht hätte. Diese hätte ihrem Erstgeborenen zumindest davon erzählt. Und da dieser durch seine große Familie gut erpressbar war, hatte ihn Finley als ersten Ansprechpartner auserwählt. Aber dieser blöde Doktor Tobias Funda hatte von nichts eine Ahnung oder stellte sich einfach dumm. Eigentlich hatte er ihm nach seiner wiederholten Weigerung, ihm von dem Gemälde zu erzählen, nur einen Schrecken einjagen wollen, indem seine Frau einen kleinen Autounfall erleiden sollte. Dass das so aus dem Ruder gelaufen war, hatte er nicht beabsichtigt.

Danach lief ja auch alles wunderbar. Er hatte durch Zufall von der frisch renovierten alten Dorfkneipe in Holthausen erfahren, hatte eine Lizenz erworben und sich über die damals niedrigen Kosten gefreut. Der Laden brummte, und alles war gut. Sogar die Miete für das Schließfach in der Bank in Worthing, wo er nach seinem überhasteten Auszug aus York gewohnt hatte, konnte er weiterbezahlen. Es war ein sentimentales Versprechen an sich selbst geworden: Sollte er irgendwann einmal das ominöse Gemälde in Händen haben, wollte er quasi als letzten Akt das Schließfach kündigen und den Brief vernichten. Bis dahin sollten die Kosten hierfür ständige Erinnerung an seine Mission bleiben.

Finley zapfte ein halbes Pint Guinness und setzte sich damit auf seinen windschiefen Hocker hinter der Theke. Was hatte er für einen Aufwand betrieben: Zunächst hatte er eine gründliche Hintergrundrecherche über den zweiten Sohn der Familie, Günter, durch einen Privatdetektiv durchführen lassen. Schon bald ergab sich, dass der sicherlich nicht auf einem versteckten Vermögen in Form eines teuren Gemäldes saß. Rausgeschmissenes Geld. Dann hatte er einen befreundeten Hehler aus Duisburg beauftragt, sich im Gutshaus der alten Lina nach einem wertvollen, aber verschollenen Bild umzuschauen. Die Krux war ja, dass ihm keiner genau sagen konnte, wonach er überhaupt suchte. Und er war mit Sicherheit nicht in der Lage zu erkennen, ob eines der Gemälde an den Wänden des Gutes das Gesuchte war. Aber der sachverständige Hehler hatte ihm versichert, dass alle Gemälde an den Wänden des Gutshofs plausibel bezüglich ihrer Herkunft nachvollziehbar waren. Auch nichts. Wieder rausgeschmissenes Geld.

Und jetzt die verkorkste Entführung. Natürlich hätte die Alte letztendlich sowieso sterben müssen. Aber nicht so. Diese hirnlosen Kerle Basti und Pitt. Konnten nicht mal erkennen, ob jemand wirklich tot war. Doch er machte sich auch selbst Vorwürfe. Zum Schluss, nachdem die betagte aber keineswegs dumme Frau zum zweiten Mal versucht hatte, sie reinzulegen und auf den Friedhof geschickt hatte, hatte sie ihn erkannt. Er hätte daran denken müssen, dass seine Klamotten nach Bier stanken. Er selbst merkte das natürlich schon lange nicht mehr. Aber sie hatte den unverwechselbaren Geruch des Guinness' identifiziert. Nur war sie so blöd gewesen, ihm das auf die Nase zu binden. Na ja. Jetzt war auch dieses Kapitel beendet.

Merkwürdig war nur, was heute Nachmittag ihre Enkelin, wie hieß die noch gleich, ach ja, Sabine Funda, ihn gefragt hatte. Ob er, Finley, etwas Erhellendes zu der Entführung beisteuern könnte. Ihre Großmutter hätte so etwas angedeutet. Vielleicht hatte ihr Cousin Gernot, der ihm zwar keine große Hilfe gewesen war, aber doch als Spion etwas getaugt hatte, recht gehabt, als er behauptete, diese Sabine wüsste mehr, als sie zugab. Die Fragen heute Nachmittag bezogen sich jedenfalls nicht nur darauf, ob er, Finley, etwas zu der Entführung sagen könnte, sondern auch der Verbleib eines wertvollen Gemäldes interessierte sie. Und sie schien bei Weitem nicht alles preiszugeben. Wäre das vielleicht seine letzte Chance? Jetzt die Urenkelin? Zumindest eine Überlegung wert.

Und zum guten Schluss gab es da ein weiteres Problem: Dieser junge Engländer, der seit Tagen in seinem Biergarten herumhing und sich mit Kim angefreundet hatte, machte ihm Kopfzerbrechen. Hoffentlich musste er sich den nicht auch noch vom Hals schaffen.

Finley trank sein Glas leer, löschte das Licht und stieg mit schweren Schritten und düsteren Gedanken die Treppe hinauf in seine Wohnung.

47. KAPITEL

Dortmund, Freitag, 20. März 2020

Lockdown. Was für ein Wort! Ausgangssperre, Abriegelung. In Deutschland, nein, in ganz Europa. Unvorstellbar. Nichts ging mehr. Philo und Susanne hatten sich kurzerhand in Philos altem Zimmer in der WG einquartiert, damit die vier zum selben Haushalt gehörten. Platz genug hatten sie ja in der großen Altbauwohnung. Raster und Philo betätigten sich im Homeoffice. Sabine hatte sich kurzerhand in den Städtischen Kliniken gemeldet, um bei Bedarf auf der Intensivstation Corona-Patienten mitzuversorgen.

Alles war anders. Eine neue Normalität musste etabliert werden, was manchen schwerer fiel als anderen. Das dominierende Thema war überall diese merkwürdige neue Erkrankung, die die gesamte Welt lahmzulegen drohte.

Linas Tod und die Suche nach dem verschollenen Bild gerieten zunehmend in den Hintergrund. Außer bei Sabine, die sich unverändert Vorwürfe machte und sich Tag für Tag fragte, was sie hätte anders machen können.

Am Nachmittag versammelten sich alle in der Küche für ein Stück Kuchen und eine Tasse Kaffee und um zu beratschlagen, was man am Wochenende unternehmen könnte.

Als Letzter setzte sich Philo an den Küchentisch. »Ihr glaubt nicht, was ich gerade gesehen habe.«

Wie viele andere war auch Philo dazu übergegangen, der drohenden Langeweile durch den Konsum von Streamingdiensten wie *Netflix* oder *Amazon Prime* entgegenzutreten. Der Filmkonsum hatte auf der ganzen Welt astronomische Ausmaße angenommen, jedenfalls da, wo es sich die Menschen leisten konnten.

»Welche bedeutende Serie hast du denn jetzt wieder angefangen, mein lieber Freund?«, fragte Raster.

»Keine Serie«, antwortete Philo, »einen alten Film mit Pierce Brosnan von 1999: *Die Thomas Crown Affäre.*«

»Aha.«

»Das Besondere an dem Film ist die Tatsache, dass ein gestohlenes Gemälde versteckt wird, indem es übermalt wird.«

»Aha.«

»Jetzt hör doch mal mit deinem blöden Aha auf. Ich habe das nämlich mal recherchiert. Diese Methode ist gar nicht mal so selten. Viele Maler haben ihre eigenen Bilder übermalt, andere Kunstwerke wurden auf diese Weise getarnt. Man kann das zwar nicht mit beliebigen Materialien machen, aber zum Beispiel Öl auf Öl ist kein Problem. Und wenn der Künstler oder der Fälscher eine Grundierung dazwischen aufgebracht hat, lässt sich das Original sogar wieder rekonstruieren.«

»Was willst du uns denn damit sagen, Philo?«, fragte Sabine.

»Dass ich immer noch glaube, dass unser gesuchtes Bild existiert. Vielleicht übermalt und auf diese Weise versteckt. Aber es hängt irgendwo. Davon bin ich überzeugt. Vielleicht ist es ja auch doch dieses WM-54-Bild aus dem Fußballmuseum, wer weiß?«

»Dann sollten wir …«, weiter kam Susanne nicht, da sie alle erschrocken zusammenzuckten, als das Festnetztelefon klingelte. Dieses Geräusch war so selten und extrem laut, dass sie es zunächst kaum zuordnen konnten.

Fragend schaute Raster Sabine an. »Kann das für dich sein? Die Klinik vielleicht?«

»Das werden wir nicht rauskriegen, wenn keiner rangeht. Das nervt«, meinte Philo, sprang auf und nahm den Hörer im Flur ab. »Sachse«, meldete er sich. »Ja, die ist da. Einen Moment, bitte. Sabine, das ist für dich.«

»Wer ist das denn?«

»Irgendeine Reporterin. Scheint ganz nett zu sein.«

Sabine ging in den Flur und schloss hinter sich die Küchentür.

Es dauerte lange, bis sie wieder hereinkam. Das Gespräch am Tisch war mittlerweile erneut in vollem Gange, verstummte jedoch augenblicklich, als die drei Sabines Gesichtsausdruck sahen.

»Was ist los?«, fragte Raster und half seiner Freundin, sich hinzusetzen.

Kreidebleich und mit todernster Miene begann Sabine zu erzählen: »Das war eine Lokalreporterin aus Schwerte von den *Ruhrnachrichten*. Sie ist schon etwas älter und lange im Geschäft. Vor 24 Jahren hat sie über einen schweren Autounfall unterhalb des Freischütz kurz vor der Autobahnauffahrt berichtet.«

»Moment mal. War das nicht der Unfall, bei dem deine Eltern ums Leben gekommen sind?«, schaltete Philo als Erster.

Sabine nickte. »Sie hat das damals als junge Journalistin sehr akribisch verfolgt und ist der Polizei wohl richtig auf die Nerven gegangen. Der Wagen meiner Eltern ist ja komplett ausgebrannt, deshalb gab es mehrere Gutachten, wie es überhaupt dazu kommen konnte. Ich habe davon gar nichts mitbekommen. Mir ist nur die Kurzversion des Abschlussberichtes mitgeteilt worden, in dem man von der Unaufmerksamkeit der Fahrerin oder überhöhter Geschwindigkeit als Ursache ausging. Eines der erstellten Gutachten besagte allerdings etwas anderes. Das war ein erfahrener Sachverständiger, der wegen seiner herausragenden Reputation extra aus Sprockhövel hinzugezogen worden war.«

»Jetzt sag schon! Was hat der behauptet?«, drängte Raster, als Sabine eine Pause einlegte.

»Er hat gar nichts behauptet, weil er nichts beweisen konnte. Er hat nur Fragen gestellt. Die Bremsleitung und der Kupplungszug waren an mehreren Stellen seiner Meinung nach nicht so zerstört, wie es typischerweise durch ein Feuer hätte geschehen müssen. Er hat bei der Staatsanwaltschaft mehrfach angeregt, weitere Untersuchungen anzustellen, aber die glaubte lieber den anderen Gutachtern, die das wesentlich unkomplizierter darstellten.«

»Aber warum meldet sie sich jetzt bei dir? Gibt es neue Erkenntnisse?«, fragte Susanne.

»Nein. Sie hat natürlich auch von Linas Tod gehört, aber zunächst keinen Zusammenhang gesehen. Erst jetzt fiel ihr die Namensgleichheit auf. All die Jahre hat sie den Autounfall nicht vergessen, weil das ihre erste große Recherche war. Frau Krampe, so heißt die Journalistin, meinte, ob das wirklich nur Zufall ist, wenn zwei Familienmitglieder, wenn auch mit großem zeitlichen Abstand, gewaltsam ums Leben kommen.«

»Was bezweckt sie jetzt damit? Ich meine, sie kann ja wohl kaum den alten Fall neu recherchieren«, meinte Philo skeptisch.

»Sie will ihre Unterlagen noch einmal sichten und gucken, ob sie an besagtes Gutachten herankommt. Dann meldet sie sich wieder.«

»Ich werde das ebenfalls versuchen. Es gibt da einige alte Kollegen im Präsidium, die mir etwas schulden.« Susanne versuchte ein Lächeln und tätschelte Sabines Arm. »Auch wenn das natürlich schrecklich für dich wäre. Aber wir kriegen das raus. Versprochen.«

48. KAPITEL

Dortmund, Ende März 2020

Alles hätte sie für möglich gehalten. Ja, auch eine Unaufmerksamkeit ihrer Mutter. Überhöhte Geschwindigkeit aber nicht. Ihre Mutter war immer sehr vorsichtig gefahren. »Kinder«, hatte sie immer gesagt, wenn Sabine und ihre Geschwister bettelten, sie möge doch etwas auf die Tube drücken, »Kinder, denkt daran: Ihr habt nur eine Mutter. Und die braucht ihr noch. Also lasst mich bitte so vorsichtig fahren, wie ich es für richtig halte!«

Aber vielleicht ein technischer Defekt oder eben Ablenkung, ein Streit mit ihrem Vater? So etwas kam vor. Aber Mord? Was Frau Krampe da andeutete, war jenseits aller Vorstellungskraft. Warum sollte jemand ihre Eltern umbringen wollen? Sabine erinnerte sich an ihre Mutter als eine liebevolle, wenn auch manchmal etwas kühle Frau. Keine übermäßigen Emotionen, aber immer strikt auf der Seite ihrer Kinder. Wenn sie es denn zuließen. Natürlich gab es Situationen, wo Grenzen gezogen werden mussten. Als ihr Bruder Christoph mit 18 anfing, sich mit Freunden zum Kiffen zu verabreden, war im wahrsten Sinne des Wortes Schicht im Schacht. Ihre Mutter war regelrecht ausgerastet, hatte von Einstiegsdrogen gepredigt, vom viel zu hohen THC-Gehalts des heutigen Haschischs gesprochen und ein klares Verbot verhängt. Aber ansonsten waren die Kindheit und die Jugend für Sabine einfach nur wunderschön in Erinnerung geblieben. Vielleicht lag das auch daran, dass sie mit ihren Geschwistern gemerkt hatte, dass eine Familie nur funktionierte, wenn alle zusammenhielten und gewisse Regeln einhielten. Vielleicht lag es aber auch an ihrem Vater, der immer ein ruhender Pol war. Klar. Er hatte es leicht. Tagsüber verbrachte er die meiste Zeit in seiner allgemeinmedizinischen Praxis, kam erst um 19 Uhr nach

Hause, wenn alle Probleme des Alltags bereits geklärt waren. Aber trotzdem. Ihr Vater war Sabines Vorbild, ihr alles.

Bei diesem Gedanken angekommen, merkte Sabine, dass sie wieder in alte Muster zurückfiel. Genau das war ihr Problem über Jahre gewesen. Sie hatte ihrem Vater eine deutlich übersteigerte Bedeutung gegeben. Kein Mann, der sie begehrte und den sie mochte, konnte ihm genügen. Wollte sie jetzt etwa wieder in diese Abhängigkeit zurückfallen, aus der sie sich doch vermeintlich gelöst hatte?

Sie saß mit gekreuzten Beinen auf ihrem Bett und schüttelte den Kopf. Das durfte nicht passieren. Sie hatte eine gute Familie, immer noch. Mit ihrem Onkel Günter, Tante Frieda, Cousine Barbara und vor allem ihren Geschwistern. Egal, was damals passiert war. Sie durfte nicht wieder anfangen, ihren Vater gottähnlich zu verehren. Auch Raster gegenüber wäre das unfair.

Es gab nur eine Möglichkeit: herausfinden, was wirklich damals und letztes Jahr passiert war. Und den Schuldigen der Polizei zu übergeben.

Sabine hatte es so satt, immer wieder in diese kriminellen Machenschaften hineingezogen zu werden. Doch diese Sache musste in ihrem eigenen Interesse zu Ende gebracht werden.

Sie beschloss, einen Abendspaziergang zu machen. Allein, um den Kopf frei zu bekommen.

Raster, der konzentriert an einer Spieleentwicklung arbeitete, brummte nur ein kurzes »alles klar«, als sich Sabine bei ihm abmeldete.

Sie entschied sich für eine Runde durchs Kreuzviertel, rechts in die Kreuzstraße, über die Lindemannstraße hinweg, dann links in die Arneckestraße und zurück über den Neuen Graben bis zur Großen Heimstraße. Es war ruhig auf den Straßen der Stadt. Das öffentliche Leben war fast komplett heruntergefahren, um die Ansteckungszahlen mit dem neuen Virus so gering wie möglich zu halten. Außerdem war das Wetter schon seit einigen Tagen kühler und unfreundlicher als noch zwei Wochen zuvor. Jetzt passt es eigentlich wieder zur Jahreszeit, dachte Sabine und beobachtete zwei Männer, die ihr unter den Bäumen der Arneckestraße entgegenkamen. Es war schon dunkel, aber das Licht der Straßenlaternen, das durch die fast unbelaubten Bäume fiel, reichte aus, um die beiden sichtbar zu machen. Innerlich musste Sabine grinsen. Die sehen ja aus wie Pat und Patachon, dachte sie, und wich den Männern aus, die an ihr vorbeihasteten. Etwa 200 Meter weiter, mittlerweile war es stockdunkel, weil hier keine Laternen standen, hörte sie hinter sich eilige Schritte, die zügig näher kamen. Irritiert, aber ohne Angst drehte Sabine sich um und erkannte erneut die beiden Männer von gerade, die hinter ihr her eilten. Na, die haben ja wohl was vergessen, dachte sie und schlenderte weiter. In diesem Moment wurde sie gepackt. Gleichzeitig hielt ihr einer der Männer mit festem Griff die Hand auf den Mund. Weder Beißen, Treten noch den Kopf hin und her Schütteln halfen. Die beiden zerrten sie ein Stückchen die Straße entlang zu einem wartenden Lieferwagen, stießen sie ins Innere, wo sie blitzschnell gefesselt und geknebelt wurde. Zusätzlich stülpte ihr einer der

Männer einen Jutesack über den Kopf. Dann wurden die Türen geschlossen, und die Fahrt ging los.

Sabine versuchte erst gar nicht, sich zu befreien. Die Kabelbinder an Händen und Füßen saßen zu fest. Stattdessen konzentrierte sie sich auf die Richtungsänderungen, Geräusche von draußen und die Fahrtzeit. Schon bald war ihr klar, dass es Richtung Norden über die Münsterstraße ging. Aber ungefähr da, wo sie den Stadtteil Eving vermutete, endete ihre Orientierung und sie gab auf.

Das Ganze war so schnell gegangen, dass sie bis zu diesem Zeitpunkt gar keine Zeit gehabt hatte, Angst zu bekommen. Jetzt aber spürte sie ihr Herz rasen und fest im Hals schlagen, und obwohl sie auf dem Boden des Transporters lag, fühlten sich ihre Beine wie Pudding an.

Das letzte Stück der Reise führte sie über einen Feld- oder Waldweg. Der Wagen rumpelte und schlingerte, sodass Sabine mehrfach gegen die Wände des Transporters geschleudert wurde. Schließlich hielten sie an. Die Tür öffnete sich, und nachdem man ihr die Kabelbinder durchtrennt hatte, wurde sie hinausgeführt. Nach einem kurzen Fußweg ging es durch eine Tür, die hinter ihr geschlossen wurde. Die Männer blieben draußen. Sie vernahm das Starten des Motors, und das Geräusch verlor sich schon bald in der Ferne. Sie war allein.

Sicherheitshalber wartete Sabine einige Minuten, bevor sie den Sack langsam von ihrem Kopf zog und den Knebel ausspuckte. Sie befand sich in einer Art Scheune mit einem notdürftig abgetrennten Bereich in einer Ecke, der als Bad genutzt werden konnte. In der Mitte des Raumes standen einsam drei Stühle, und an einer Wand erkannte sie eine dünne Matratze mit einer Decke. Daneben ein Sixpack Wasserflaschen. Innerhalb von wenigen Sekunden war Sabine klar: Dies war der Ort, an dem auch ihre Großmutter festgehalten worden war. Ein Schauer durchlief sie. Hier hatte die arme Lina die letzten Tage ihres Lebens verbracht. Einsam und offensichtlich hungrig und durstig. Welch grausame Tat!

Wenn die Journalistin recht hatte, stellte sich die Frage, wer einen solchen Hass auf die Familie Funda hatte, dass jetzt bereits die dritte Generation leiden sollte. Oder ging es gar nicht um die Fundas, sondern immer nur um dieses bescheuerte Gemälde aus dem Besitz ihres Urgroßvaters, das alle ständig heraufbeschworen?

Sabine tastete ihre Jeanstaschen ab. Natürlich. Das Handy hatten die beiden ihr sofort abgenommen, ebenso ihre Geldbörse und ihren Pager, den sie sicherheitshalber wegen möglicher Diensteinsätze meistens bei sich trug. Erschöpft sank sie auf die Matratze, wo sie einen schwachen Lavendelgeruch wahrnahm. Das Parfum von Oma Lina. Bitter stiegen die Tränen herauf. Sie wehrte sich nicht dagegen.

49. KAPITEL

Dortmund, Kreuzviertel, am selben Abend

Es war spät geworden. Wie immer, wenn sich Raster auf seine Arbeit konzentrierte und einen gewissen Fortschritt verbuchen konnte, vergaß er Zeit und Raum. Erst weit nach Mitternacht schaute er bewusst auf die kleine Uhr in der unteren rechten Ecke seines Desktops. Er lächelte. Die gute Sabine. Sie hatte ihn einfach weiterarbeiten lassen und war schon ins Bett gegangen. Na ja. Er würde noch einmal kurz unter die Dusche springen und dann auch schlafen gehen.

Eine Viertelstunde später öffnete Raster leise und vorsichtig die Tür zu Sabines Zimmer. Drinnen war es stockdunkel. Er zögerte kurz. Nein. Er wollte sie nicht wecken. Heute Nacht würde er in seinem eigenen Bett schlafen. Behutsam zog er die Tür wieder zu und begab sich in sein Reich, wo er wohlig in die Kissen fiel.

»Philo! Hast du Sabine heute Morgen gesprochen? Ihr Bett ist schon gemacht.« Raster trat verschlafen in die Küche, wo Philo das gemeinsame Frühstück laut klappernd vorbereitete.

»Nein. Keine Ahnung, wo sie ist. Hat sie denn keine Nachricht hinterlassen?«

»Ich habe jedenfalls keine gefunden.« Nachdenklich ging Raster zurück in Sabines Zimmer und schaute sich um. Merkwürdig. Er hätte schwören können, dass am Vortag dieselbe Wäsche auf dem Stuhl vor dem Fenster gelegen hatte. Das passte so gar nicht zu ihr. Ein unangenehmes Kribbeln lief ihm den Nacken herunter. Er spürte, wie sich die Härchen an seinen Armen aufstellten. Hier stimmte etwas ganz und gar nicht. Andererseits, überlegte er, hatte sie vielleicht gestern bei ihrem Spaziergang einen Bekannten oder eine Freundin getroffen und war dann über Nacht geblieben. Eigentlich fiel ihm da nur Nora ein. Erleichtert über diese wahrscheinlichste Erklärung griff er zu seinem Handy. Doch während er Noras und Ulis Telefonnummer suchte, fiel es ihm siedend heiß ein: Corona. Natürlich wäre sie in der jetzigen Situation nicht zu Nora gegangen. Die beiden telefonierten zwar stundenlang miteinander, aber beiden waren die momentanen Abstandsgebote heilig. Trotzdem rief er die Freundin an, die keine Ahnung hatte, wo Sabine stecken könnte.

»Kann ich irgendwie helfen?«, fragte Nora besorgt. »Uli ist in der Klinik. Er könnte sich da mal umhören.«

»Das ist eine gute Idee. Vielen Dank. Du meldest dich dann noch mal, okay?«

Sie verabschiedeten sich, während sich Rasters Gedanken überschlugen und die Sorgen übermächtig zu werden drohten.

»Leute! Krisensitzung!«, rief er in die Wohnung und lockte damit eine verschlafen dreinschauende Susanne aus ihrem Schlafzimmer.

Sie setzten sich um den Küchentisch, und Raster berichtete von dem abendlichen Spaziergang und warum er erst am Morgen festgestellt hatte, dass Sabine nicht nach Hause gekommen war.

Diesmal war es Susanne, die das Kommando übernahm. »Raster, du telefonierst alle Krankenhäuser in der Stadt ab. Die Städtischen kannst du ja auslassen, da kümmert sich Uli drum. Ich werde mit den Kollegen aus dem Präsidium telefonieren, ob es heute Nacht irgendwelche Auffälligkeiten gegeben hat, die mit Sabines Verschwinden zu tun haben könnten. Und du, Philo, machst einen Spaziergang.«

Der Angesprochene zog verwirrt die Augenbrauen hoch. »Äh, Liebste, Dortmund ist groß. Wo soll ich denn bitteschön überall rumlaufen?«

»Ich denke, dass Sabine nur ihre übliche kleine Runde machen wollte. Es war schon recht spät gestern. Du weißt doch: Kreuzstraße, Arneckestraße und über den Neuen Graben zurück. Achte auf alles, was verdächtig sein könnte. Guck auch auf den Bürgersteig und die Straßen, ob da vielleicht etwas liegt, das wir ihr zuordnen können. Und danach treffen wir uns wieder hier. Raster, dir ist bewusst, dass die Polizei nichts unternehmen wird? Dazu ist es noch viel zu früh.«

Raster nickte traurig. »Ist klar. Ich geh mal telefonieren.«

Eine knappe Stunde später trafen sie sich wieder in der Wohnung. Die Mienen der drei sprachen Bände.

»Also, die Krankenhäuser haben nichts«, sagte Raster als Erster. »Uli hat mich auch schon kontaktiert. Im Städtischen ist sie ebenfalls nicht aufgetaucht. Und bei euch?«

Susanne hob den Kopf. »Na ja, ich weiß nicht, ob das was mit Sabine zu tun hat. Aber die Kollegen haben gestern Nacht den Anruf eines etwas übereifrigen Bewohners an der oberen Arneckestraße wegen Ruhestörung auf der Straße reinbekommen. Als sie da ankamen, war da aber nichts.«

»Das hat sehr wohl was mit Sabine zu tun«, erklärte Philo und beförderte einen kleinen Gegenstand auf den Küchentisch.

»Sabines Pager!«, rief Raster aufgeregt aus. »Wo hast du den gefunden?«

»An der oberen Arneckestraße auf dem Bürgersteig. Sag mal, Susanne: Haben deine Kollegen beschreiben können, was das für ein Krach war, den der Anwohner gehört hat?«

»Das habe ich nicht rauskriegen können. Aber ich hak da sofort noch mal nach.« Sie schnappte sich ihr Handy, wählte eine Nummer, ließ sich dann mehrfach verbinden und lauschte. Nachdem sie das Gespräch beendet hatte, erzählte sie: »Das könnte passen. Der Bewohner gab an, unterdrücktes Schreien, laut schlagende Wagentüren und quietschende Reifen gehört zu haben. Alles nur ganz kurz, aber er hat dann sofort die Kollegen angerufen.«

Stumm saßen die drei am Küchentisch und ließen die Köpfe hängen.

»Okay. Dann müssen wir wohl vom Schlimmsten ausgehen: Sabine ist ebenfalls entführt worden«, sagte schließlich Raster, und keiner widersprach ihm.

50. KAPITEL

Dortmund Brechten, 2. Hälfte März 2020

Paul hatte ein Problem. Fairerweise sollte man sagen, Paul hatte einen Haufen Probleme. Aufgrund der Schwierigkeiten mit der deutschen Sprache hatte er sich nur sehr sporadisch über das allgemeine Zeitgeschehen informiert. Weder Fernsehen noch Zeitungen interessierten ihn sonderlich. Ab und zu, aber eher selten, hatte er sich in seinem Laptop die Online-Ausgabe einer englischen Zeitung angesehen. Was er da allerdings über die neue englische Regierung zu lesen bekam, fand er mehr abstoßend als erhellend. Natürlich hatte er mitbekommen, dass Corona auch Deutschland und Europa erreicht hatte. Aber welche Ausmaße das Ganze mittlerweile hatte, war an ihm vorbeigegangen. Dazu kam, dass seine Vermieter ihn offenbar bewusst von diesen Neuigkeiten fernhielten. Sie waren froh und dankbar für einen zahlenden Gast. Das wusste er jetzt, aber nun war es zu spät. Er hatte seine Pläne aufgegeben.

Selbst wenn Kim recht hatte.

Vor einer Woche hatte er zum letzten Mal mit seiner neuen Freundin einen schönen Abend in einer Pizzeria in Brechten verbracht. Einen Tag später wurden alle Bars und Restaurants geschlossen. Sie hatte ihm von sich aus die Geschichte ihrer ehemaligen Nanni Sabine erzählt, soweit sie die kannte. Von ihrer Großmutter, die letztes

Jahr entführt und dann an den Folgen der Misshandlungen verstorben war, dem reichen Gutshof mit dem Reitstall, wo sie selbst schon viel Zeit verbracht hätte. Von einem besonders wertvollen Bild wusste sie allerdings nichts. Sie reagierte sogar erstaunt, als Paul ihr erzählte, was er an dem Nachmittag im Biergarten zufällig aufgeschnappt hatte. »Das sagt mir jetzt alles überhaupt nichts. Ein Bild von der WM 1954 im Gutshof? Das passt irgendwie nicht. Kann ich mir beim besten Willen nicht vorstellen. Aber ich habe auch nie auf die Bilder geachtet. Kunst ist nicht so meins.« Kim lachte und schenkte ihnen von dem Rotwein nach.

»Das Merkwürdige war, dass Sabine und ihre Freunde nach einem besonderen Gemälde suchen. Und ich weiß, das wird dich jetzt erstaunen, ich auch. Vor allem suche ich nach der Familie hinter dem Bild.«

Kim zog erstaunt die Nase kraus. »Verstehe ich nicht. Warum suchst du ausgerechnet hier nach einem Bild und einer Familie? Davon hast du mir noch nie etwas gesagt.«

Paul wand sich innerlich. Was konnte er Kim anvertrauen? Er erzählte ihr schließlich die ganze Geschichte, ließ dabei aber aus, wie er an den alten Brief gekommen war, und dass ihn die Recherche nach dem Eigentümer zu Kims Vater geführt hatte.

Sie überlegte eine Zeit lang und meinte dann: »Warum auch immer du das Bild und diese Familie hier suchst: Wenn da jemand infrage kommt, sind es tatsächlich die Fundas. Soweit ich weiß, ist das die Familie mit der größten privaten Gemäldesammlung in ganz Westfalen.«

Selbst wenn Kim recht hätte.

Die Sache war ihm zu heiß. Der Pub war geschlossen. Finley war so gut wie nicht mehr zu sehen. Und der war ihm sowieso nicht geheuer. Außerdem war da diese abenteuerliche Geschichte über die arme alte Frau Funda. Nein. Er hatte sich da in was verrannt. Anfangs war es noch eine spannende Sache gewesen, die ihm etwas bedeutet hatte, weil sie dazu beigetragen hatte, dass er seinen Lebensweg geändert hatte. Aber jetzt hatte er ein ganz anderes Problem. Wie sollte er nach Hause kommen? Die Grenzen waren dicht. Kein Flieger ging mehr. Die Fähren fuhren nicht. Er saß in Dortmund fest. Sein Werkstattmeister hatte ihn durchs Telefon angebrüllt, wie blöd man eigentlich sein könne. Alle hätten doch zeitgerecht abreisen können. Warum ausgerechnet er nicht? Es war zum Verrücktwerden. Kim war in ihre Studentenbude nach Bochum abgereist, die sie sich mit einer Freundin teilte. Sie wollten den Corona-bedingten Shutdown zumindest zu zweit aussitzen. Er kannte niemanden hier, musste sich mittlerweile Lebensmittel kaufen und sich das Essen selbst zubereiten. Essen im Gasthaus ging ja nicht mehr. Alle Museen hatten geschlossen, teilweise sogar die Parks. Keine Konzerte, keine Jazzkeller. So musste er auch seine touristischen Unternehmungen im Ruhrgebiet beenden.

Das Einzige, was er hatte, war ein Name. Wahrscheinlich aus der Familie, die er ursprünglich gesucht hatte: Sabine Funda, wohnhaft in Dortmund.

51. KAPITEL

Irgendwo nördlich von Dortmund, Ende März 2020

Die erste Nacht in der Scheune zog sich endlos hin. Wenn Sabine einschlief, wachte sie nach wenigen Sekunden oder höchstens Minuten mit rasendem Puls und panischer Angst wieder auf. Mehrfach stand sie auf, ging in dem großen Raum hin und her wie ein Tiger im Käfig und zermarterte sich das Hirn, was das alles zu bedeuten habe und wie sie hier herauskäme. Schon bald war ihr klar, dass es keine einfache Fluchtmöglichkeit gab. Die Wände waren massiv mit Holzpaneelen verstärkt, die einzige Tür nach draußen bewegte sich keinen Millimeter, als sie an ihr rüttelte. Die Bolzen der Türaufhängung zu entfernen, wie sie das in einem Film einmal gesehen hatte, kam auch nicht infrage, da die Türangeln außen angebracht waren. Außerdem hatte sie nicht das entsprechende Werkzeug dafür. Eine Flucht über das Dach konnte ebenfalls nicht gelingen, weil dieses viel zu hoch war, und es abgesehen von ein paar Strohballen nichts gab, worauf sie hätte klettern können.

Wieder legte sie sich auf die Matratze und verschränkte die Arme hinter ihrem Kopf. Sie zwang sich, konzentriert jeden Winkel ihres Gefängnisses mit der Frage zu erkunden, ob es eine Schwachstelle geben könnte. Nichts. Das Licht der zwei Glühbirnen blendete sie, als sie diesen Bereich in Augenschein nahm. Wo war eigentlich der Lichtschalter? Sie erhob sich von ihrem Lager und verfolgte mit ihrem Blick den Verlauf der beiden Kabel, an denen die Fassungen hingen. Sie waren jeweils um einen der Stützbalken gewickelt, gingen senkrecht nach oben bis in den Dachfirst, wo sie durch Lüsterklemmen parallel geschaltet waren. Das Ursprungskabel verschwand oberhalb der Eingangstür in der Außenwand. Also wird der Schalter außerhalb sein, dachte Sabine. Merkwürdig. Ihr Blick ging zurück zu den nackten Birnen, die von einfachen Fassungen gehalten wurden. Ganz langsam kam ihr eine Idee. Zwar sehr gewagt und gefährlich, aber doch denkbar …

Endlich drangen die ersten Lichtstrahlen durch die schmalen Ritzen, und die Vögel setzten zu ihrem Morgenkonzert an. Sabine fühlte sich vollkommen zerschlagen. Müde benutzte sie das Bad und setzte sich auf einen der drei Stühle. Irgendjemand musste doch mit ihr in Kontakt treten und ihr mitteilen, was das Ganze sollte. Drei lange und zermürbende Stunden vergingen, bis sie endlich Schritte hörte und die Tür geöffnet wurde.

Herein kamen Pat und Patachon, sowie ein mit einer schwarzen Wollmütze, in die zwei Sehschlitze geschnitten waren, vermummter dritter Mann. Die beiden, die sie entführt hatten, blieben im Hintergrund. Der dritte trat auf sie zu und musterte sie zunächst schweigend aus wässrigen blauen Augen.

Innerlich bebte Sabine vor Angst, hielt aber dem Blick stand. »Was wollen Sie von mir? Hat es Ihnen nicht gereicht, meine Großmutter zu Tode zu quälen?«

»Die hatte leider nicht die richtigen Antworten auf meine Fragen«, antwortete der Mann mit ruhiger Stimme.

Erschrocken fuhr Sabine zusammen. Sie erkannte die Stimme sofort. Erst vor wenigen Tagen hatte sie mit diesem Mann gesprochen. »McGyver? Sie? Was soll das?«

Der Mann ließ scheinbar frustriert die Schultern sinken und schüttelte den Kopf. »Ich hatte befürchtet, dass du mich sofort erkennst. Aber jetzt ist es auch egal.« Er zog die Mütze ab und blickte Sabine traurig an. »Sterben müssen wir alle, kleine Sabine. Nur du vielleicht ein bisschen vor der Zeit. Aber vorher haben wir beide noch etwas zu regeln. Ich brauche deine Hilfe. Und ich hoffe sehr, dass du kooperativer bist als deine sture Großmutter.« Er strich sich die schütteren Haare glatt, die durch das Absetzen der Mütze wild durcheinandergeraten waren. »Du weißt, worum es geht?«

Sabines Stimmung hatte bei den letzten Sätzen des Mannes eine massive Veränderung erlebt. Aus ihrer Angst war eine kaum zu bezähmende Wut geworden. Was bildete sich dieser Kerl eigentlich ein? Er war verantwortlich für den Tod von Lina, und jetzt wollte er ihr das gleiche antun. Wegen eines Bildes? Sie ballte die Fäuste und war drauf und dran, auf McGyver loszugehen. Aber was sollte das bringen? Sie beherrschte sich und zwang sich zur Ruhe. »Ich nehme an, es geht mal wieder um irgendein bescheuertes Bild?«

»Kein *bescheuertes* Bild!«, entgegnete McGyver wütend. »Es ist ein Gemälde von unschätzbarem Wert. Wahrscheinlich mehr als 20.000.000 Euro. Ein Gemälde, auf dem der Reichtum deiner Familie gegründet ist und das dein Urgroßvater meiner Familie zugesprochen hat. Ist dir eigentlich klar, dass deine Familie und du gar nicht existieren würden, wenn mein Großvater nicht gewesen wäre? Uns gehört das Bild! Und wenn meine Familie so blöd ist, darauf zu verzichten, ich bin es nicht. Basta!«

»Wenn Sie auf den Brief anspielen, den mein Urgroßvater Ihrem Großvater geschrieben hat, so verstehe ich den etwas anders. Wieso eigentlich Ihre Familie? Die englische Familie heißt Danning und nicht McGyver.«

»Schluss jetzt mit dem Gequatsche!«, brüllte McGyver, ohne auf Sabines Frage zu antworten. »Ihr habt doch längst etwas herausgefunden. Also, wo ist das verdammte Bild?«

»Ich sterbe doch sowieso, haben Sie gesagt. Warum sollte ich Ihnen jetzt noch helfen?«, fragte Sabine wie ein freches Schulmädchen, obwohl sie sich gar nicht so fühlte. »Wird mein Tod noch grausamer sein, wenn ich Ihnen nicht helfe?« Selbst ein spöttischer Ton gelang ihr trotz ihrem Zorn.

McGyver schwieg einen Augenblick und sah sie ernst und ruhig an. »Nein. Der Unterschied wird ein anderer sein«, sagte er kryptisch.

»Ach ja? Welcher denn?«

Der Mann drehte sich um und ging langsam zur Tür. »Ich gebe dir bis morgen Zeit. Und glaub mir, ich bekomme meine Antworten. Pitt, Basti, kommt, wir gehen.«

Die beiden Angesprochenen waren schon nach draußen getreten, als sich McGyver noch einmal umdrehte. »Ach übrigens, Sabine«, sagte er in einem liebenswürdigen Tonfall. »Ich kenne die Adresse deiner Schwester. Hanna, nicht wahr? Und diese beiden entzückenden Mädchen. Wie heißt ihre Tochter doch gleich? Klarissa. Jetzt fällt es mir wieder ein. Also, bis morgen.«

52. KAPITEL

Dortmund, Kreuzviertel, Ende März 2020

»Seid mir nicht böse, aber ich kann einfach nicht mehr. Ihr könnt ja gerne noch sitzen bleiben, aber ich gehe ins Bett.« Nur halbherzig die Hand vor den Mund haltend, erhob sich Susanne von ihrem Stuhl und gähnte herzhaft.

»Alles klar. Geh ruhig. Versuch zu schlafen. Vielleicht legst du dich in Sabines Zimmer, dann störe ich dich gleich nicht.« Mitleidig folgte Philos Blick Susanne, die wortlos und mit hängenden Schultern die Küche verließ. »Das ist eigentlich alles viel zu viel für sie. Sie sollte sich unbedingt noch schonen.«

Raster nickte müde.

Den ganzen Tag über hatten sie wild herumtelefoniert, waren kreuz und quer durch die Stadt gefahren, hatten versucht, über Susannes und ihre eigenen Kontakte die Polizei einzuschalten. Alles ohne Erfolg. Danach hatten sie stundenlang am Küchentisch diskutiert, waren aber letztendlich keinen Schritt weitergekommen.

»Wir können doch nicht tatenlos rumsitzen und nichts tun.« Verzweifelt schüttelte Raster seine Locken.

Philo zupfte nachdenklich nicht vorhandene Schuppen von seinem Pullover. »Pass mal auf und bitte sei mir jetzt nicht böse, dass ich wieder damit anfange. Aber wir glauben doch alle, dass es derselbe Entführer ist, der letztes Jahr auch Lina geschnappt hat.«

Raster nickte.

»Dann können wir weiterhin davon ausgehen, dass das Motiv ebenfalls dasselbe ist.«

Wieder nickte Raster.

»Wir sind bei Lina davon ausgegangen, dass die Entführung wegen eines geheimnisvollen, wertvollen Gemäldes stattgefunden hat. Da sind wir nicht so recht weitergekommen. Die letzte Vermutung war aber, dass das mit dem Bild von der Fußball-WM 1954 zusammenhängen könnte.«

»Och, Philo! Ehrlich jetzt? Fängst du wieder damit an? Das hatten wir doch schon. Das Ding steht im Keller des Fußballmuseums und landet demnächst im Müll. Fertig.«

»Hör mir bitte doch einmal zu! Erstens haben wir keinen anderen Hinweis, und zweitens gibt es doch immer die – zugegebenermaßen geringe – Möglichkeit, dass sich unter dem Rahn-Bild das gesuchte befindet.«

»Selbst wenn. Wie bringt uns das Sabine zurück?«, fragte Raster.

»Ich sehe darin sogar die einzige Chance, Sabine zu befreien. Erinnere dich an letztes Jahr! Wir wollten die Presse einschalten. Okay, nur zum Schein, weil wir das Bild ja nicht hatten. Aber jetzt ist die Sachlage anders. Wenn wir das Bild wirklich finden würden und dann die Presse einschalten, könnten wir vielleicht den Entführer dazu bewegen, Sabine freizulassen.«

Raster dachte nach. »Es fällt mir zwar schwer, das zuzugeben, aber da steckt eine gewisse Logik hinter. Nur, wie sollen wir das anstellen? Das Museum ist geschlossen. Ich glaube nicht, dass ich jemanden dazu bewegen kann, uns reinzulassen. Trotz meiner Kontakte.«

Wieder dachten sie minutenlang nach.

»Es würde vielleicht klappen, wenn unsere Argumente stärker wären« philosophierte Philo.

»Sollen wir den Leuten vom Museum irgendeine Geschichte auftischen, die gar nicht stimmt?«

»Nein. Erinnerst du dich daran, dass Sabine von diesem Freund ihres Opas erzählt hat?«

»Diesem Maler? Ja. Und?«

»Der hatte doch zwei Söhne, die noch in seinem Haus wohnen sollen. Wenn wir über die herausbekommen, dass ihr Vater solche Übermalarbeiten tatsächlich gemacht hat, wäre das für die Museumsleute ein ziemlich starkes Argument dafür, dass wir uns das Bild zumindest mal näher anschauen dürfen.«

»Vielleicht erinnern sich die Brüder ja sogar konkret an dieses Bild? Das wäre natürlich am allerbesten.« Raster war mittlerweile ganz bei der Sache. »Lass uns das versuchen, Philo. Immer noch besser, dabei einen Reinfall zu erleben, als gar nichts zu tun.«

Zunächst mussten sie den Namen des Malers und seiner Söhne sowie die Adresse und Telefonnummer in Erfahrung bringen. Dazu riefen sie bei Sabines Onkel Günter Funda in Münster an. Es war zwar schon nach 21 Uhr, aber Günter nahm ihnen die Störung in keiner Weise übel. Das letzte und für Philo einzige Mal hatten sie sich auf Linas Beerdigung gesehen. Verwundert fragte Günter, warum sie sich denn nicht bei Sabine nach dem Maler erkundigten. Er wäre sich sicher, dass sie über ihn Bescheid wüsste. Raster erzählte ihm daraufhin eine Geschichte von anstrengenden Krankenhausdiensten jetzt zu Corona-Zeiten, und dass er Sabine damit nicht belästigen wollte. Er brachte es nicht übers Herz, Günter die Wahrheit zu sagen.

»Natürlich kenne ich den Maler«, sagte er schließlich. »Als Kinder sind wir da öfter zum Spielen gewesen. Wobei, ehrlich gesagt, sind wir nur häufiger hingegangen, weil die Frau von Hartmut Becker uns ständig mit Süßigkeiten verwöhnt hat. Sie hatte einen unerschöpflichen Vorrat an Lakritz, Zuckerstangen und Bonbons.« Günter lachte. »Auf jeden Fall wohnen die beiden Söhne noch in dem Haus. Lutz und Rüdiger. Mit Rüdiger bin ich sogar in eine Klasse gegangen. Beide sind verwitwet und hängen aneinander wie ein altes Ehepaar.«

Nachdem Günter die Adresse durchgegeben hatte und eigenartigerweise gar nicht fragte, wozu Raster diese Informationen brauchte, bedankte sich dieser und legte auf.

Die zugehörige Telefonnummer fanden sie ohne Probleme im Internet, entschieden dann aber, dass es für einen weiteren Anruf zu spät war. Gleich am nächsten Morgen wollten sie den Brüdern ein paar Fragen zur Arbeit ihres Vaters stellen.

Auf dem Weg in ihre Betten, ganz in Gedanken über die zukünftigen Schritte, riss sie plötzlich erneut das Festnetztelefon in die Gegenwart zurück.

Philo war als Erster am Apparat. Natürlich erwartete er irgendeine Information über Sabine. Umso erstaunter lauschte er einer Männerstimme, die mit gebrochenem Deutsch und englischem Akzent nach Sabine fragte. Philo erkannte die Stimme sofort als die des jungen Mannes, der sie im Biergarten angesprochen hatte. Man einigte sich schnell darauf, in Englisch weiterzusprechen, was bei

Paul Fisher große Erleichterung verursachte. Als Philo ihm wie bei ihrem letzten kurzen Gespräch unmissverständlich klarzumachen versuchte, dass sich Paul bitte aus ihren Privatangelegenheiten heraushalten sollte, ließ sich dieser aber diesmal nicht so schnell abwimmeln.

»Bitte entschuldige. Ich weiß, das kommt jetzt aufdringlich rüber. Aber ich habe viel über die Tatsache nachgedacht, dass wir uns ausgerechnet in diesem Biergarten getroffen haben, und dass ihr offensichtlich nach einem verschollenen Gemälde sucht. Ich glaube mittlerweile, dass wir dasselbe Bild meinen. Ich bin mir außerdem sicher, dass ich einige interessante Informationen für euch habe.«

»Welche denn?«, fragte Philo skeptisch.

»Das kann ich am Telefon nicht erklären. Wir müssen uns treffen.«

»Hallo«, sagte Philo spöttisch. »Schon vergessen? Wir leben in Corona-Zeiten. Da geht das nicht so einfach.«

»Ich weiß. Bitte! Irgendwie müssen wir das hinkriegen.«

»Warte mal einen Moment.« Philo deckte mit der Hand den Hörer ab und fasste für Raster und Susanne, die vom Klingeln in den Flur gelockt worden waren, kurz zusammen.

Beide reagierten genauso skeptisch wie Philo, aber Raster fasste sich ein Herz. »Wenn das irgendwie dabei hilft, dass wir Sabine wiederfinden, dann soll er halt kommen. Corona hin oder her.«

»Paul? Wir sind einverstanden. Morgen früh um 9 Uhr bei uns.« Philo gab Paul noch schnell die Adresse und eine kurze Wegbeschreibung durch und legte auf. »Hoffentlich war das kein Fehler«, meinte er zweifelnd und verschwand im Bad.

53. KAPITEL

Irgendwo im Norden Dortmunds, am nächsten Morgen

Auch die zweite Nacht war ein nicht enden wollender Höllentrip. Vollkommen gerädert machte sich Sabine, so gut es ging, frisch, als die ersten Sonnenstrahlen durch die Schlitze fielen. Alles war wieder hochgekommen. Alle Überlegungen und Vermutungen des letzten Jahres dieses verdammte Bild betreffend. Was hatten sie eigentlich wirklich herausbekommen? Ein wertvolles Gemälde, das wahrscheinlich von ihrem Urgroßvater entwendet wurde, dessen Name keiner kannte und das unauffindbar blieb. Ein ominöser Brief an eine Familie Danning in York. Ein Enkel, der mehr Kapital aus dem Brief ziehen wollte als der Rest der Familie und spurlos verschwunden war.

Eines war Sabine klar. Auf keinen Fall wollte sie versuchen, McGyver reinzulegen. Mit Tricks kam sie nicht mehr weiter. Ihr Leben stand auf dem Spiel. Aber was konnte sie ihm anbieten? Die einzige, winzig kleine Spur, die sie hatten, war das Bild von der Fußball-WM 1954. Konnte es wirklich sein, dass sich darunter das gesuchte Meisterwerk befand? Und reichte diese Möglichkeit aus, sie McGyver als Antwort zu präsentieren?

Unmissverständlich hatte er Sabine klargemacht, dass sie auf jeden Fall sterben würde. Die Frage war, ob er sich auch an Hanna und Klarissa vergreifen würde. Das musste sie unbedingt verhindern. Also: Schonungslose Offenheit war angesagt.

Nachdem sie so weit gekommen war, konzentrierte sie sich auf ihre zweite Aufgabe: die Flucht. Schritt für Schritt ging sie in Gedanken alles durch, überlegte sich mögliche Unwägbarkeiten und dachte vergeblich über Alternativen nach. Ihr erster Plan musste gelingen.

Um etwa 9 Uhr hörte sie einen Wagen vorfahren und anschließend Schritte. Die Tür wurde geöffnet, und McGyver trat ein. Seine beiden Helfer blieben diesmal draußen. Er setzte sich auf einen der drei Stühle und bat Sabine mit einer Handbewegung, ihm gegenüber Platz zu nehmen. Sofort fiel ihr eine Veränderung bei ihm auf. Seine augenscheinliche Überheblichkeit, sein angedeutetes hämisches Lächeln waren verschwunden. Die Augen zuckten unruhig hin und her, und die Lippen waren zu schmalen Strichen aufeinandergepresst. Was war geschehen? Sabine wusste nicht, ob sie diese Veränderung beruhigen oder ängstigen sollte. Auf jeden Fall schien der Mann zu allem bereit zu sein.

»Du hast eine Nacht Zeit gehabt, über alles nachzudenken. Das sollte genügen«, kam er direkt zur Sache. »Was hast du mir zu sagen?«

Sabine hatte sich entschieden, alles auf den Tisch zu legen, was sie wusste. Also tat sie es. Sie erzählte ihm von dem Brief, was ihn nicht sonderlich zu interessieren schien, von ihrer Suche im Haus und schließlich der einzigen Vermutung, die ihnen geblieben war. »Wir glauben, dass mein Urgroßvater das gesuchte Bild von einem lokalen Maler hat übermalen lassen. Und zwar mit einem nur mäßig interessanten Motiv, nämlich dem entscheidenden Torschuss von Rahn bei der WM 1954 zum drei zu zwei.« Sie erzählte McGyver, dass Lina das Bild, das ihr offenbar gar nicht gefallen hatte, 2015 dem Deutschen Fußballmuseum zur Eröffnung gespendet hatte, wo es jetzt aufbewahrt wurde. »Allerdings wollte das Kuratorium des Museums das Bild und einige andere Dinge, die nie in die Ausstellungsräume gelangen werden, demnächst entsorgen. Das ist bis jetzt sicherlich noch nicht passiert, denn dann kam der Shutdown wegen Corona.«

Nachdenklich zupfte McGyver an seiner Unterlippe. »Übermalt, sagst du? Das wäre tatsächlich eine Möglichkeit. Und wo genau wird das Bild im Museum aufbewahrt? Weißt du das?«

»Mein Freund hat von irgendwelchen Lagerräumen im Keller des Museums gesprochen. Genaueres wusste er auch nicht«, antwortete Sabine wahrheitsgemäß.

Wieder dachte McGyver einige Zeit nach. »Okay. Hör zu! Wir werden das überprüfen. Allerdings wird das ein paar Tage dauern. Solange wirst du noch unser Gast sein müssen. Wir werden dir ausreichend Lebensmittel bereitstellen. Du sollst ja nicht hungern wie deine arme Großmutter.«

Da war sie wieder. Die teuflische Gemeinheit in seinem Blick. Offensichtlich hatte ihm das, was Sabine erzählt hatte, gefallen. Er hat wieder Oberwasser, dachte sie bekümmert.

»Ach, eine Sache noch«, sagte McGyver. »Deine Freunde. Was haben sie in dieser Sache für Pläne? Wollen sie auch an das Rahn-Bild rankommen? Gibt es da irgendwelche Überlegungen? Und sei ehrlich! In deinem ureigenen Interesse.«

»Ganz ehrlich«, antwortete Sabine und sah dabei McGyver offen an, »wir hatten die ganze Angelegenheit abgehakt. Sie war uns zu unsicher und außerdem jetzt in Corona-Zeiten auch zu schwierig nachzuprüfen. Nein, da gibt es keine Pläne in dieser Richtung.«

54. KAPITEL

Dortmund, Kreuzviertel, Freitag 27. März 2020

Pünktlich um 9 Uhr klingelte es an der Wohnungstür. Philo, der gerade dabei war, Kaffee zu kochen, öffnete die Tür.

»Die Haustür stand offen«, entschuldigte sich Paul etwas atemlos von den vielen Treppen. »Gibt es hier keinen, wie heißt das elevator?«

»Aufzug«, übersetzte Philo lächelnd. »Komm rein! Von mir aus können wir beim Englischen bleiben, wenn dir das leichter fällt. Wir sind ziemlich fit, was das angeht.«

Susanne und Raster saßen bereits in der Küche und begrüßten den Neuankömmling.

»Vielleicht eine Sache vorweg«, begann Susanne. »Wir wohnen hier seit Wochen zusammen und hatten kaum andere Kontakte. Können wir einigermaßen sicher sein, dass du gesund bist? Hast du irgendwelche Krankheitssymptome oder warst du mit kranken Personen zusammen?«

Paul guckte ernst in die Runde, dann setzte er zu einem trockenen Husten in seine Armbeuge an. »Entschuldigt. Ein wenig Husten und seit drei Tagen erhöhte Temperatur. Sonst ist alles in Ordnung.« Wieder guckte er in die entsetzte Runde und fing an zu lachen. »Leute! Das würde ich euch doch nicht antun. Nein, mit mir ist alles okay.«

»Sehr witzig«, kommentierte Raster den schlechten Scherz. »Lasst uns trotzdem ein wenig Abstand halten. Eine Corona-Infektion brauchen wir jetzt nicht auch noch.«

»Hat irgendwer Lust auf Frühstück?«, fragte Susanne.

Alle schüttelten den Kopf.

»Okay. Dann eben nur Kaffee.« Sie füllte vier Becher und reichte sie in die Runde.

»Also, Paul. Was hast du denn so Spannendes für uns?«, fragte Philo. »Du sprachst davon, dass du nach demselben Bild suchen würdest wie wir. Das kann ich mir, ehrlich gesagt, überhaupt nicht vorstellen.«

Paul, der sich genau überlegt hatte, was er erzählen wollte und was nicht, begann: »Ich stamme aus Brighton, Südengland. Ganz in der Nähe gibt es ein kleines Städtchen namens Worthing. Dort ist mir vor ein paar Jahren ein alter Brief von einem Deutschen an einen Engländer in die Hände gefallen. Warum und wie, spielt jetzt keine Rolle. Auf jeden Fall hat der mich neugierig gemacht, zumal ich die Schrift nicht lesen konnte. Es stellte sich heraus, dass er in Sütterlin verfasst worden war und aus den ersten Jahren nach dem Zweiten Weltkrieg stammte. Der Inhalt …«

»Stopp. Entschuldige, dass ich da unterbreche. Aber den Inhalt kennen wir bereits.« Philo griff hinter sich und nahm die Kopie des Briefes vom Sideboard. »Ist es dieser hier?«

Paul warf einen Blick auf den Brief und nickte erstaunt. »Woher habt ihr den?«

»Lange Geschichte«, antwortete Raster. »Auf jeden Fall ist das ein Brief von Sabines Urgroßvater an eine

Familie Danning in York. Er war mit dem alten Danning, William, befreundet.«

»Also hatte ich recht«, meinte Paul mehr zu sich als zu den anderen.

»Womit hattest du recht?«, fragte Susanne.

»Ich erzähle einfach mal weiter«, antwortete Paul, ohne auf Susannes Frage direkt einzugehen. »Ich war damals in einer psychisch ziemlich labilen Verfassung. Mir war nicht mehr klar, wie es weitergehen sollte.« Paul lehnte sich zurück und rieb sich mit beiden Händen übers Gesicht. »Bis dahin war das Leben nicht sehr fair zu mir. Meinte ich jedenfalls. Ich war egoistisch und teilweise auch narzisstisch geworden. Dieser Brief hat mich damals unglaublich berührt. Ich konnte es nicht fassen, dass ein Mann aus reiner Dankbarkeit und Freundschaft einem anderen, nein, gleich einer ganzen Familie über Generationen hinweg ein solches Angebot macht. Freiwillig vom eigenen Reichtum abgeben. Für mich bis dahin unvorstellbar. Mich hat das so berührt, dass ich beschloss, dieses Bild und vor allem die dazugehörige deutsche Familie zu suchen.«

»Wahnsinn«, kommentierte Susanne mit offenstehendem Mund. »Dann ging es dir aber wirklich schlecht. Was war denn los?«

»Bitte habt Verständnis dafür, dass ich das nicht näher erläutern möchte. Es waren auch, so viel kann ich sagen, ein paar kriminelle Elemente dabei. Jedenfalls hat es noch einige Jahre gedauert, bis ich meinen Plan in die Tat umsetzen konnte, weil ich mich beruflich neu orientiert habe. Ich besitze mittlerweile eine eigene Autowerkstatt in Cambridge.«

»Gratuliere!«, meinte Raster zynisch und klatschte. »Und dann bist du hier gelandet? Ausgerechnet in Dortmund? Das will mir einfach nicht einleuchten.«

»Wie ihr gesehen habt, fehlt der unterste Teil des Briefes, wo wahrscheinlich die Unterschrift und damit der Name des Absenders gestanden hat. Meine einzige Chance bestand also darin, zunächst einmal den Besitzer des Originalbriefes ausfindig zu machen.«

»Wir haben vermutet, dass das ein Enkel des Adressaten war. Ein gewisser Finley Danning. Der hat nämlich, wie wir von seiner Schwester erfahren haben, im Unfrieden die Familie verlassen und ist seitdem verschwunden. Übrigens ist dabei auch der Brief zerrissen.« Philo zeigte auf den unteren Rand der Kopie.

»Interessant«, sagte Paul. »Wisst ihr denn auch, warum dieser Finley im Streit abgehauen ist?«

»Es hat in den 90er-Jahren eine Situation gegeben, wo sich die Familie Danning tatsächlich auf den Brief bezogen hat und die Fundas um Hilfe gebeten hat«, antwortete Raster. »Daraufhin hat Sabines Großmutter den Dannings 100.000 Mark überwiesen. Finley fand das unfair. Er meinte damals, dass ihnen viel mehr zustand. Zumindest der komplette Wert des betreffenden Gemäldes. Darüber hat sich die Familie dann zerstritten.«

»Was ist im letzten Jahr eigentlich genau passiert?«, fragte Paul. »Warum habt ihr so intensiv nach dem Bild gesucht? Ich habe nur sehr oberflächliche Informationen darüber bekommen.«

Raster, Philo und Susanne schauten sich an. Schließlich antwortete Susanne: »Sabines Großmutter ist entführt worden. Wir hatten schon bald den starken Verdacht, dass das wegen des Gemäldes passierte. Letztendlich ist sie dann umgebracht worden. Wir vermuten, weil sie selbst nichts Genaues darüber wusste. Und jetzt …«, sie zögerte und suchte noch einmal den Blickkontakt mit ihren Freunden, »… jetzt ist auch Sabine entführt worden. Wir befürchten das Schlimmste.« Verstohlen wischte sie sich eine Träne aus dem Gesicht.

»Was glaubt ihr denn, wer dahintersteckt?«, fragte Paul erschrocken.

»Ursprünglich, also letztes Jahr, haben wir gedacht, dass Finley Danning der Drahtzieher sein müsste«, antwortete Philo. »Er war derjenige, der sich ungerecht behandelt fühlte und unbedingt mehr haben wollte. Aber der ist nirgendwo zu finden. Selbst die englische Polizei findet keine Spur von ihm. Ich glaube mittlerweile nicht mehr, dass der überhaupt noch lebt. Irgendein anderer hat Wind von der Sache bekommen, vermute ich, und will unbedingt an das Bild kommen. Aber wer?« Er zuckte mit den Schultern.

»Jetzt wird einiges klar. Diese Informationen haben mir noch gefehlt«, sagte Paul und schaute mit sorgenvollem Blick in die Runde. »Ihr lagt vollkommen richtig mit eurer Vermutung. Finley Danning ist der Bösewicht.«

»Wie kommst du darauf?«, fragte Raster.

»Als ich damals den Besitzer des Originalbriefes gesucht habe, stieß ich auf den Namen Finley Danning. Aber wie ihr konnte ich ihn zunächst nicht finden. Ich wollte schon aufgeben, bis ich schließlich auf einen interessanten Hinweis stieß: Danning war 1995 nach Dortmund ausgewandert. Das Problem war nur: Hier gab es keinen Finley Danning. Ich habe daraufhin monatelang die Übersetzungen der einschlägigen Dortmunder Zeitungen online gelesen, bis ich einen Verdachtstreffer hatte. Den hab ich mir dann über eine, zugegeben halboffizielle Verbindung bestätigen lassen.«

»Jetzt spann uns nicht dermaßen auf die Folter! Wer ist es?« Raster rutschte unruhig auf seinem Stuhl herum.

»Finley Danning ist Peter McGyver.«

»Moment.« Philo guckte Paul entgeistert an. »Der Wirt vom *Old Shepherd*?«

»Genau der. Ich wollte mit ihm schon längst Kontakt aufnehmen. Eigentlich war mein Plan, über ihn nur herauszubekommen, welche deutsche Familie hinter der Geschichte steckt. Aber als ich ihn über mehrere Tage beobachtet habe, was Anfang März ja recht einfach war, sind mir einige Sachen so merkwürdig vorgekommen, dass ich die Finger davon gelassen habe.«

»Wie bist du denn an diese Information gekommen, dass du dir so sicher sein kannst?«, fragte Raster skeptisch.

»Über das Gewerbeamt. Da kannst du keinen Fakenamen angeben. Ich hätte auch das Einwohnermeldeamt nehmen können, das war egal. Es musste nur irgendetwas Offizielles sein.«

»Ich ruf die Kollegen an«, sagte Susanne plötzlich entschlossen. »Die sollen den sofort festnehmen.«

Sie griff bereits nach ihrem Handy, als Raster sie aufhielt. »Auf keinen Fall! Erstens können wir im Moment wieder überhaupt nichts beweisen. Zweitens: Sollte er hinter den Entführungen stecken, hat er Sabine in seiner Gewalt. Wenn wir ihm jetzt die Polizei schicken, gefährden wir erst recht ihr Leben.«

»Drittens ist er verschwunden«, ergänzte Paul lapidar.

»Wie, er ist verschwunden?«

»Seitdem der Pub wegen Corona schließen musste, bin ich zumindest zweimal täglich zu unterschiedlichsten Tages- und Nachtzeiten bei ihm vorbeigefahren. Bis vor zwei Tagen stand sein Wagen vor der Tür, oder in der Wohnung über dem Pub, wo er wohnt, brannte Licht. Jetzt nicht mehr. Gestern Abend und auch heute Morgen war ich da. Nichts. Der ist weg.«

Entsetzt schauten ihn die anderen drei an.

»Und was machen wir jetzt?«, fragte Susanne.

55. KAPITEL

Dortmund, Kreuzviertel

»Jetzt machen wir genauso weiter, wie wir es geplant haben«, antwortete Philo nach einiger Zeit des Schweigens. »Auch wenn wir Danning im Moment nicht erwischen können. Er wird sich ja wohl noch irgendwo in der Gegend herumtreiben. Ich glaube nicht, dass er Sabine nach Buxtehude entführt hat. Vielleicht ist Danning alias McGyver bei einem Freund untergekrochen.«

»Oder bei einem seiner zwei Kumpanen«, sagte Paul nachdenklich.

»Welche Kumpane?«, fragte Raster.

Paul erzählte ihnen von den Typen, die er in den letzten Wochen in der Kneipe und vor allem bei Danning gesehen hatte. »Ich habe Kim, Dannings Tochter, nach den beiden gefragt, aber sie wusste auch nicht, wer die waren. Nur, dass sie oft mit ihrem Vater im Hinterzimmer die Köpfe zusammengesteckt haben.«

»Dann kommen wir da auch nicht weiter. Pass auf, Paul! Wir wissen mittlerweile, wer möglicherweise dieses Gemälde übermalt hat. Die Söhne des Malers leben noch. Raster und ich werden ihnen heute einen Besuch abstatten, und mit ein bisschen Glück bekommen wir genügend Argumente zusammen, dass man uns das Bild aus dem Fußballmuseum inspizieren lässt.«

Der Anruf war schnell getan. Die Brüder Lutz und Rüdiger Becker, anfangs zurückhaltend, dann Feuer und Flamme, als sie hörten, dass es um ihren Vater ging, waren mit einem Besuch einverstanden. Sie müssten aber auf ausreichend Abstand bestehen. Wegen Corona und so. Sie könnten sich ja in den Garten setzen, da wäre das mit dem Abstand kein Problem.

Und da saßen sie nun auf der Terrasse der Beckers. Philo und Raster auf der einen Schmalseite des monströsen Gartentisches, die Brüder Becker auf der anderen. Vor sich dampfende Kaffeebecher, mindestens zwei Meter zwischen sich. Grundsätzlich wäre das kein Problem gewesen, hätten die beiden gut 60 Jahre alten Männer nicht unter massiver Schwerhörigkeit gelitten. So entwickelte sich das Gespräch zu einer ausgesprochen lauten Angelegenheit, wobei sich Raster und Philo oft fragten, was die Nachbarn zu einem solchen Gebrüll sagten. Die beiden Männer glichen sich wie Zwillinge, obwohl der eine, Lutz, zwei Jahre älter war als sein Bruder. Beide trugen den gleichen grauen Haarkranz, hatten die gleichen Lachfalten im Gesicht und waren sogar ähnlich angezogen: braune Cordhose, braune Halbschuhe, kariertes Hemd. Das eine blaukariert, das andere rotkariert. Und beide waren fest davon überzeugt, dass ihr Vater ein verkanntes Genie gewesen war. Seine Arbeit werde aber später zu Ruhm und Ehre kommen, behaupteten sie. Gerne würden sie ihren Besuchern einige Werke des Künstlers zeigen, aber das ginge ja jetzt nicht. Wegen Corona und so.

»Hat Ihr Herr Vater auch manchmal Aufträge angenommen?«, versuchte Philo, das Gespräch langsam in die gewünschte Richtung zu lenken.

»Sie meinen, ob es ihm so schlecht ging, dass er als Auftragsmaler arbeiten musste?«, fragte Lutz Becker misstrauisch.

»Nun ja, vielleicht hat er das ja nur zwischendurch mal gemacht. Quasi als Freundschaftsdienst.«

»Nein. Das wüssten wir. Das hat er auch nie nötig gehabt.«

Rüdiger stieß seinem Bruder mit dem Ellenbogen in die Seite und flüsterte ihm etwas zu.

»Ach so. Ja, stimmt«, meinte Lutz daraufhin. »Unser Vater hatte einen guten Freund. Ein Galerist aus der Stadt, der hier in der Nähe wohnte. Der hat ihm manchmal Aufträge gegeben. Zum Beispiel wenn er eine Ausstellung in seiner Galerie hatte und Plakate dafür brauchte oder auch einmal eine ganze Reihe Bilder mit Pferdemotiven für seinen Reitstall. Aber das waren wirklich nur Ausnahmen. Und wie Sie schon richtig sagten: Freundschaftsdienste.«

»Das ist ja interessant«, sagte Philo. »Uns ist zu Ohren gekommen, dass Ihr Vater auch besonders gut in Materialkunde war. Zum Beispiel, mit welcher Art Farbe man welches Bild übermalen konnte, ohne das darunterliegende Original zu zerstören. Stimmt das?«

»Das stimmt tatsächlich«, antwortete Rüdiger Becker. »Aber woher haben Sie diese Information, wenn ich fragen darf?«

Raster und Philo hatten sich auf diese Art der Gegenfrage vorbereitet und antworteten daher, ohne zu zögern: »Von Günter Funda. Das ist ein Bekannter von uns und der Onkel einer guten Freundin. Der war doch mit Ihnen in einer Klasse, oder?«

»Ja, das stimmt!«, antwortete Rüdiger begeistert. »Ein netter Kerl. Leider haben wir uns aus den Augen verloren, seit er nach Münster gezogen ist.«

»Um noch einmal auf die Technik des Übermalens zurückzukommen. Können Sie sich daran erinnern, dass Ihr Vater einmal einen Auftrag dafür bekommen hat? Vielleicht sogar von diesem Freund, diesem Galeristen?«

»Wissen Sie, dieser Galerist war der Großvater Ihres Bekannten Günter Funda. Hat er Ihnen das nicht erzählt?«

Philo schüttelte den Kopf.

»Na ja. Ist ja auch egal«, fuhr Rüdiger Becker fort. »Es gab da tatsächlich mal einen solchen Auftrag. Ich erinnere mich noch genau daran, weil die beiden ein großes

Geheimnis daraus gemacht haben. In einer Nacht-und-Nebel-Aktion hat der alte Alfred, ich meine der Galerist, das Bild vorbeigebracht.« Er grinste seinen Bruder an, und dieser grinste zurück. »Haben wir natürlich trotzdem mitbekommen. Wir haben fast alles in diesem Haus mitgekriegt.«

»Aber das Originalbild haben wir nicht zu sehen bekommen«, warf Lutz ein. »Vater hat diese Arbeit hinter verschlossener Tür fertiggestellt. Sehr ungewöhnlich.«

»Das fertige Gemälde holte Alfred wenige Wochen später ab«, ergänzte Rüdiger. »Das durften wir dann auch bewundern. Es handelte sich um das Siegtor bei der WM 1954.«

»Wenn du jetzt nicht deine Freunde vom Museumskuratorium überzeugen kannst, dass wir uns das Bild mal genauer anschauen dürfen, dann fress' ich einen Besen«, sagte Philo auf der Rückfahrt.

»Das einzige Problem, das ich sehe, ist, wen wir mit der Untersuchung beauftragen sollen. Hast du irgendeine Ahnung, wie man so was macht?«

»Nein, natürlich nicht«, antwortete Philo. »Aber darüber habe ich mir schon längst Gedanken gemacht. Wir müssen erst einmal an das Bild kommen. Den Rest erledige ich. Keine Sorge, mein Freund.«

56. KAPITEL

Irgendwo nördlich von Dortmund

Als Erstes füllte Sabine einen Eimer, den sie in dem provisorischen Bad gefunden hatte, mit Wasser. Dann tränkte sie die Decke von ihrer Schlafstätte, bis sie keine Flüssigkeit mehr aufnahm. Beides legte sie sich in der Mitte des großen Raumes zurecht. Ihr Herz schlug schnell und hart bis zum Hals. Aufregung und, wie sich eingestehen musste, schreckliche Angst ließen ihre Hände zittern. Ihre Beine fühlten sich an wie Wackelpudding. Sie musste sich unbedingt in den Griff bekommen. Alles hing davon ab, dass sie ruhig und konzentriert blieb.

Sie setzte sich auf einen der Stühle, nahm die Kutscherhaltung ein und besann sich auf eine der Übungen, die sie im Grundkurs *Autogenes Training* gelernt hatte: Ellenbogen auf die Knie, Kopf entspannt, Augen geschlossen. Zunächst auf eine regelmäßige, ruhige Atmung achten, vor allem das Ausatmen bewusst bis zum Schluss praktizieren. Nach einigen Sekunden begann sie das sogenannte Wechseln. Sie konzentrierte sich für etwa eine halbe Minute auf das, was sie von außerhalb der Scheune wahrnahm. Vogelzwitschern, Wind in den Bäumen, in der Ferne ein hupender Lkw. Dann zurück zu ihrem Körper. Die regelmäßige Atmung, der Druck ihrer Arme auf den Oberschenkeln, die Temperatur ihres Kopfes. Und wieder nach draußen.

Gute zehn Minuten wechselte sie so von draußen nach drinnen, bis sie spürte, wie sie immer ruhiger wurde und die Angst verschwand.

Sie öffnete die Augen, atmete ein paarmal tief durch und ging mit ruhigen Händen ans Werk.

Zunächst umwickelte sie ihre rechte Hand mit einem Handtuch aus dem Bad und schraubte eine der Glühbirnen aus ihrer Fassung und legte sie beiseite. Danach führte sie die Fassung an ihrem Kabel entgegen der Wickelrichtung um den Stützpfeiler herum. Dies gestaltete sich ziemlich schwierig, da das Kabel mit mehreren Krampen im Holz fixiert war. Aber schließlich war es frei und hing nun direkt von der Decke bis auf den Boden. Sabine prüfte, wie weit sie mit der Fassung gehen konnte. Es reichte. Sie kam bis an die Seitenwand, wo die Strohballen lagen. Der nächste Schritt war mit der gefährlichste. Sie musste das Kabel aus der Fassung ziehen, ohne dass sich die beiden abisolierten Enden berührten. Wenn das geschähe, gab es einen Kurzschluss, und alles wäre vorbei. In der rechten Hand die Fassung haltend zog sie mit der linken vorsichtig und möglichst gerade an dem Kabel. Es schien nicht sehr fest zu sitzen. Schon bald spürte sie, wie die Enden aus den verschraubten Polen rutschten. Mit einem Ruck gaben sie schließlich nach, und Sabine hatte das Kabel mit einer blauen und einer braunen Litze in der linken Hand. Vorsichtig bog sie das braune Kabel etwas zur Seite, damit es auf keinen Fall das blaue berühren konnte. Noch nicht. Ihr war klar, dass sie nur einen Versuch hatte.

Prüfend ging ihr Blick zu dem Eimer Wasser und der triefenden Decke. Alles war vorbereitet. Jetzt galt es.

Mit dem Kabel in der Hand ging sie zu den Strohballen, die direkt vor der Seitenwand lagen, gegenüber ihrer Schlafstelle. Innerlich bereitete sie sich auf den Schreck vor, der kommen würde. Vorsichtig steckte sie das Kabelende etwa zehn Zentimeter tief in den ersten Ballen. Mit dem Zeigefinger der rechten Hand bog sie die braune Litze langsam immer näher in Richtung der blauen. Millimeter für Millimeter. Als sie noch etwa zwei Millimeter auseinander waren, geschah es. Es gab einen mächtigen Schlag. Die zweite Glühbirne erlosch, und zwischen Sabines Händen stoben die Funken in das staubtrockene Stroh. Ein paar Strohhalme glommen auf und verkohlten langsam. Sollte sie pusten? Ängstlich beobachtete Sabine, was geschah. Wieder ein, nein zwei glimmende Halme. Behutsam hauchte sie in den Ballen hinein. Endlich. Eine kleine Flamme züngelte, bekam aber sofort mehr Nahrung und wuchs und wuchs. Sabine wusste, das war jetzt ein Selbstläufer. Sie wuchtete einen zweiten Ballen auf den brennenden und zog sich zurück. Mit dem im Eimer nass gemachten Handtuch legte sie sich auf die Matratze, wartete ab und hoffte. Entweder würde sie an einer Rauchvergiftung sterben oder in den Flammen verbrennen – oder sie würde entkommen. Alles war möglich.

Der Qualm war fast unerträglich. Er biss ihr in die Augen und kratzte in Rachen und Bronchien, obwohl sie sich schon längst das nasse Tuch vor Mund und Nase gepresst hatte. Sie lag flach auf dem Bauch, die tränenden Augen auf das Feuer gerichtet, das sie wegen der Rauchentwicklung kaum erkennen konnte. Das Atmen fiel ihr immer schwerer, und ihr wurde klar, dass die Zeit knapp wurde.

Doch dann trat eine Veränderung ein. Sie hörte ein lautes Knacken von der brennenden Holzwand ihr gegenüber. Die Lichtverhältnisse änderten sich, es wurde heller. Außerdem wurde der Rauch deutlich weniger, dafür schienen die Flammen wütender und höher zu schlagen. Es wurde Zeit zu verschwinden.

Sabine robbte in die Raummitte, fand den Wassereimer und goss seinen Inhalt über die bereits durchweichte Decke. Sie stand auf und widerstand dem quälenden Hustenreiz. Die Decke wickelte sie sich um ihren ganzen Körper inklusive ihren Kopf, sodass nur ein schmaler Sehschlitz frei war. Mit der rechten Hand hielt sie die Decke vor dem Hals zusammen, die linke blieb darunter. So geschützt näherte sie sich vorsichtig dem Flammeninferno. Zuerst konnte sie nichts erkennen, dann fand sie etwas rechts von ihrem Standort die gesuchte Lücke. Ein etwa ein Meter breites und anderthalb Meter hohes Stück Wand war den Flammen zum Opfer gefallen und herausgebrochen. Was dahinter war, konnte sie nicht erkennen. Aber das war jetzt auch egal. Sie musste handeln. Die Hitze drohte ihr die Haut der freien Hand und des Gesichts zu versengen. Mit einem Aufschrei sprang sie in vollem Lauf in das Flammenmeer und auf die Lücke zu. Ihre rechte Schulter knallte gegen den Rand und brach ein weiteres Stück heraus. Die Füße verhakten sich an einer Schwelle, die sie vorher nicht gesehen hatte, sodass sie kopfüber auf einem Kiesstreifen landete, wo sie sich die linke Schulter prellte und etliche Abschürfungen zuzog. Aber sie war frei.

Schnell robbte sie ein paar Meter weiter und blickte sich erschrocken um, als sie hinter sich ein fürchterliches Krachen hörte. Die komplette Seitenwand, durch die sie gerade gesprungen war, stürzte in sich zusammen. Dadurch fehlte dem Dach der nötige Halt, und auch dieses stürzte in das Scheuneninnere, wo Sabine noch wenige Minuten zuvor gelegen hatte. Sie kroch weiter von dem Brand weg, denn die Hitze war mittlerweile, selbst 50 Meter vom Feuer entfernt, kaum auszuhalten. Erschöpft legte sie sich ins kühlende Gras und bemühte sich, tief und gleichmäßig zu atmen.

Nach etwa einer Viertelstunde erhob sie sich stöhnend und schaute sich um. Hinter der Scheune erstreckte sich ein Wald, links, nicht weit entfernt, konnte sie einige Industrieanlagen erkennen, während rechts nach vielleicht 300 Metern eine Straße zu sehen war. Verwundert rieb sie sich die Augen. Sie war fest davon ausgegangen, dass die Scheune in totaler Einsamkeit gelegen war. Warum hatte die Polizei das Versteck nicht gefunden? Vielleicht war sie viel weiter von Dortmund entfernt, als sie angenommen hatte? Sie machte die ersten Schritte Richtung Straße und bemerkte erst jetzt die Schmerzen, die ihren gesamten Körper erfasst hatten. Adrenalin ist ja wirklich ein phänomenales Schmerzmittel, dachte sie, bevor sie nach nur fünf Schritten besinnungslos zusammenbrach.

*

Aufgeregt stürmten Pitt und Basti in dessen Wohnung.

»Chef! Das glaubst du uns nicht. Das Thema Sabine Funda hat sich erledigt«, rief Pitt atemlos.

Finley Danning, der nachdenklich vor seinem Laptop in der Dachgeschosswohnung seines Handlangers

Sebastian Kehler in Dortmund-Eving hockte, sah beunruhigt auf. »Was habt ihr beiden denn jetzt schon wieder angestellt?«

»Nichts, Chef!« Entrüstet kreuzte Basti die Arme vor der Brust. »Wir wollten ihr nur die versprochenen Lebensmittel vorbeibringen. Und als wir von der Recklinghauser in die Heinrich-Imig-Straße einbogen …«

»Da konnte man es schon riechen«, ergänzte Pitt. »Die komplette Scheune ist abgebrannt. Bis auf die Grundmauern. Das kann man nicht überleben.«

»Vielleicht hat es ja einen Kurzschluss gegeben«, mutmaßte Basti.

»Wieso seid ihr euch so sicher, dass sie noch drinnen war, als das Feuer ausbrach? Sie kann doch vorher geflohen sein.« Finley war äußerst skeptisch.

»Ganz einfach, Chef. Als wir da ankamen, waren alle möglichen Leute da. Und die Feuerwehr natürlich. Wir haben uns dazugestellt und einen Mann gefragt.«

»Was genau habt ihr gefragt?«

»Na, ob da jemand rausgekommen ist«, antwortete Pitt genervt. »Der Mann hat wohl von Anfang an alles beobachtet. Jedenfalls meinte er, da wäre niemand rausgekommen, er ging ja aber auch davon aus, dass vorher keiner drin war.«

Nachdenklich kratzte sich Finley am Kopf. »Ihr habt keinen Krankenwagen oder Leichenwagen gesehen?«

Pitt und Basti schüttelten den Kopf. »Wir sind dann auch schnell wieder gefahren. Wir wollten uns ja nicht verdächtig machen«, meinte Pitt.

Ein überlegenes Lächeln stahl sich auf Finleys mit Bartstoppeln übersätes Gesicht. »Dann kann ich ja bald zurück in meine Wohnung. Hat sich die letzte Zeugin selbst verabschiedet. Hätte schlechter kommen können.« Schnell verschwand das Lächeln wieder und machte seiner üblichen grimmigen Miene Platz. »Jetzt lasst uns mal hier weitermachen. Ich hab uns die Pläne vom Fußballmuseum ausgedruckt. Das wird ein ganz schönes Stück Arbeit, bis wir da reingekommen sind. Hoffentlich hat uns die gute Frau Funda die Wahrheit gesagt.«

57. KAPITEL

Dortmund-Kreuzviertel, Samstag, 28. März 2020

»Ich bin so sauer!«, rief Susanne. Sie lehnte in der Küche an der Spüle und hatte gerade ein Telefonat beendet.

»Was ist los?«, fragte Philo, der zusammen mit Paul die Küche betrat. Die Abstandsregeln ließen sich in der Wohnung mit vier Personen kaum einhalten.

»Die tollen Ex-Kollegen haben doch jetzt tatsächlich mit der Suche nach Sabine begonnen. Gestern

Abend waren die 48 Stunden vorbei, aber dann kam die Nachtruhe, damit die Damen und Herren ausgeruht ins Wochenende gehen können. Wie kann man so borniert sein? Wie viel habt ihr schon für die Polizei getan! Aber nein. 48 Stunden bleiben 48 Stunden. Plus eine Nacht. Ich könnte den ganzen Laden auf den Mond schießen!«

»Beruhige dich! Jetzt haben sie ja angefangen zu suchen. Obwohl ich eher skeptisch bin, dass sie mehr rausbekommen als wir. Wo ist eigentlich Raster?«

»Der sitzt in seinem Zimmer und ist ziemlich fertig. Vielleicht gehst du mal zu ihm und tröstest ihn.«

Philo klopfte leise an Rasters Tür, während sich Susanne und Paul in der Küche unterhielten.

»Komm rein!«, kam es schwach aus dem Zimmer.

Raster saß im Schneidersitz auf seinem Bett und ließ buchstäblich den Kopf hängen. »Philo, ich habe solche Angst, dass ihr etwas zustößt. Permanent muss ich an Lina und ihr Ende denken. Warum sollte es Sabine anders ergehen? Aber ich weiß einfach nicht, was wir noch tun könnten.«

»Ich verstehe dich ja.« Philo strich seinem Freund tröstend über die Schulter. »Uns bleibt nichts anderes übrig, als mit unserem Plan weiterzumachen. Und das so zügig wie möglich. Je schneller wir uns Gewissheit verschafft haben, dass das Bild aus dem Museum das gesuchte ist, desto eher können wir über die Medien Kontakt mit dem Entführer aufnehmen. Eine andere Chance haben wir nicht.«

»Du hast ja recht«, seufzte Raster. »Aber weißt du, wie viele Wenn und Aber da drin stecken? Außerdem: Hast du dir mal Gedanken darüber gemacht, was passiert, wenn Paul recht hat und der Entführer ist tatsächlich dieser Pub-Besitzer? Sabine hat erst vor wenigen Wochen mit ihm gesprochen, sie wird ihn erkennen. Das ist dann ihr Todesurteil, ist dir das klar?«

Erschrocken zog Philo seine Hand zurück. »Oh Mann. Das stimmt. Das könnte echt gefährlich werden. Hör mal, kannst du nicht jetzt sofort jemanden vom Museum erreichen? Wir können doch nicht das ganze Wochenende abwarten.«

Raster dachte angestrengt nach. »Es gibt da tatsächlich einen. Nick Maurer. Das ist der dritte Vorsitzende vom Stiftungsbeirat. Ein netter Typ. Hobby-EDVler, daher kennen wir uns etwas näher. Soweit ich weiß, hat der einen eigenen Schlüssel vom Museum.«

»Na los! Worauf wartest du?«

Raster griff nach seinem Handy und scrollte durch die Kontakte. Ohne die Entführung zu erwähnen, war es nicht leicht, Nick Maurer die Dringlichkeit seines Anliegens deutlich zu machen. Als dieser jedoch hörte, dass möglicherweise ein millionenschweres Gemälde im Keller des Museums vor sich hin gammelte, hatte er ein Einsehen. Sie verabredeten sich für 12 Uhr am Eingang.

»So. Und jetzt zu dir. Wer ist denn deiner Meinung nach in der Lage herauszubekommen, ob das Bild übermalt wurde? Da braucht man bestimmt Spezialgeräte, einen Röntgenapparat oder Infrarot – keine Ahnung.«

Philo nahm eine aufrechte, fast offiziell wirkende Sitzposition ein. »Darf ich vorstellen? Ein guter Bekannter von mir, Herr Doktor Martin Krämer. Seines Zeichens Projektleiter der Provenienzforschung am Museum für Kultur und Kunstgeschichte in der Hansastraße.«

»Prove… was? Hab ich noch nie gehört.«

»Provenienzforschung. Da geht es um Eigentumsverhältnisse von Kunstwerken. Quasi die Wanderung der Gegenstände durch die Zeit. Vor allem interessiert diese Leute, wem die Raubkunst vor den Nazis gehört hat, und wohin sie dann verbracht wurde. Du weißt doch, dass ich in diesem philosophischen Diskussionsklub bin. Martin Krämer ist da ebenfalls Mitglied. Daher kennen wir uns. Ich habe schon vorab mit ihm telefoniert. Er wartet nur auf meinen Anruf und ist sofort bereit, das Bild zu untersuchen.«

»Du kennst ja irre Leute«, meinte Raster kopfschüttelnd. »Provenienzforschung … Was es alles gibt.«

Die beiden gingen zu Paul und Susanne in die Küche, um ihnen von der neuen Entwicklung zu berichten. Diese waren in aufgeregter Stimmung und steckten die Köpfe über Susannes Laptop zusammen.

»Na. Das war's ja wohl endgültig mit dem Abstandhalten zu Corona-Zeiten«, sagte Philo resigniert. »Was macht ihr denn da?«

»Paul hat Dannings Tochter Kim angerufen, ob die sich vielleicht doch noch an irgendwas erinnern kann, das uns auf die Spur dieser beiden Typen bringen könnte«, antwortete Susanne.

»Aber ihr habt doch hoffentlich nichts von dem Verdacht gegenüber ihrem Vater erzählt?«, fragte Raster besorgt.

»Nein. Natürlich nicht. Jedenfalls ist ihr eine Sache eingefallen. Die beiden sind ein paar Mal mit einem alten kleinen Lieferwagen zum Pub gekommen. Und der hatte einen Aufkleber oder eine Lackierung von einem Tabakladen. An den Namen oder eine Adresse konnte sie sich nicht erinnern, aber so viele dieser Läden kann es doch im Dortmunder Norden nicht geben.«

»Allein in Eving mit Sicherheit mehr als 20«, meinte Philo zweifelnd. »Außerdem können die genauso gut aus Brechten, aus Castrop-Rauxel oder sonst wo herkommen. Wollt ihr die jetzt alle besuchen und nach Peter McGyver fragen, oder wie stellt ihr euch das vor?«

»Natürlich nicht. Aber Paul kennt doch den Wagen von Danning. Wir haben uns gedacht, dass wir zu den Läden fahren und in der Umgebung nach diesem Auto Ausschau halten. So könnten wir der Polizei gezielt einen Hinweis geben.«

»Damit kommen wir zur nächsten Frage«, sagte Raster. »Haben wir genug Beweise, um die Polizei einzuschalten? Können wir das irgendeinem glaubhaft verklickern? Die Geschichte mit dem Brief aus England, Pauls Suche, die Verbindung zu Lina und so weiter. Wer nimmt uns das ab?«

Ratlos schauten die vier sich an.

In diesem Moment klingelte Rasters Handy. Eine ihm unbekannte Nummer war auf dem Display zu lesen. »Schulz?«, meldete er sich.

»Ich bin's«, kam es leise und heiser aus dem Lautsprecher, gefolgt von einem Hustenanfall.

»Sabine? Bist du das?« Raster ließ sich auf einen Küchenstuhl fallen, während die anderen drei endgültig die Corona-Abstandsregeln vergaßen und sich eng um ihn scharten. »Wo bist du? Wie geht es dir?«

»Ich bin im Klinikum Nord«, wieder ein Hustenanfall, »ihr müsst sofort eine Fahndung nach Peter McGyver veranlassen. Er hat …« Eine erneute Hustenattacke verschluckte den Rest. »Ja, Schwester. Ich hör' schon auf zu sprechen. Du, Raster, wir müssen Schluss machen. Ich brauche Sauerstoff.«

»Ich komme sofort, Sabine!«, rief Raster aufgeregt.

»Nein, geht nicht. Corona«, war die kurze Antwort, dann war das Gespräch zu Ende. Das Letzte, was Raster vernahm, war ein Räuspern und wieder einsetzender Husten. Besorgt ließ er das Handy sinken.

»Erzähl schon! Wo ist sie?«, drängte Philo.

»Im Klinikum Nord. Also frei ist sie schon einmal. Aber sie scheint eine Rauchvergiftung zu haben. Sie hustete laufend und sagte irgendwas von Sauerstoff. Auf jeden Fall hast du recht gehabt, Paul. McGyver alias Danning ist der Entführer. Sabine sagte, wir sollten sofort eine Fahndung lostreten. Susanne, kannst du das übernehmen?«

»Klar. Und Paul kommt mit. Wir fahren persönlich zum Präsidium, und danach ziehen wir diese Sache mit den Tabakläden durch. Vielleicht können wir den Kollegen wichtige Hinweise geben. Wir bleiben über Handy in Verbindung, wenn ihr euch um das Bild kümmert.«

Nachdem Susanne und Paul die Wohnung verlassen hatten, vergrub Raster das Gesicht in seinen Händen. Philo setzte sich neben ihn und legte den Arm um seinen Freund. Plötzlich ging ein Ruck durch Rasters Schultern, und krampfartiges Schluchzen ließ seinen ganzen Körper erbeben. Tränen tropften auf die Tischplatte. Noch nie hatte Philo seinen Freund so emotional erlebt.

»Lass alles raus. Ist schon gut«, sagte er leise und strich behutsam über die Rastalocken.

»Ich habe solche Angst gehabt, Philo. Das kannst du dir nicht vorstellen«, kam es schniefend aus den Tiefen von Rasters Händen. »Ich hatte sie schon fast aufgegeben. Wie ist sie da nur rauskommen?«

»Das wird sie uns ganz bald erzählen. Erstmal ist es wichtig, dass sie frei ist. Wollen wir die Sache mit dem Bild überhaupt noch weiter verfolgen? Ich meine nur. Sabine ist frei, Danning wird man schon irgendwann schnappen. Also was soll's?«

Raster richtete sich auf und zog geräuschvoll die Nase hoch. »Jetzt haben wir alles angeleiert. Wir ziehen das durch. Für Sabine. Schließlich ist das ja auch ihr Bild.«

»Oder auch nicht«, murmelte Philo leise und reichte seinem Freund ein Papiertaschentuch.

58. KAPITEL

Dortmund, Samstag 28. März

Die Aufnahme der Anzeige gegen McGyver im Polizeipräsidium gestaltete sich wesentlich komplizierter, als es Susanne lieb war. Einerseits wussten die Beamten noch nichts von einer Entführung, sondern nur davon, dass Sabine verschwunden war. Nach Susanne Meinung sollten sie jetzt aber sofort nach dem mutmaßlichen Entführer fahnden, andererseits leuchteten Kriminalhauptkommissar Winfried Schröder die dargelegten Hintergründe in keiner Weise ein. Genauso wie es Raster, Philo, Paul und Susanne befürchtet hatten. Immer wieder fragte er nach Einzelheiten und Geschehnissen, die in Susannes Augen überhaupt nicht relevant waren. Endlich, nach knapp einer Stunde, war er bereit, einen Beamten ins Klinikum Nord zu schicken, um Sabines Aussage aufzunehmen. Danach würde man weitersehen. Für eine Fahndung nach McGyver sehe er zum jetzigen Zeitpunkt keinen Anlass. Nachdem die beiden ihre Aussagen unterschrieben hatten, waren sie vorerst entlassen. Wütend und genervt verließen sie das Gebäude in der Markgrafenstraße und setzten sich in Pauls Mietwagen.

»Das darf doch alles nicht wahr sein«, zeterte Susanne. »Wie können die so ignorant sein?«

»Well. Du hast natürlich recht, Susanne. Andererseits versetz dich mal in deren Lage. Uns war klar, dass die all die Verwicklungen über so viele Jahre nicht einfach schlucken würden. Stell dir vor, du wärst dieser Kriminalhauptkommissar Schröder, und dir säßen zwei Typen gegenüber, die dir eine Geschichte auftischen, von der du nicht mal im Ansatz bisher etwas gehört hast. Würdest du denen einfach so glauben und gleich eine Hundertschaft losschicken, um einen möglicherweise unbescholtenen Bürger zu jagen?«

»Nein, du hast ja recht, Paul«, gab Susanne zähneknirschend zu. »Okay. Was machen wir jetzt?«

»Das, was wir geplant hatten. Wir suchen einen Tabakladen. Ich bin nach wie vor davon überzeugt, dass Danning bei einem seiner Kumpels untergeschlüpft ist. Mir ist klar, dass die Chance, ihn zu finden, gering ist, aber besser als nichts tun, ist das allemal.«

*

Ohne Probleme fanden Raster und Philo eine Parkmöglichkeit auf dem Bahnhofsparkplatz. In diesen Zeiten fuhr kaum jemand mit dem Zug. Sie überquerten den Königswall und fanden sich pünktlich um 12 Uhr vor dem Eingang des gläsernen und futuristisch aussehenden Fußballmuseums ein. Nach wenigen Minuten erschien ein junger Mann, natürlich auch wie sie mit Gesichtsmaske, der sich als Nick Maurer vorstellte.

»Sie sind also derjenige, der fest davon überzeugt ist, dass in unserem Keller ein Millionenschatz liegt«, sagte er, an Philo gewandt.

Philo grinste, was allerdings wegen des Mund- und Nasenschutzes keiner sehen konnte. »Sagen wir so: Ich bin seit letztem Jahr davon überzeugt, dass dies das beste Versteck für ein solch wertvolles Gemälde wäre. Wenn die Geschichte so stimmt, wie wir sie bisher recherchieren konnten, existiert ein wertvolles Bild, das von den Nazis gestohlen wurde, und worauf der Urgroßvater unserer Freundin seinen Reichtum aufgebaut hat. Nur konnte er dieses Bild nie der Öffentlichkeit zugänglich machen. Also ließ er es übermalen und hängte es sich in sein Schlafzimmer. Leider hat er keinem mehr von dessen Existenz erzählen können, und so landete es schließlich bei Ihnen, weil Lina Funda mit dem guten Stück nichts anfangen konnte. Ich weiß, ich weiß«, ergänzte Philo, als er Maurers skeptischen Blick sah, »alles nur graue Theorie. Aber jede Theorie will bewiesen oder widerlegt werden. Deshalb sind wir jetzt hier.«

Maurer zog einen Schlüsselbund aus seiner Tasche und öffnete die große Tür. Nachdem sie eingetreten waren und er die Alarmanlage deaktiviert hatte, schloss er gründlich hinter ihnen ab und ging durch das Foyer zu einer Treppe, die hinunter zur Multifunktionsarena führte. Hier öffnete er eine der seitlichen Türen. »Willkommen in unserer Rumpelkammer«, meinte er lachend.

Und tatsächlich fanden sie in dem großen Raum ein Chaos vor, das so gar nicht zu der Ordnung in den offiziellen Arenen, Kino- und Ausstellungsräumen passen wollte. Bühnenaufbauten, Stühle, Dekorationsstücke und Regale voller scheinbar unwichtigem Krimskrams.

Philo besah sich das Chaos genauer und entdeckte bald eine gewisse Logik in der scheinbaren Unordnung. »Das ist gar keine Rumpelkammer«, korrigierte er Nick. »Da steckt System drin. Ich erkenne nur noch nicht, welches.«

»Sehr gut erkannt«, antwortete Nick Maurer und erläuterte ihnen das Prinzip. Es ging darum, welche der eingelagerten Stücke am häufigsten benötigt wurden. Egal, was es war. Diese Dinge waren am weitesten vorne. Die Gegenstände, die seltener gebraucht wurden, standen entsprechend weiter hinten. »Wo, glaubt ihr demnach, finden wir das gesuchte Bild?«

»Ich vermute mal, ganz hinten«, spekulierte Raster.

Und so war es auch. An der hinteren Wand des Lagerraums lehnten etwa ein Dutzend Bilder, die wohl nie eine Chance bekamen, ausgestellt zu werden. Schnell hatten sie das gesuchte Gemälde identifiziert. 48 mal 44 Zentimeter groß, Helmut Rahn im Vordergrund, das rechte Schussbein zurückgezogen, vor ihm der Ball. Im Hintergrund das ungarische Tor. Insgesamt war das Bild hauptsächlich in Brauntönen gehalten, es fehlten die Details, und das Gesicht von Rahn spiegelte eher Langweile wieder als irgendeine Form von Entschlossenheit.

»Das Bild ist nun wirklich nicht von herausragender Qualität. Aber der Grund, dass wir es nie zeigen werden, ist ein anderer. Helmut Rahn ist ausführlich in unserer neuen multimedialen *Hall of Fame* repräsentiert. Da wäre so ein Bildchen, entschuldigt, fehl am Platz.«

»Verstehe«, sagte Philo, den die Erläuterungen gar nicht interessierten. »Wir dürfen uns das Bild ausleihen? Habe ich das richtig verstanden?«

»Ja klar. Wir müssen das nur schriftlich festhalten, aber das können wir auch nächste Woche noch machen.«

»Okay. Danke, Nick. Du hast was gut bei mir«, meinte Raster und klemmte sich das Bild unter den Arm. »Auf geht's, Philo. Das nächste Museum wartet.«

Erschrocken hielt Philo seinen Freund am Arm fest. »Hey! Vorsichtig! Wenn wir mit unserer Vermutung richtig liegen, hältst du gerade mehrere Millionen unter dem Arm. Haben Sie vielleicht eine Schachtel oder zumindest eine Noppenfolie?«, fragte er Maurer, der sofort in eine Ecke eilte und das entsprechende Material herbeizauberte. Nachdem sie das Gemälde einigermaßen sicher verpackt hatten, verließen sie gemeinsam das Museum.

*

Auf dem Weg in den Dortmunder Norden klingelte Pauls Handy. Er fuhr rechts ran und nahm das Gespräch entgegen. »Das war nochmal Kim. Sie erinnert sich jetzt daran, dass der Lieferwagen ein Dortmunder Kennzeichen gehabt hat. Das grenzt unsere Suche deutlich ein. Was meinst du, wo fangen wir an?«

»Ich würde vorschlagen, wir fahren auf der B54 nach Norden und beginnen ab Höhe Nordmarkt. Dir ist schon klar, dass das eine ganz schöne Kurverei wird? Wir müssen in die Seitenstraßen rechts und links der Hauptstraße. Das wird sich hinziehen. Bist du bereit?«

Paul nickte.

Susanne dirigierte ihn mithilfe von GoogleMaps auf ihrem Smartphone durch den Norden Dortmunds. Glücklicherweise war Paul durch seine Zeit in Deutschland der Rechtsverkehr nicht mehr fremd, sodass er sie sicher durch die teilweise engen Straßen steuerte. Es war ein mühsames Unterfangen, und ständig kreiste über ihren Köpfen die Angst, dass sie mit ihrer Vermutung vollkommen falsch lagen. Erreichten sie einen Tabakladen, musste die Umgebung nach dem roten Mazda 626, den Paul als Dannings Wagen identifiziert hatte, abgesucht werden. Langsam wurde die Dichte der Tabakläden etwas geringer, und sie kamen schneller vorwärts. Sie überquerten die Mallinckrodtstraße und steuerten auf das Klinikum Nord zu.

»Wie schön wäre es, mal eben bei Sabine vorbeizuschauen. Aber wir dürfen leider nicht.« Susanne seufzte vernehmlich. »Hoffentlich wird sie bald entlassen.«

»Was hat sie für ein Glück gehabt, dass die zwei Leute aus der Tankstelle den Brand so früh entdeckt haben«, meinte Paul.

»Ja. Und dass sie nicht einfach nur die 112 gewählt haben, sondern direkt hingelaufen sind. Wer weiß, wie lange Sabine da sonst noch hätte liegen müssen«, antwortete Susanne, die diese Informationen frisch von einem befreundeten Ex-Kollegen aus dem Polizeipräsidium bekommen hatte.

Mittlerweile waren sie fast zwei Stunden unterwegs und näherten sich dem Stadtteil Eving. Hier hatte Susanne drei Tabakläden ausgemacht. Die ersten beiden lagen an der B54, der dritte weiter östlich an der Bayrischen Straße. Die Bebauung bestand hier fast ausschließlich aus zweigeschossigen Häusern. Es gab eine Sparkasse, einen Blumenladen und das Tabakgeschäft. Daneben das einzige höhere Gebäude, eine hässliche graue Mietkaserne.

Paul trat mit voller Wucht auf die Bremse und provozierte damit ein lautes Hupkonzert, da der hinter ihm Fahrende fast auf ihn drauf geknallt wäre. Er fuhr rechts auf den Parkstreifen. »Da vorn. Das ist er«, flüsterte er unwillkürlich.

»Bist du dir ganz sicher?«, fragte Susanne.

»Absolut. Ich erkenne das Kennzeichen, so oft, wie ich den Wagen neben dem Pub gesehen habe. Und was machen wir jetzt?«

»Ich rufe erst einmal diesen Kriminalhauptkommissar Schröder an und sag ihm Bescheid. Dann sehen wir weiter.«

»Ich hätte auch noch eine Idee, was wir in der Zwischenzeit machen könnten«, sagte Paul nachdenklich und stieg aus dem Wagen.

*

Das Museum für Kunst und Kulturgeschichte war nur knapp 200 Meter entfernt. Daher gingen Raster und Philo das kurze Stück zu Fuß, das flache Paket fest unter Rasters Arm eingeklemmt.

Doktor Martin Krämer hatte sich sofort bereit erklärt, ihnen zu helfen. Er sei momentan sowieso im Museum und würde am Eingang auf sie warten. Der hoch gewachsene Mann lächelte sie freundlich an, bevor er seine Maske hochzog und ihnen voran ins Museum trat. Auch er schloss hinter sich ab. »Tja, dieser Lockdown ist für uns Museumsleute wirklich schlimm. Wir bekommen zwar Hilfe vom Land, aber das kann nie und nimmer den Ausfall wettmachen, den wir durch die fehlenden Kartenverkäufe haben. Die meisten Angestellten sind in Kurzarbeit, nur unser Projekt geht weiter.«

»Provenienzforschung«, meinte Raster lässig. »Hab' schon davon gehört. Spannende Sache.«

»Na ja, spannend würde ich das nicht nennen. Es ist

eine wichtige Arbeit und wird hoffentlich weiterhin viele Kunstgegenstände wieder zu den ursprünglichen Besitzern führen. Oder natürlich zu ihren Nachkommen.«

Sie hatten den hohen Innenbereich mit seinem gläsernen Dach und den offenen Galerien durchschritten, stiegen eine Treppe hinauf und gelangten in einen für die Öffentlichkeit nicht zugänglichen Bereich.

»Hier sind unsere Büros und die Labore«, erklärte Krämer und öffnete eine weitere Tür auf der »Durchleuchtung« zu lesen war. »Dann zeigen Sie mir mal Ihren Schatz.«

Vorsichtig schälten sie das Bild aus seiner Schutzfolie.

»Der Rahmen ist schon mal nicht alt. Ist vermutlich aus den 50er-Jahren. Ebenso wie das vordergründige Bild. Das wird sofort klar. Ich würde sogar behaupten, dass das von Hartmut Becker stammt.«

»Das stimmt«, riefen Raster und Philo unisono.

»Aber wie konnten Sie das so schnell feststellen?«, fragte Raster erstaunt.

»Ach, wissen Sie. Wenn man sich mit Kunst und Malerei beschäftigt, sollte man nie neben den alten und großen Künstlern die kleinen, unbedeutenderen lokalen vernachlässigen. Vor zehn Jahren habe ich eine Abhandlung über Westfalens Maler und Bildhauer geschrieben. Natürlich kennt man dann auch Werke von Hartmut Becker.«

Krämer nahm das Bild und spannte es in ein großes, sehr kompliziert wirkendes Gerät ein.

»Was ist das für ein Ding? Ein Röntgenapparat?«, fragte Philo neugierig.

»Nein. Das ist unser ganzer Stolz. Ein Terahertz-Scanner. Damit können wir dünnste Schichten auf einem

Gemälde untersuchen, Restaurierungen sichtbar machen, Grundierungen analysieren und eben auch feststellen, ob da«, er wies auf Rahn, »noch was drunter liegt.« Er startete das Gerät und ging zu einem hellen Bildschirm, der an der Wand hing. »Wir müssen allerdings Geduld haben. Die Untersuchung dauert einige Zeit. Außerdem müssen wir die Scantiefe stufenweise anpassen, bis wir die gesuchte Schicht gefunden haben. Vielleicht wollen Sie solange draußen warten. Ich kann Ihnen einen Kaffee bringen lassen.«

Raster und Philo nickten dankbar und nahmen in einem Vorraum Platz. Eine junge Frau, deren Gesichtsmaske dasselbe Muster hatte wie ihr Kostüm, kam kurze Zeit später mit einem Tablett, das sie auf einem Tisch abstellte. »Sie bedienen sich selbst?«, fragte sie und verschwand wieder.

»Diese blöden Corona-Zeiten«, sagte Raster. »Konntest du jetzt heraushören, ob sie das freundlich oder schnippisch meinte? Wenn man das Gesicht nicht sehen kann, ist man manchmal ganz schön aufgeschmissen.«

Philo wollte gerade antworten, als ein durchdringender Schrei aus dem Labor kam, in dem Martin Krämer ihr Bild untersuchte. Sie sprangen auf, wobei Raster seine Kaffeetasse umwarf. Die braune Flüssigkeit ergoss sich auf den hellen Teppichboden. Das Malheur ignorierend, stürzten sie durch die Tür.

»Was ist passiert?«, rief Philo und erwartete, einen auf dem Boden liegenden oder zumindest verletzten Wissenschaftler vorzufinden.

Der stand stattdessen mit an einem Ohr herabbaumelnder Maske und offen stehendem Mund vor seinem

Bildschirm und murmelte: »Das ist nicht möglich! Das gibt es doch gar nicht!«

Nachdem sie sich vergewissert hatten, dass es Krämer gut ging, richteten sie ihre Aufmerksamkeit auf den Bildschirm. Von dem ursprünglichen Bild war nichts mehr zu erkennen, stattdessen sah man, zwar etwas unscharf aber doch deutlich erkennbar, im Vordergrund einen Mann mit Hut, der verschiedene Utensilien unter den Armen trug. Er befand sich auf einer Art Allee. Die Sonne musste schräg hinter ihm stehen, denn ein ausgeprägter Schatten lag rechts vor ihm auf der Straße. »Was für ein Gemälde ist das?«, fragte Raster ahnungslos. »Ist das bekannt, und wer war der Künstler?«

»Meine Herren. Dies ist ein historischer Augenblick. Viele Experten, dazu darf ich in aller Bescheidenheit auch mich zählen, sind davon ausgegangen, dass dieses Bild 1945 verbrannt ist. Wie wir jetzt sehen, war das ein Irrtum. Es handelt sich um Van Goghs Gemälde *Maler auf der Strasse zu Tarascon* von 1888. Es ist ein Selbstbildnis und gehört dem Kunstmuseum Magdeburg. Wenn Sie nach dem Wert fragen – nun, es ist natürlich nicht verkäuflich. Wollte man es trotzdem auf dem Schwarzmarkt versuchen, müssten Sie mit mindestens 20,000.000 Euro rechnen.«

Raster pfiff durch die Zähne. »Holla, die Waldfee! Da kann man ja fast verstehen, dass sich manche Menschen ein Bein ausreißen, um da dran zu kommen.«

»Wie meinen Sie das?«, fragte Krämer irritiert.

»Ach, nicht so wichtig«, beeilte sich Philo zu sagen, der seinem Bekannten ungern die ganze Geschichte von Danning und den Entführungen darlegen wollte. »Denken Sie, man kriegt das Original wieder sauber restauriert?«, fragte er stattdessen.

»Ich denke schon«, antwortete Krämer. »Hartmut Becker war vielleicht kein begnadeter Künstler, aber er kannte sich perfekt mit Materialien aus. Die neue Grundierung, die er für das hier sichtbare Bild gewählt hat, lässt sich nach meinem ersten Eindruck komplett entfernen. Es wird allerdings einige Wochen in Anspruch nehmen.«

»Und wenn sich das tatsächlich als das Original herausstellt: Wie geht es dann weiter? Bleibt das Gemälde hier in Dortmund?«, fragte Philo neugierig.

»Nein«, antwortete Krämer. »Letztlich geht es zurück nach Magdeburg. Aber üblicherweise bleibt so ein Kunstwerk einige Zeit als Leihgabe da, wo es gefunden wurde. Sie können es also bestimmt bald hier bei uns an exponierter Stelle bewundern.«

59. KAPITEL

Dortmund-Eving, Samstag, 28. März

Finley Danning war zufrieden. Er hatte mit Basti und Pitt hin und her überlegt, wie sie in das Museum eindringen könnten. Schließlich waren sie zu dem Schluss gekommen, dass dieses Unterfangen ohne aufwendige Vorarbeit nicht durchzuführen war. Stattdessen war ihm eine andere Idee wesentlich sympathischer. Er hatte auf der Website des Museums einen jungen Mitarbeiter gefunden, der für die Pressearbeit zuständig war. Diesen hatte er, wie auch einige weitere Angestellte des Museums, gegoogelt und festgestellt, dass der Mann einem intensiven Partyleben frönte. Auf knapp einem Dutzend Facebookseiten fanden sich Bilder von ihm in diversen angesagten Klubs der Stadt, nicht selten mit verschiedenen jungen Frauen im Arm und in offensichtlich angetrunkenem Zustand. Ein besseres Opfer für sein neues Vorhaben konnte er sich kaum vorstellen. Er würde dem feierfreudigen Mann nachts auflauern und ihn mit vorgehaltener Waffe zwingen, ihnen Einlass zu seiner Arbeitsstätte zu gewähren. Die Einzelheiten würde er später klären, er hatte ja jetzt Zeit. Das Thema Sabine Funda war erledigt, denn auch wenn die Polizei eine Leiche in der Scheune finden sollte, es gab keinerlei Verbindung zu ihm. Zunächst freute er sich daher auf sein eigenes Zuhause. Die zwei Nächte bei Basti auf der Couch hatten ihm gereicht.

Er trat zusammen mit Pitt ins Treppenhaus und verabschiedete sich von Basti, der am Nachmittag in seinem Tabakladen Dienst schieben musste. Pitt wollte er zunächst nach Hause bringen. Er wohnte bei seinen Eltern, die in der Nähe von Castrop-Rauxel einen kleinen Bauernhof betrieben, zu dem auch die illegal errichtete Scheune gehörte, die ihnen als Versteck gedient hatte und auf keiner Karte verzeichnet war.

Gut gelaunt unterhielten sich die beiden, während sie das Haus verließen und Finleys Wagen ansteuerten. Sie stiegen ein, und Finley startete den Motor.

In diesem Augenblick bemerkte er drei Dinge fast gleichzeitig. Und alle drei jagten ihm einen mächtigen Schrecken ein.

Im Moment des Losfahrens merkte er sofort, dass keiner der Reifen noch Luft hatte. Lenken ging nicht, Fahren schon mal gar nicht. Erschrocken blickte er auf und erkannte auf der gegenüberliegenden Straßenseite den ihm wohlbekannten Mietwagen dieses Engländers, der seit Wochen um seinen Pub herumgeschlichen war. Dieser saß mit einer jungen Frau in dem Auto und grinste ihn blöd an.

»Los! Raus hier! Wir müssen zu Fuß abhauen«, brüllte er Pitt an, sprang aus dem Wagen, nur um das dritte Unheil auf ihn zurasen zu sehen. Zwei Polizeiwagen kamen mit eingeschaltetem Blaulicht auf sie zu. Voller Panik riss Finley seine Waffe, die er fast immer unter dem Gürtel trug, heraus und entsicherte sie. Er hockte sich hinter die geöffnete Wagentür und zielte auf die Wagen, die etwa 20 Meter vor ihnen quer auf der Straße zum Stehen gekommen waren. Drei Beamte stiegen aus, und Finley eröffnete sofort das Feuer. Wie hatten sie ihn nur finden können? Was hatte der Engländer damit zu tun? Er verstand die Welt nicht mehr. Fluchend musste er feststellen, dass seine Schüsse weit danebengegangen waren. Er zitterte in seiner Panik so sehr, dass gezieltes Schießen unmöglich war. Noch einmal feuerte er in Richtung der Polizisten, die bereits hinter ihren Wagen in Deckung gegangen waren. Aus den Augenwinkeln erkannte er, dass Pitt, dieses Weichei, mit erhobenen Händen seinen Platz hinter dem Mazda verlassen hatte und auf die Polizisten zusteuerte. Nochmals streckte er sich etwas, um eine Salve abzugeben. Doch bevor er abdrücken konnte, durchfuhr ein heftiger stechender Schmerz seinen linken Oberschenkel. Gleichzeitig ertönte ein lauter Knall. Vor Schreck ließ er seine Pistole fallen. Ungläubig schaute er erst auf sein Bein, wo Unmengen frisches Blut durch seine Hose sickerte, dann ging sein Blick nach hinten, wo zwei Beamten in Zivil auf ihn zielten und ihm deutlich machten, sich sofort hinzuknien und die Hände über den Kopf zu nehmen. Es blieb ihm nichts anderes übrig, als zu gehorchen. Dabei hatte der Tag so gut angefangen, dachte er und ergab sich seinem Schicksal.

EPILOG

Dortmund, Kreuzviertel, Freitag, 29. Mai 2020

Deutschland stöhnte unter den viel zu hohen Temperaturen. Außerdem fehlte dringend der Regen für die Landwirtschaft. Es bahnte sich ein ähnlich heißer Sommer an wie 2018.

Philo erklomm schwitzend die Treppe bis in den vierten Stock, wo er die Wohnungstür öffnete und erleichtert feststellte, dass Raster den Nachmittag über die Fenster offengelassen hatte. Eine erfrischende Brise wehte durch die Wohnung. Zwei bis dreimal in der Woche fuhr er mittlerweile wieder in die Uni, obwohl noch keine Vorlesungen oder Seminare abgehalten wurden. Es war aber auch so genug Arbeit liegen geblieben.

Raster erwartete ihn bereits in der Küche. »Hi! Wie war dein Tag?«, fragte er Philo, der sich ein Glas Leitungswasser einschenkte, das er in einem Zug leerte. »Ganz okay«, antwortete er und ließ sich auf einen Stuhl fallen. »Und bei dir? Lockeres Nichtstun angesagt?«

»Wo denkst du hin? Ich war richtig fleißig heute. Okay, Homeoffice, aber das ist für mich ja nichts Besonderes. Übrigens hat Paul vorhin angerufen und gefragt, wie es uns so geht, und ob es was Neues gibt.«

»Wie geht es ihm denn?«, fragte Philo zurück.

»Och, ich glaube, mittlerweile ganz gut. Er musste allerdings seinen Werkstattleiter entlassen. Der hat ihn übel im Stich gelassen, als Paul hier festsaß. Er hat aber schon einen neuen, und die Aufträge kommen auch langsam wieder rein. Sag mal, hast du was von Susanne gehört? Kommt die nicht bald aus ihrer zweiten Reha zurück?«

»Die ist schon wieder da. Sie wollte sich nur in ihrer eigenen Wohnung kurz frisch machen und dann rüberkommen. Apropos. Wo ist denn eigentlich Sabine?«

Raster stand auf, ging zum Kühlschrank und goss sich ein alkoholfreies Radler aus einer offenen Flasche ins Glas. »Das ist tatsächlich etwas merkwürdig. Sie bekam heute Morgen einen Anruf von dieser Journalistin. Du erinnerst dich? Frau Krampe, die damals über den Unfall von Sabines Eltern geschrieben hat.«

Philo nickte.

»Jedenfalls hat sie eine ganze Zeit lang mit der telefoniert und ist dann ohne ein einziges Wort rausgestürmt. Frag mich nicht, wohin.«

Eine Stunde später saßen Philo und Raster zusammen mit einer erholt aussehenden Susanne in der Küche, genossen die zunehmende Kühle, die von draußen durch das offene Fenster in die Wohnung drang, und wollten zum ersten Mal zu dritt die Geschehnisse des vergangenen März rekapitulieren. Susanne hatte schon Anfang April einen Reha-Platz in Bad Driburg bekommen, was aufgrund der Corona-Beschränkungen nicht selbstverständlich war. Da ihr die ganze Geschichte doch sehr zugesetzt hatte, stimmte sie sofort zu. Eine Aufarbeitung all dessen, was geschehen war, war ihr dadurch aber verwehrt worden. Begierig wartete sie jetzt auf Neuigkeiten.

»Bevor ihr mir alle schmutzigen Einzelheiten erzählt, die Philo mir am Telefon noch nicht berichtet hat, habe ich auch etwas Spannendes für euch.« Herausfordernd schaute sie in die kleine Runde.

»Nun sag schon! Was gibt es denn so Aufregendes in einer Rehaklinik in Bad Driburg?« Lachend tätschelte Philo ein Knie seiner Freundin.

»Ihr werdet es kaum glauben. Der leitende Arzt war so begeistert von meinen Fortschritten, dass er mich als gesund entlassen hat. Und es kommt noch besser: In der letzten Woche hat er mit dem Amtsarzt, der für das Polizeipräsidium zuständig ist, Kontakt aufgenommen und meine Wiedereinstellung empfohlen. Und zwar ohne Beschränkung! Also nicht nur Innendienst. Ist das nicht fantastisch?«

Philo und Raster freuten sich mit ihr, wobei Philo die Sorge, die ihm diese Entwicklung bescherte, gut zu verbergen wusste. Sie öffneten zur Feier des Tages eine Flasche Sekt und stießen ausgelassen an.

Es wurde etwas lauter in der Küche, sodass keiner hörte, dass die Wohnungstür geöffnet wurde. Plötzlich verstummte Susanne und ließ erschrocken ihr Glas sinken. »Sabine. Was ist mit dir?«

In der Küchentür stand eine völlig desolat wirkende Sabine. Die Haare hingen ihr in das verquollene Gesicht, und die Schultern bebten. Auf einer lag die tröstende Hand einer gut 50-jährigen Frau, die mit ernstem Gesichtsausdruck hinter ihr stand. »Guten Abend!«, sagte sie mit leiser Stimme. »Entschuldigen Sie, dass ich Sie so überfalle, aber ich wollte Frau Funda ungern alleine lassen. Mein Name ist Krampe. Ich bin die Journalistin …«

»Ist schon in Ordnung«, fiel Raster ihr ins Wort, während er aufsprang und Sabine in den Arm nahm. »Wir wissen, wer Sie sind. Nehmen Sie doch bitte Platz.« Er führte die vollkommen aufgelöste Sabine ebenfalls zu einem Stuhl. »Komm, setz dich! Möchtest du etwas trinken? Frau Krampe, Sie vielleicht?«, fragte er, an die Journalistin gewandt, nachdem Sabine den Kopf geschüttelt hatte.

»Gerne ein Glas Wasser«, antwortete Krampe. »Vielleicht sollte ich das Ganze ein wenig aufklären. Nur, wenn es Ihnen recht ist, Frau Funda.«

Sabine nickte müde.

»Sie wissen ja, dass ich im März mit Ihrer Freundin Kontakt aufgenommen habe, nachdem ich von dem gewaltsamen Tod ihrer Großmutter erfahren hatte. Mich hatte es damals, 1995, irritiert, dass ein namhafter Gutachter Zweifel an der Unfalltheorie der Polizei geäußert hatte. Ich gebe zu, dass auch ein wenig Sensationslust dahintersteckte. Es war meine erste große Story, und da kamen mir Ungereimtheiten gerade recht. Als ich nun von dem grausamen Tod der Großmutter von Frau Funda hörte, keimte in mir der Verdacht auf, dass das alles zusammenhängen könnte. Ich habe daraufhin meine eigenen Unterlagen nochmals genau studiert und auch Kontakt mit der Schwerter Polizei aufgenommen, die nach einigem Zögern schließlich bereit war, mir Einblick in die Akte zu gewähren. Es lag ja augenscheinlich kein Gewaltverbrechen vor, und der Fall war abgeschlossen. Was mir schnell auffiel, war die Tatsache, dass die Polizei damals an einigen nicht komplett verbrannten Teilen des Autos

Fingerabdrücke gefunden hatte. Das war mir neu. Die meisten stammten von einem Mechaniker, bei dem der Suzuki zur Inspektion war. Drei Abdrücke konnten aber nicht zugeordnet werden.«

»Raster! Er hat meine Eltern umgebracht!«, schrie plötzlich Sabine auf. Sie schlug mit beiden Fäusten auf den Küchentisch, dass die Gläser hüpften.

»Ja. Das stimmt wohl«, fuhr Krampe fort. »Ich habe die Dortmunder Polizei auf mögliche Zusammenhänge mit dem Unfall damals hingewiesen, woraufhin sofort ein Abgleich der Fingerabdrücke von dem Unfallwagen und denen von Danning veranlasst wurde. Heute sollte das Ergebnis kommen. Deshalb bin ich mit Frau Funda zur Polizei. Es wurde bestätigt: Danning hat den Wagen ihrer Mutter manipuliert. Offenbar hat er damals schon versucht, über den Vater an das Gemälde heranzukommen. Er war vollkommen besessen von dem Gedanken, dass das Bild eigentlich ihm zustände.«

»Die Vernehmungen haben ergeben, dass Danning davon ausgegangen ist, dass mein Urgroßvater sein Wissen über das geheime Bild an seine Tochter, also Lina, weitergegeben hat.« Sabine schien sich etwas gefangen zu haben. Sie nahm einen Schluck aus Rasters Sektglas und schüttelte sich. »Er dachte, Lina hätte es dann ihrem ältesten Sohn, meinem Vater, erzählt, und so weiter.«

Raster nahm Sabine in den Arm.

»Wie krank ist das denn?«, fragte Susanne. »Was hat denn eigentlich Gernot für eine Rolle gespielt?«

»Die beiden kannten sich schon lange«, antwortete Sabine. »Er hat sich von Danning für kleines Geld dazu überreden lassen, vor Ort zu spionieren. Er hat damals auch die Tasche mit den Sachen für Oma gepackt und heimlich zum Versteck gebracht, vor allem, damit sie ihre Medikamente bekam. Außerdem hat er die Korrespondenz mit der Familie Danning in York für Finley kopiert. Der hatte Angst, dass ihm seine Schwester irgendetwas verheimlicht hätte. Die Kopie von dem ursprünglichen Brief brauchte er nicht. Den kannte er ja bereits. Deshalb hat Gernot diese einfach in seinem Wagen liegen lassen, wo du sie gesehen hast, Raster. Mit dem gewaltsamen Tod seiner Großmutter hatte er wirklich nichts zu tun. Er wollte nur später einen gewissen Anteil haben, sollte das Bild gefunden und verkauft werden. Aber auch er muss sich natürlich wegen Beihilfe vor Gericht verantworten.«

»So. Ich mache mich mal auf den Weg«, ließ sich Frau Krampe vernehmen. »Vielen Dank für das Wasser und alles Gute, vor allem für Sie, Frau Funda.«

Sabine bedankte sich überschwänglich bei der netten Journalistin und brachte sie zur Tür. Man versprach sich gegenseitig, in Kontakt zu bleiben.

Einige Minuten saßen die vier schweigend am Küchentisch. Keiner rührte mehr sein Glas an. Alle hingen ihren Gedanken nach.

»Natürlich sind meine Eltern viel zu früh gestorben. Und natürlich ist das schrecklich zu wissen, dass sie umgebracht worden sind.« Alle Wut war aus Sabines Stimme verschwunden. Sie sprach leise und gefasst. »Aber mit der Tatsache, dass sie nicht mehr da sind, lebe ich schon über 20 Jahre. Und ich weiß jetzt, dass sie nicht wegen eines blöden Streits oder einem Fahrfehler meiner Mutter gestorben sind. Das ist auch etwas wert.« Sie lächelte ihre Freunde an, die mitfühlend zurücklächelten. »Und jetzt ist Schluss mit diesem Thema. Ihr habt doch vorhin einen Grund zum Feiern gehabt. Ich habe auch noch einen: Gestern habe ich mich bei den Männern von der Tankstelle bedankt, dass die so schnell und umsichtig gehandelt haben. Ihr wisst schon, die beiden aus Castrop-Rauxel, wo die Scheune stand. Ich habe sie spontan zum Essen in unsere WG eingeladen, natürlich nach Corona. Und sie wollen gerne kommen.

So, jetzt will ich aber alles von euch wissen. Also bitte, erst einmal frische Gläser auf den Tisch! Außerdem weiß ich ganz genau, dass wir noch zwei Flaschen Sekt im Kühlschrank haben.«

TEXTE UND SCHRIFTEN, DIE ZUR RECHERCHE VERWENDET WURDEN

1) *Entnazifizierung in Münster*, Philipp Erdmann, kleine Schriften aus dem Stadtarchiv Münster, Band 14, Aschendorff Verlag, 2018

2) Internet Portal *Westfälische Geschichte* 1945–949

3) www.tagesschau.de/ausland/raubkunst-polen-101.html
NS-Raubkunst. *Die Heimkehr eines Gemäldes*, 28.7.2018

4) www.tagesschau.de/kultur/meldung7432.html
Informationen über NS-Raubkunst erstmals im Internet, 3.11.2013

5) www.watson.ch: LOST ART
Raubkunst – das sind die wertvollsten Kunstschätze, die sich die Nazis unter den Nagel gerissen haben

DANKSAGUNG

Da das vorliegende Buch teilweise in einer Zeit spielt, die wahrlich eines der dunkelsten Kapitel Deutschlands darstellt, war es mir wichtig, historisch sauber zu bleiben. Hierbei hat mir vor allem das Stadtarchiv Münster geholfen. Allen voran Frau Anja Gussek, die mich mit reichlich Material versorgt hat, sowie der Leiter des Archivs, Peter Worm, der mir wertvolles Kartenmaterial und viele Links zu entsprechender Literatur überlassen hat. Ebenso, wenn auch indirekt, Herr Philipp Erdmann, der mir teilweise erschreckende Einblicke in die Entnazifizierungsmethoden nach 1945 gegeben hat. Und Ulrich Fischer, der stellvertretende Leiter des Stadtarchivs Köln, der mir diese Kontakte ermöglicht hat.

Trotzdem ist mir bewusst, dass ich mir auch in dem vorliegenden Roman schriftstellerische Freiheiten geleistet habe. Es gab keinen Hauptumschlagplatz für Raubkunst am Münsteraner Bahnhof. Und auch die Tätigkeitsbeschreibung der Kunstgegenstands-Weiterleitung habe ich mir in der hier beschriebenen Form ausgedacht. Ich hoffe, dass ich mit diesen Schwindeleien dem historisch interessierten Leser nicht zu sehr auf die Füße getreten habe. Es diente der Plot-Entwicklung.

Außerdem möchte ich mich an dieser Stelle bei meinem Schwager Frank Fischer bedanken, dem ich dieses Buch widme. Er hat mir schon als Kind beigebracht, wie wichtig das gut geschriebene Wort ist. Danke, dass du mir das Schreiben nahegebracht hast! Und verzeih alle Fehler, die sich dann doch eingeschlichen haben.

Meiner Lektorin Claudia Senghaas, sowie dem ganzen Team beim Gmeiner Verlag möchte ich danken, dass ihr mich immer unterstützt, mir helft, wo es mal hapert, und selbst in den schwierigen Zeiten, wenn Corona den Alltag prägt, immer für mich da wart.

Nicht zuletzt danke ich meiner Frau Barbara. Wie immer hast du mir den Rücken freigehalten, mich ermutigt, wenn es mal nicht so lief, wie ich wollte, hart kritisiert und liebevoll gelobt. Danke! Ohne dich würden meine Bücher neben meiner anderen Arbeit nicht entstehen können.

Sprockhövel, im Juli 2020

Sabine, Raster und Philo ermitteln:

1. Fall: Wer Sünde sät
ISBN 978-3-8392-1884-6

2. Fall: Spinnenbiss
ISBN 978-3-8392-2106-8

3. Fall: Mord am Borsigplatz
ISBN 978-3-8392-2466-3

4. Fall: Westfalengau
ISBN 978-3-8392-2866-1

weitere:
Evas Erbe
ISBN 978-3-8392-2208-9

GMEINER SPANNUNG

WWW.GMEINER-VERLAG.DE
Wir machen's spannend